个体生命视角下的『十七年』小说

傅书华 ◎ 著

中国社会科学出版社

图书在版编目(CIP)数据

个体生命视角下的"十七年"小说/傅书华著.—北京:
中国社会科学出版社,2016.8
ISBN 978-7-5161-8652-7

Ⅰ.①个…　Ⅱ.①傅…　Ⅲ.①小说评论—中国—当代
Ⅳ.①I207.42

中国版本图书馆 CIP 数据核字(2016)第 174951 号

出 版 人　赵剑英
责任编辑　张　林
特约编辑　武　元
责任校对　王　斐
责任印制　戴　宽

出　　版　中国社会科学出版社
社　　址　北京鼓楼西大街甲 158 号
邮　　编　100720
网　　址　http://www.csspw.cn
发 行 部　010 - 84083685
门 市 部　010 - 84029450
经　　销　新华书店及其他书店

印　　刷　北京明恒达印务有限公司
装　　订　廊坊市广阳区广增装订厂
版　　次　2016 年 8 月第 1 版
印　　次　2016 年 8 月第 1 次印刷

开　　本　710×1000　1/16
印　　张　13.5
插　　页　2
字　　数　232 千字
定　　价　50.00 元

内容摘要

"十七年"文学是近些年来学界关注的热点之一。其原因在于，"十七年"文学形态中蕴含的精神生态与价值指向，体现并影响了几代人的精神构成，且对其的重新审视，表现出了对新的社会范型中的价值动荡的不满与对抗。

在对"十七年"文学的研究中，"重读"是研究"十七年"文学最为主要的方式之一。在这种"重读"中，从个体生命的视角对作品进行"重读"，是对"人的文学"这一中国文学现代化的核心命题的深化，因而具有更为重要的意义，但这一重要的研究领域当下却还极少有人涉入。

本书从个体生命的视角，以马克思关于人的学说作为指导思想，采用"典型现象""细读""新历史主义"的方法，对"十七年"的小说作品给予"重读"。陈思和的"庙堂""广场""民间"三分天下说及其"民间隐形结构"说，也是本书所重视的理论资源。阐释学理论则为本书对作品的"重读"提供了理论辩护。

本书从个体生命的视角对"十七年"小说的"重读"，分成三章给予论述。

第一章着重从个体生命与整体、历史之间的关系，对占据着"十七年"小说主流位置的"史诗"类小说中的具有代表性的诸种个体生命的存在形态进行了新的论析。在概括了个体生命的成型范式后，分为两大部分展开。

第一个部分是以朱老忠、梁生宝、林道静这三个进入整体与历史主流的"经典人物"为例，着重从"真实的集体"与"虚幻的集体"、"有个性的个人"与"偶然的个人"之间的关系，从个体生命中的农民英雄属性、青春属性、知识女性属性方面，从个体生命在物质世界、社会价值与精神世界的实现方面，说明个体生命是如何献身于整体之中的，其献身于整体之后的生命性质、状态又是如何，并对其生命形塑中的精神质素、价值指向，譬如个人生存形态、精神构成的社会政治化，譬如信仰、激情、牺牲等给予论述。

第二个部分是以春兰、改霞、余永泽、冯贵堂、张桂贞、素芳的形象为例，论述被疏离、排斥于整体与历史主流之外的诸种个体生命的生命形态、命运及其带给我们的思考：个体生命的鲜活与历史理性运行与规则之间的"紧张"关系、个体生命在社会安危对良知的拷问与知识学术对灵魂的祈告之间的矛盾、英美派知识分子的个体生命形态、个体生命的"历史的迷误"的悲剧、个体生命的普通的日常存在的意义、被整体与历史进步打入"另册"的个体生命的残损，等等。

第二章从个体生命的视角，对"十七年"小说中"五四"与民间两大价值脉系的显现形态进行了还原式的揭示。在描述了这两大价值脉系在"十七年"小说中的律动轨迹后，论述了以个体生命为作品本位的孙犁小说的特点；赵树理的民间立场及个体生命在这一民间立场叙述下的表现形态；在冯至、陈翔鹤、徐懋庸、路翎、汪曾祺的作品中，体现的五四、20世纪三四十年代所形成的个体生命观念在"十七年"小说中的某种境遇；革命英雄传奇小说，以自己作品中的民间隐形结构，与中国传统的武侠文化血肉相连，从而将中国传统的个体生命的"少年游侠"的精神渴求与主流意识形态对革命战争的礼赞融为一体；等等。

第三章是打捞"十七年"短篇小说世界中的个体生命的碎片。主要将其分为三个类型：第一个类型是在时代社会主题的铠甲下，包裹着的个体生命的血肉之躯，又以《百合花》《组织部来了个年轻人》《李双双小传》为例，将其分为三种形态分别论述。第二个类型是在婚爱、情爱这样的直接与个体生命相关的题材中，写了个体生命的另一种不可消失性。如《红豆》《在悬崖上》《我和我的妻子》《美丽》等作品。第三个类型是在传统与现代的冲突中，或者是在两种现代性冲突中，体现了个体生命存在的复杂形态。如《我们夫妇之间》《上海姑娘》《并不愉快的故事》《月夜清歌》等作品。

在结语中，则继续提出了八个于今天仍具现实意义的问题。

从个体生命的视角，对"十七年"小说进行"重读"，这是一个在当前的价值危机中，对重构精神价值大厦极具现实意义的论题，也是一个截至目前很少有人问津的研究领域。因此，本书的研究视角及依据这一视角而对"十七年"小说作品意义的新的开掘，有着相当程度的原创性。

The suddenly moment when I get a new eye

— rereading the Chinese "17-years" novels from the angle of individual life

Abstract

The "17-years" literature in Chinese modern literature is one of the hot spots in academic circle in recent years. The reason is that the mental ecology and value direction contained in the"17-years" literature have manifested and affected several generations' spirit ; and with fully new eyes, we can find it expresses disaffection and resistance to the value turbulence in a new social rules.

"Rereading" is one of the most important ways on studying the "17-years" literature and it has much vital significance, for this kind of "rereading" will deepen the core thesis—literature of human—in the route of modernization in Chinese literature , nevertheless, there are extremely few people who has had done something in this important area at present.

The text here will give a "rereading" to the "17-years"novels from a angle of individual life.I will use the human theory from CarlMarx as my guide ,and then with the methods just like the " typical phenomenon", "intensive reading ", "neo- historicism ",etc.. The propositions of three division of the literature world, i.e. "temple", "square", "nongovernment", and also the "nongovernmental hidden structure " postulated by Chen sihe are the theoretic resources in this paper; while the theory of Hermeneutics offers theoretic support to my "rereading".

The rereading of the "17-years" novels from the angle of individual life is divided into three chapters:

The first chapter, regarding emphatically to the relationship between the individual life and the whole, carries on a new discussion and analysis of the existing states of various kind of representative individual lives in the "epic" novels which were in dominant status in the "17-years" novels. After a summary of the shaping paradigm of the individual life, the paper launches further discussion mainly in two parts:

The first part takes Zhu laozhong, Liang shengbao and Lin daojing , the three characters who have entered the whole and historical mainstream, as examples, and observing from the relationship between the "real collective" and the " unreal collective", the "personalized individual" and the "accidental individual".I will give some explains on how individual life devotes into the whole, how the life nature and condition are after the devotion, and furthermore, elaborates the spiritual innate natures during the life shaping, which include the value direction, individual survival state, social politicization of spiritual constitution, belief, fervor, sacrifice, etc, from aspects of the farmer hero attribute, the youth attribute, the educated female attribute in individual life, and from aspect of the realization of individual life in material world, social value and spiritual world.

The second part takes the images of Chunlan, Gaixia, Yu yongze, Feng guitang, Zhang guizhen, and Sufang as examples to discuss the living state and destiny of various kinds of individual lives which are alienated and repelled outside the whole and the historical mainstream, which remains reflections on the following questions such as: the "intense" relationship between the lively individual life and the historical rationality steps and its rules; the contradiction of the individual life observed between queries in social safety interrogation to conscience and academic prays to the soul; the individual life shape of the British and America intellectuals; the "historical error" tragedy of the individual life; the significance of the ordinary daily existence of individual life; the individual life damage due to being cast into "the separate list" by the whole and the historical progress, and so on.

The second chapter, from the angle of individual life, carries on a "reshaping" revelation to the two distinct value arteries of the "Wu-si"(the May 4th) and the nongovrenment in the "17-years" novels. After that, the paper discusses the characteristics of Sun li's novels which based on the individual life; Zhao shuli's nonintellectual standpoint and the performance state of individual life in the narration of nonintellectual standpoint; the fate of individual life (shaped during the periods of "Wu-si", 1930s and 1940s, and expressed in works by Feng zhi, Chen xianghe, Xu maoyong, Lu ling and Wang zenqi)in the "17-years" novels. The revolutionary hero romance, with its nongovrenment hidden structure closed to the Chinese traditional knight-errant culture, thus merges the spiritual desire of the "young knight-errant" in individual life in Chinese tradition into the praise by the mainstream ideology toward revolutionary war, etc.

The third chapter fishes the fragments of individual life in the "17-years" short stories. Three types are divided. The first type is about the lively body of the individual life under the armor of time and social subjects, also uses "The Lily", "A Young Man to the Organization Department", "Li shuangshuang Memoirs" as examples for separate discussion in three states. The second type is about the unvanishableness of individual life in the directly related subjects, i.e. the marriage, love, for example, in "The Red bean" and "On the Cliff", "My Wife And I ", "Beauty" and so on. The third type is about complex existing state of the individual life manifested in conflict between the tradition and the modern, or between the two kinds of modernity, for example, in the works of "Between My Wife and Me", "The Shanghai Girls", "The Certainly Unhappy Story", "A Soft Song in the Moonlight "and so on.

Six questions that still have practical significance today continue to be proposed in conclusion.

"Rereading" the "17-years" novels from the angle of individual life is a valuable topic with extremely practical significance in reconstructing the peoples spirit, especially in the crisis of current value, and also is the research area presently where very few people probe into. Therefore, the study angle in the text and the new digging of the significance in the works in"17-years" novels resting on this angle of view teems with, to some degrees, originality.

目 录 Contents

引言："十七年"文学研究的意义、现状与本书研究 / 1

第一章 "史诗"类小说中的个体生命 / 25

第一节 "史诗"类小说中个体生命的成型范式 / 26

第二节 探寻面对"整体""历史"的"个体生命"
的"踪迹"［上］/ 36

第三节 探寻面对"历史""整体"的"个体生命"
的"踪迹"［下］/ 60

第二章 "五四"与"民间"在"十七年"小说中的
一个侧影 / 73

第一节 律动的轨迹 / 74

第二节 重读孙犁 / 80

第三节 散落的珍珠 / 90

第四节　走近赵树理 / 101

第五节　革命英雄传奇与武侠文化传统 / 136

第三章　"细读"短篇小说世界中的个体生命 "碎片" / 147

第一节　时代社会主题外表下的个体生命"碎片" / 149

第二节　情爱世界里的个体生命"碎片" / 164

第三节　现代化进程中的个体生命"碎片" / 173

结语：提出几个于今天仍具现实意义的问题 / 183

主要参考文献 / 199

后记 / 205

"十七年"文学研究的意义、现状与本书研究

"十七年"文学是指1949—1966年的文学。自20世纪90年代以来,特别是21世纪以来,"十七年"文学,尤其是构成这一文学主体的红色文学经典,继在80年代备受冷落之后,再次引起社会、学界及公众的重视。

一 "十七年"文学研究的现实意义

"十七年"文学是指1949—1966年的文学。自20世纪90年代以来，特别是21世纪以来，"十七年"文学，尤其是构成这一文学主体的红色文学经典，继在20世纪80年代备受冷落之后，再次引起社会、学界及公众的重视。之所以如此，主要有两个原因：第一个原因是90年代之后，市场经济模式在中国基本形成。在这一模式基础上，社会上生成了许多新的价值生长点，如个体利益的正当性、对物质、经济力量合法性的认可、新的人生范式的形成等。在这一模式基础上，也引发了许多新的社会矛盾，如贫富悬殊、权力腐败、全民性的价值观念的动荡等，并在21世纪之后，愈显激烈。这些，都与20世纪30年代的中国社会形态有着某种相似性——鸦片战争之后，从西方途经海路由南方进入中国的资本经济的社会模式，在历经洋务运动的技术革命，戊戌变法、辛亥革命的政治革命，"五四"新文化运动的思想革命之后，在20年代末的中国初具规模，形成了从根本上有别于几千年自然经济农耕文明的资本经济商业文明的社会形态，又在其发展过程的20世纪30年代，蕴积且激化了从传统社会向现代社会转型的多种社会矛盾与社会冲突。这与90年代之后的处于社会转型期的中国，颇多相似之处。因之，前述的新的社会生长点，引发了中国学界90年代之后持续不衰的"民国热"，其特点是力求在30年代的中国，汲取积极性的现代社会的价值资源，并有益于中国今天的社会形态构建与价值构建。前述的新的社会矛盾，引发了作为对资本经济制衡力量的红色文化热，而红色文学经典则是红色文化最为形象、最具大众传播力量的载体。这一红色文化热，大致由三方力量形成，且在某种程度上，既相互错位又形成了某种"暗合"与"合谋"。这三方力量，一方是"庙堂"基于自身价值系统的继承性而对红色文化传统的宣扬；另一方是"大众、民间"基于对新的时代中新的经济形态对底层民众的伤害，在怀旧中自发形成的"红太阳热""红色经典热"，并以此表现出了对新的社会范型中利益格局、价值动荡的不满与对抗；再一方是以有海外学习经历及在新的社会形态中成长起来的对新时期之前的社会形态没有亲身经历、体会的青年学者为骨干的学界力量，他们基于对海外资本经济及国内新的商业经济弊端的批判，对红色文化所体现的制衡、批判资本经济的社会主义经验与尝试，表现了相当程度的认可，并因之与营造着"民国热"的另一支中国学界力量相冲突、相对抗。

"十七年"文学之所以在21世纪之后备受关注的第二个原因是，今天在中国社会各个领域中的价值形态上，居于主导位置的1950年代生人，其青少年时代深受新中国成立后"十七年"价值形态的熏陶、浸染，承载着新中国成立后"十七年"价值形态的"十七年"文学，是他们在那一时代的主要的人生读物、精神食粮，文学的情感性与通过情感来建构自己的价值观念的青少年属性，使"十七年"文学给这一代人打上了终生挥之不去的生命性烙印。其后，他们在"十年浩劫"初期，以比新中国成立后"十七年"价值形态更为激进、更为彻底的姿态，否定着新中国成立后"十七年"价值形态对他们的影响，"十年浩劫"中，以更为激进、更为彻底的标准，否定"十七年"文学中革命的不彻底性，就是这其中的表征之一。之后，这一代人的人生路途，屡遭坎坷，起起落落，人生的茫然与价值寻求中的迷茫也成就了他们对昔日信念的反思及对未来寻求的多向。新时期伊始，完全异质于新中国成立后"十七年"价值形态的各种思潮汹涌而至，这一代人也曾一度对哺育了自己青少年时代的"十七年"文学全面否定。然虽饱经人世沧桑，迭受各种思潮的洗礼，但青少年时代所受到的影响，作为其人生成长过程中的主要的思想精神资源，却如影随形，根深蒂固；更由于生命渐近暮年之后的青春记忆、青春怀恋力量的强化，在应对由新的经济形态、社会形态所诱发的价值动荡时，影响着他们的应对姿态价值取向，并因了他们在社会价值形态上的主导位置，影响着社会价值形态的走向。他们人生经历思想精神资源的丰富性，决定了他们面对"十七年"文学价值向度的丰富性，也决定了他们试图发现"十七年"文学中所蕴藏的丰富性。这种丰富性，既是他们这一代人对自己一生的总结，也是对一个历史时代的总结，更是犹如海德格尔所说的，连接着"曾在""现在""将在"的"此在"的"在此"。

因之，在今天如何面对、研讨"十七年"文学，其实已经超出了文学研究的范围，成为在今天重构价值形态的一个时代性问题，成为今天社会思潮冲突的重要的组成部分。在20世纪80年代，中国现当代文学学科，以对现当代文学

的重新评价，介入当时时代问题甚至引导当时时代问题，从而在其时备受中国公众的关注，在让80年代成为一个文学、文化、文学研究的黄金时代中，功不可没。今天对"十七年"文学的研究，在某种程度上，是对80年代中国现当代文学研究传统的一个延续，也是使文学研究走出专业性的"圈子"，具备公众性、社会性的一个时代性命题。

即使单单从文学自身发展的范畴来看对"十七年"文学的研究，其意义也不容忽视。这一文学形态中蕴含的精神生态与价值向度，作为精神与情感的温床，培育或极大地影响了新时期思想界、文学界中的两大主力队伍——"五七"族学人及"五七"族作家群、知青族学人及知青作家群，从而把自己的价值命脉延续到了今天。无论其对这两支主力队伍的价值影响是应该清理的，还是应该延续或者是转换的，但都不应该忽视其影响的存在。王蒙虽然已年过八十，但迄今为止，他的写作中，仍然是50年代"组织部"与"年轻人"的双重变奏；莫言虽然所获是西方设定的文学大奖，其中却是他50年代的童年记忆。凡此种种，不一而足。在这两代作家的作品中，我们分明可以看到他们从新中国成立后"十七年"价值形态一路走来的所经所历的观念变化。这是80年代生作家所没有的。王晓明曾自述其10岁时最早读到的小说是《艳阳天》。[①]黄子平在《"灰阑"中的叙述》中，说其之所以写这本在研究"十七年"小说中产生了极大影响的学术专著，是因为"亟愿意展示作者——作为基本上由'革命历史小说'滋养了因而也拘限了其阅读想象力的一代人中的一员——寻求新的解读可能性的艰难过程"，"是自我精神治疗的产物，是对少年时期起就积累的阅读积淀的一次自我清理"且"同'病'者的需要，比我原来想象的要殷切得多……我再次借用'病'的隐喻来解释此书的写作和阅读……亟想表明我们这几代人（作者和读者），仍然生存于这个世纪大隐喻所指称的历史情境之中也"[②]。

当以王蒙为代表的30年代生的"五七族"学人、"五七族"作家开始退出文坛中心时，当80年代生的作家还没有领军中国文坛时，当以莫言、王安忆、贾平凹、张炜、韩少功等为代表的50年代生作家及价值观念与50年代生作家基本相同的一批60年代生作家雄踞中国文坛时，当以陈思和、程光炜、孟繁华等

① 参见王晓明《20世纪中国文学史论·序言》，东方出版中心1997年版，第2页。

② 黄子平：《"灰阑"中的叙述》，上海文艺出版社2001年版，第3、282页。

为代表的50年代生文学批评家及价值观念与50年代生文学批评家基本相同的一批60年代生文学批评家活跃于对中国当代文学的批评时，研究新中国成立后"十七年"价值形态对50年代生人的创作及研究的正负面影响，就是当前文学界极具现实性的迫切之事了。

克罗齐有句大家耳熟能详的名言：一切历史都是当代史。"十七年"文学作为历史，对于当前的中国来说，更是这样。

二 "十七年"文学与工农兵文学运动、思潮

"十七年"文学不仅是一个"时间概念",而且是一个在中国20世纪文学史上具有特定内涵的概念,对这一概念的特定内涵,我们可以从社会主义文学立论,也可以从人民文学立论,但笔者觉得,把它作为工农兵文学运动、思潮的一部分来立论,似乎更为具体。

如前所述,自海路由南方进入中国的资本经济,在1930年后,其与中国传统社会模式冲突日益激烈,其内在矛盾日益突出。作为对其制衡、对抗的力量,自陆路由北方进入中国且与中国传统社会颇多一致的社会主义运动,日益强大起来,其精神、情感的表征形式,就是兴起于延安等革命根据地的工农兵文学运动、思潮(以下简称"工农兵文学")。

工农兵文学发端于20世纪40年代初期,其在理论上的标志是毛泽东《在延安文艺工作座谈会上的讲话》(以下简称《讲语》),其创作上的标志是在《讲话》精神阐释视野中的赵树理的《小二黑结婚》。在整肃、收编了王实味、丁玲等来自上海等地的五四文学一脉及在阐释中收编了赵树理等来自民间的乡村民间文学一脉后,工农兵文学形成了与根据地经济、政治诉求等相吻合的文学形态、文学范式,即根据地文学,其成型、奠基的标志是丁玲的《太阳照在桑干河上》、周立波的《暴风骤雨》、贺敬之等的《白毛女》等。由于根据地对抗资本经济的成功,其相应地获得了历史合法性的认可,且其时资本经济社会形态在国家中居于主导地位的存在,使根据地文学成为民国文学的一个强大的从"边缘"对抗"中心"的有机组成部分。

"十七年"文学是工农兵文学在共和国成立后十七年中的文学形态,"十七年"文学在精神指向、文学观念、创作方式等方面是根据地文学的延伸,所以,工农兵文学的发展期是在共和国成立后,而在1959年前后以其时的长篇小说创作高潮及杨朔的抒情散文,贺敬之、郭小川的长篇政治抒情诗为标志达到了其最为成熟的高峰状态。这是因为根据地社会形态在1956年达于极

盛，作为其精神、情感标志的文学，亦相应地达于顶峰。但共和国的社会形态与根据地的社会形态有着本质的不同：根据地的社会形态在与资本经济形态的对抗、张力中，构成了其历史合法性。但当资本经济形态退出大陆后，这一对抗、张力关系就消失了，新的社会矛盾来自于共和国内部，由是形成了根据地社会形态与共和国社会形态的诸多不同，诸如战争是根据地形态的主要内容，现代化建设则应是共和国形态的主要内容；与资本经济社会形态所构成的敌我矛盾是根据地形态的主要矛盾，生产力与生产关系的矛盾则应是共和国形态的主要矛盾；等等。由于共和国的社会形态未能在50年代中期完成应有的转换，也由于未能在应有的社会形态的转换中，相应地调整自身精神向度与创作方式上的内在矛盾，前者诸如群体与个体的矛盾、物质与精神的矛盾、社会群体理性与个体生命感性的矛盾、自我牺牲与个体利益的矛盾；后者诸如文学的表现与再现的矛盾、文学与政治的矛盾、写真实与功利性的矛盾、写英雄与写普通人的矛盾等，工农兵文学未能很好地完成自己从民国文学向共和国文学的历史转换，工农兵文学在自己的"十七年"文学阶段，在达到自己的成熟高峰期之后，也终于因上述内在矛盾的激化而于60年代后一步步地走向衰落，最终在"文革"文学中走向谷底。

工农兵文学在1976—1985年的新时期文学中，一度回光返照，这就是与那一时代"拨乱反正"的时代特征相对应的所谓的伤痕文学、反思文学、改革文学的出现。这一时期，看似对"十七年"文学极为轻视、最为贬低，但其精神实质和创作范式，却与"十七年"文学血肉相连，与工农兵文学一脉相承，这也就无怪乎深受"十七年"文学影响而在"十七年"或在"文革"末期从事文学创作的"五七"族作家、知青族作家在这一时期能够率先完成转换一举成名成为主力。前者如王蒙、高晓声、张贤亮、陆文夫等，后者如王安忆、贾平凹、韩少功、李锐等。

工农兵文学作为一个运动、思潮的真正结束，是在1985年。其后的新写实、现实主义冲击波、主旋律小说等，虽然有着潜在的工农兵文学的余响、影响，但工农兵文学，作为一个完整的运动、思潮毕竟是结束了。在其结束之后，相应而来的，是对其以批判形态出现的及时的反思，这就是始于80年代后期的"重写文学史"现象。这一反思，几经反复，终于又在今天，在面对新的时代新的社会矛盾时，有了新的性质、形态与意义。

把"十七年"文学放在这样的一个大的历史背景下考察，把"十七年"

文学放在工农兵文学的谱系中考察，我们对"十七年"文学中的许多重要的文学现象，可能会有着新的认识。譬如，1956年的百花文学，那是共和国文学真正的形成期，也是通过对新的共和国形态内在矛盾的揭示，给工农兵文学在转型中取得新的发展提供了空间与可能；1959年左右的长篇小说创作高潮，那是建立于根据地文学基础上的工农兵文学的成熟期、高潮期，其所记所写，或是根据地时期的战斗史实，或虽然所写是新中国成立后农民的命运与生活，但其所表现的精神品格、精神质素，却仍是根据地时代的标志，其作为工农兵文学的高潮，也意味着对资本经济的对抗、制衡，因完成了一个历史阶段的使命而暂时告一段落。譬如杨朔的散文，以1956年的《香山红叶》为标志，轻个体物质性，重集体精神性，且这种集体精神越益追求远离个人、远离物质的"纯净"与"纯粹"，终于成为被一个时代所普遍接受的"杨朔模式"，并成为一个历史时代的精神表征。贺敬之、郭小川的政治抒情诗亦然。譬如在根据地文学向共和国文学的转型过程中，在"十七年"文学中所出现的一系列的矛盾、冲突，构成了应对社会转型时所出现的时代矛盾、冲突的复杂性、多样性，如对外在于工农兵文学的"胡风文艺思想"的批判，对共和国新出现的社会矛盾予以揭示并以此构成对工农兵文学主流挑战的"百花文学"的批判，对工农兵文学自身调整内在矛盾所做努力的"大连会议"的批判，如此等等。这正是"十七年"文学最具价值之所在。

如果说五四文学是思想革命时代的文学，30年代文学是资本经济时代的文学，根据地文学是社会矛盾冲突达于极致的战争时代的文学，新时期文学是社会转型期的文学，90年代之后的文学是现代经济时代的文学；那么"十七年"文学则是一个政治革命时代的文学。在民国向共和国的历史性转型中，在新的经济形态、社会形态最初的建构中，政治革命与经济形态、社会形态的建构、冲突、张力关系，及在这基础之上形成的情感、精神、思想的价值形态，构成了"十七年"文学的特有属性。把这一属性放在工农兵文学的链条中加以定位，将使我们对"十七年"文学的研究，有着一种历史的纵深感，并因了这种历史的纵深感，使我们在今天这样一个新的历史时代，在研究"十七年"文学时，把"十七年"文学既作为"当代"的历史，又作为当代的"历史"。

三 对"十七年"文学的认识过程与认识现状

对"十七年"文学的认识，走过了一条曲折的道路：在"十七年"文学的形成过程中，"十七年"文学作为社会主义文学的主体，在价值的层面上，是高于以新民主主义文学为主体的现代文学的。① 新时期之后，在以回归"五四"为特点的新时期启蒙文学的浪潮中，在反思文学对"十七年"的批判性反思中，如对20世纪60年代的"左"的思潮的反思，对"大跃进"、反右扩大化的批判，直至对土改、合作化中的失误的反思，作为在其时被视为疏离了五四精神的"十七年"文学，作为与"十七年"血肉相连的"十七年"文学，理所应当地受到了质疑与否定。这种质疑与否定表现在两个方面：一是在高校教学及文学界，普遍地轻视"十七年"文学，如孔范今先生主编的《20世纪中国文学史》（山东文艺出版社1999年版）就只给了"十七年"文学很少的篇幅，如当时的文学研究与文学批评也更多地热衷于对现代文学作家或者80年代文学现状的解读而普遍地冷落"十七年"文学。二是在1988年兴起的"重写文学史"活动中，对"十七年"文学经典作家作品如赵树理、《创业史》等的批判。②

20世纪90年代之后，对"十七年"文学的研究与重新审视，在学界形成一个新的热潮。在这一热潮中，如何看取、评价"十七年"文学，学界形成了三种不同的看法。

第一种，对"十七年"文学表示相当的肯定，且与"新左派"在思想上有着密切的亲缘关系。这种肯定又有两种表现方式：一是在全球化语境中，基

---

① 譬如洪子诚对此论述道："50—70年代，是'当代文学'对'现代文学'的优势和压力。在那个时期，'当代文学'倒是'高一等'的。在王瑶先生的《中国新文学史稿》和唐弢、严家炎先生的《中国现代文学史》中的文学史图景……新文学是在不断地发展和进步，'当代文学'是'现代文学'克服问题和弱点而上升的产物。" 洪子诚：《问题与方法》，生活·读书·新知三联书店2002年版，第8页。

② 参见《上海文论》1988年第4期—1989年第6期《重写文学史》专栏中的相关文章。

于今天市场经济所带来的价值危机，从西方后现代文化的视角出发，希望从"十七年"文学中汲取新的价值资源，代表人物是唐小兵、汪晖等。其主要观点是认为"十七年"文学具有"反现代的现代先锋性"①，这种看法可以说与他们试图从新中国成立后十七年的社会结构中，汲取新的价值资源以救治后现代社会的弊端的努力是相一致的。②由于视野的开阔，将问题置于一个更大的背景下加以考察，所以，此论颇启人思路，给人以耳目一新之感。但其潜在的迷误也是不能不予以警惕的：一是将语境混淆，"错把杭州作汴州"，将西方后现代语境中的问题作为我们今天自身的问题；二是将新中国成立后十七年的前现代资源未经现代性转换而试图直接作用于今天全球化语境中的价值危机。

对"十七年"文学表示肯定的另一种表现方式，是强调"十七年"文学在对抗西方资本主义时的历史属性，其代表人物是李杨、蔡翔等。其主要观点是强调"十七年"文学的社会主义文学的价值属性，强调"十七年"文学在面对西方时构建现代民族国家中的作用，并因此强调"十七年"文学在中国现代文学进程中逻辑关联的连续性。譬如李杨认为："非西方国家要反抗西方，就必须组织起'我们'的性质，即建立起一个现代民族国家，而一个现代国家的组织过程，又完全是一种认同西方的过程。非西方国家对自己的人民只能采取西方式的手段，使国家成为主体，国家承认每个人的特殊性，但这种特殊性的却又是以国家作为主体的普遍性为目的的。"③他的另一著名提法是借鉴王德威的"没有晚清，何来五四"④的提法而提出的"没有'十七年文学'与'文革文学'，何来'新时期文学'"，这就暗含了认为这三个文学阶段在实质上是有着一致与共同之处的。李杨认为："'十七年文学'与'文革文学'并没有割裂'新时期文学'与'五四文学'的关联。"⑤而这两点无论从事实形态还是

① 唐小兵：《大众文艺与通俗文学：〈再解读〉导言》，载《英雄与凡人的时代》，上海文艺出版社2001年版。

② 譬如崔之元对"鞍钢宪法"的肯定。参见崔之元《鞍钢宪法与后福特主义》，《读书》1996年第3期。

③ 李杨：《抗争宿命之路——社会主义现实主义研究》，时代文艺出版社1993年版，第29页。

④ 王德威：《被压抑的现代性——没有晚清，何来五四》，载《想像中国的方法》，生活·读书·新知三联书店1998年版。

⑤ 李杨：《没有"十七年文学"与"文革文学"，何来"新时期文学"》，《文学评论》2001年第2期。

从价值选择上说，都是令人心生疑惑的。但在他对"十七年"小说的重读中，却仍然对"十七年"小说的价值观念多持批判的意见①，在他对"十七年"文学整体的判断与个案的研究中，明显地出现了某种不统一。蔡翔的《革命／叙述——中国社会主义文学—文化想象（1949—1966）》一书，诚如该书封底对该书的介绍所说："本书从国家和地方、英雄和传奇、动员结构、技术革新、劳动等不同方面对1949—1966年中国社会主义文学与文化想象进行了多种角度的讨论，这些讨论既在文学之中，又在文学之外……因此，在本书中，文学史始终处在和政治史或者思想史积极对话的过程中间……尤其本书的结尾，直接讨论了20世纪50—70年代社会实践的危机以及危机的克服问题。从而为进入20世纪80年代提供了理论上的可能性。本书既是一部文学史的研究著作，也是对中国社会主义历史进行重新思考的一次思想旅程。"②这部书由于结合"十七年"文学，着重探讨了中国社会主义实践过程中的得与失，因此，引起了学界高度的关注。

第二种，着重探讨"十七年"文学的历史构成与复杂内涵，亦有两种表现形态：其一，在90年代学术规范化的背景下，把"十七年"文学还原到当时的历史情境中给予福柯的"知识谱系学"的考察。代表人物是洪子诚。洪子诚对"十七年"文学研究的学术构建，有着历史阶段性的贡献。那就是他的《中国当代文学史》（修订版）（北京大学出版社2007年版）、《问题与方法：中国当代文学史的研究讲稿》（生活·读书·新知三联书店2002年版）、《20世纪中国文学研究：当代文学研究》（北京出版社2001年版）等著作的出版。单就他对"十七年"文学的看法而言，有两点特别值得重视：一是他力图将"十七年"文学还原到当时具体的历史情境中，来说明"十七年"文学得以发生的原因，这是最为令人称道之处；二是他不同意"十七年"文学是五四文学的断裂这一在学界曾被视为的定论，而认为"十七年"文学是五四文学浪漫一支的发展与延续，③这就涉及如何看待五四文学的问题。

---

① 李杨：《50—70年代：中国文学经典再解读》，山东教育出版社2003年版。

② 蔡翔：《革命／叙述——中国社会主义文学—文化想象（1949—1966）》，北京大学出版社2010年版。

③ 如他在《关于五十至七十年代的文学》中说："50—70年代的文学，是'五四'诞生和孕育的充满浪漫情怀的知识者所作出的选择，它与'五四'新文学的精神，应该说具有一种深层的延续性。"《文学评论》1996年第2期。

其二，以董之林为代表。董之林多年来致力于对"十七年"文学的研究，早期对"十七年"文学研究的著作有《追忆燃情岁月》（河南人民出版社2001年版），其后的《旧梦新知："十七年"小说论稿》（广西师范大学出版社2004年版）、《热风时节——当代中国"十七年"小说史论（1949—1986年）》（上海书店出版社2008年版）更具内容的厚重与研究的深度。她的研究特点，诚如《热风时节》封底蔡翔的推荐语及《旧梦新知》的内容提要所说，是以"了解之同情"的治学态度，以历史相关性为"十七年"文学研究的切入点。置"十七年"文学于文化网络中，凸显"十七年"文学形成过程中向来被忽视的历史扭结，还原它们在多方因素作用下的演化过程。

第三种，继续站在五四文学的立场上，认为五四文学提出的课题并没有在中国完成，因之，认为"十七年"文学是对五四文学的疏离，代表人物是董健、丁帆、王彬彬、陈思和、陈美兰等。董健、丁帆、王彬彬等不赞成将"十七年"文学评价得过高，更不认为可以从中汲取新的价值资源以支持今天价值大厦的构建，且认为这是一种危险的倾向。他们在2005年出版的《中国当代文学史新稿》的"绪论"中，旗帜鲜明地批评肯定"十七年"文学的汪晖、李杨等人，认为他们在研究"十七年"文学中犯了"历史补缺主义""历史混合主义""庸俗技术主义"的错误。①十年后，他们又在2015年《扬子江评论》第1期上，重新修改并以《何为文学，如何治史》之题刊发了这一《绪论》的主要内容，并且认为中国当代文学学科的"治史价值观非但没有进步，有些地方甚至出现了严重的退化，十年前我们指陈的违背历史主义和马克思主义辩证法的现象在近些年来更加盛行"（见该期卷首语）。

陈思和则认为在"十七年"文学中，存在着潜在写作与民间形态，"力图从'十七年'文学中离析、重构出某些异质因素，而对此类异质性的肯定实际

---

① 参见董健、丁帆、王彬彬《我们应该怎样重写中国当代文学史》，《人大复印资料·中国现代当代文学研究》2003年第5期；陈美兰《新古典主义的成熟与现代性的遗忘》，《学术研究》2002年第5期。前文认为："一方面，在中国当代文学史的教学和科研领域里，'十七年文学'和'文革文学'中的极左思潮还没有得到真正学理上的清算……另一方面，更新一代的学者和一些当代文学史的治史者们却又以令人惊愕的姿态，从'新左派'和'后现代'的视角来礼赞'文革文学'和'十七年文学'的'红色经典'了"，他们因之而将这种礼赞称之为治史中的"混和主义"而予以批判。

上构成了对'十七年'文学更深刻的否定"①，并认为这是重新认识"十七年"文学的重要途径。②陈思和的此种努力是其对20世纪中国现代文学整体认识的一部分，也表现出了如洪子诚所说的："对50—70年代，我们总有寻找'异端'声音的冲动，来支持我们关于这段文学并不单一的苍白的想象。"③

陈美兰认为"十七年"文学中所体现的"新古典主义"的美学形态在今天仍有着积极的存在意义。④陈美兰的这一意见，或许是因为她借用了西方古典主义的概念，显得有些陈旧，所以，始终没有得到学界应有的关注，没有看到这一论述在界定"十七年"文学历史发展阶段、内涵及其对当下中国现实意义的价值，这是十分令人遗憾的。

在对"十七年"文学的重新审视中，重点不在于对作品类史料的新的发现，不在于对新的经典作品的重新发现上，而在于"重读"。原因有二：一是新的作品的发现空间不大。洪子诚曾说："我也是想能发现50—70年代许多被'遗漏'的，'另类'的东西的。我不相信那个时期，人的情感、观念、表达方法就那么统一。为了寻找'遗漏'的'珠宝'，真花费了不少时间。翻过不少作品集、选集，各种过去的杂志，从《人民文学》，到许多重要省份的杂志。结果非常失望……去年曹文轩老师跟作家林斤澜他们编当代的短篇小说选，在50—70年代这个阶段，也是想发现一些被遗漏的'珠子'。我等着他能有新的发现，可是他打电话来征求我的意见，问我有没有发现……他在电话里大致讲了他们的选目，那个选目跟我设想的差别不是很大……所以，知道陈思和先生在发掘、重构当代文学史的另一线索，我总有点怀疑它的可行性。"⑤二是陈思和试图通过潜在写作发现新的作品、史料，有两个不易解决的难题：首

---

① 张均：《"十七年"文学研究的分歧、陷阱与重建》，《文艺争鸣》2015年第2期。

② 参见陈思和《中国当代文学史教程》，复旦大学出版社1999年版。

③ 洪子诚：《问题与方法》封面，生活·读书·新知三联书店2002年版。

④ 参见陈美兰《新古典主义的成熟与现代性的遗忘》，《学术研究》2002年第5期。她认为："十七年文学"是有别于五四文学的新古典主义文学，但"成熟于'十七年'中的新古典主义文学的美学原则，并没有因为'十七年'已经过去就从此消失殆尽，作为一种曾经为中国文学发展提供过独特审美价值的文学……仍然会在我们新的文学环境中得以生存，作为多元中的一元，占有它的生存空间。"

⑤ 洪子诚：《问题与方法》，生活·读书·新知三联书店2002年版，第70—71页。

先，这些潜在写作的真实的写作时间不能准确确定；①其次，这些潜在写作就目前所见，多为零散之作，这样，其在文学史上的实际价值就不免要大打折扣。②即使退一步说，承认其存在的价值所在，但也不能高于"当时处于'显在'位置、并产生了实际影响的文学存在，否则，历史的书写，就会变成现时意愿的书写"③。至于陈思和在作品中所发掘出的"民间隐形结构"，则可以置入对作品的"重读"之列。

目前对"十七年"文学研究有三个比较重要的路子：一是对文学生产机制、制度、报刊的研究，如洪子诚的《中国当代文学史》《中国当代文学研究》《问题与方法》中对文学生产机制的研究，邢小群的《丁玲与文学研究所的兴衰》④等，这与其说是对史料的发现，毋宁说是一种新的对史料的"阅读"。二是"尽量在历史的叙述中穿插对同时期世界先进文学的概括性叙写，在宏阔的视野中获得对文学史对象的背景清晰和清醒的把握"，强化"十七年"文学"与当时整个世界文化格局的关联性，以及它们之间的差序格局"，⑤最有代表性的就是南京大学董健、丁帆、王彬彬等重写当代文学史的努力。三是对作家作品的"重读"，代表性的成果有1988年《重写文学史》中的对赵树理、郭小川、"山药蛋派"及《创业史》等作家作品的重读，有近几年的黄子平的《"灰阑"中的叙述》，唐小兵的《再解读：大众文艺与意识形态》，谢冕主持的"批评家周末俱乐部"对"十七年"经典作品的重读，李杨对《青春之歌》《红岩》《林海雪原》的重新解读以及蔡翔、董之林在前述他们的专

---

① 如洪子诚就对"白洋淀诗群"中的某些作者作品产生的时间的真实性有所疑虑，并借用某位老师的话说："我们现在利用的这些材料，都是'孤证'。"参见《问题与方法》，生活·读书·新知三联书店2002年版，第28—29页。洪子诚的疑虑虽然来自"文革"时期的"潜在写作"，但这一疑虑也同样适合于"十七年"中的"潜在写作"。

② 如董健就批评陈思和主编《中国当代文学史教程》中，将沈从文的《五月卅日十点北平宿舍》，作为"潜在写作的开端"："连一直尘封、无人知晓的一篇沈从文在精神失常中写的短短的手记，也作为中国当代文学的'开篇'之一，进入了历史的叙述之中，以显示文学的'丰富'与'多元'。"董健把这样的对"潜在写作"的重视，批评为"历史补缺主义"。参见董健《关于中国当代文学史的几个问题》，《南京大学学报》2002年第3期。

③ 陈美兰：《新古典主义的成熟与现代性的遗忘》，《学术研究》2002年第5期。

④ 邢小群：《丁玲与文学研究所的兴衰》，山东画报出版社2003年版。

⑤ 董健、丁帆、王彬彬：《我们应该怎样重写中国当代文学史》，《人大复印资料·中国现代当代文学研究》2003年第5期。

著中对"十七年"作品的重新解读，等等。如前述三种对"十七年"文学的重新理解，也都是以重读作为基础的。重读更看重的是如何审视"十七年"文学的精神价值及其对当下的现实意义，对于筛选经典作品以使当代文学进入"史"，对于今天的精神重构来说，都更具有意义，且当下成果也最为显著，所以，对作家作品的重读，在今天是研究"十七年"文学的最为主要的方式之一。①

---

① 关于这一点，还可以参见贺桂梅的《"再解读"：文本分析和历史解构》一文。贺桂梅认为："1990年代以来，一种以经典重读为主要方法、被宽泛地称为'再解读'的研究思路，最先由海外的中国学者实践，逐渐在现、当代文学研究领域引起广泛注意。'再解读'可以说是90年代现、当代文学研究的一个重要倾向……再解读的思路主要为重新理解20世纪中国左翼文学与文化（尤其是作为左翼文学的'当代形态'的50—70年代文学）提供了新的研究视野。但迄今为止，相关的研究仅止于对具体文本进行重读，尚未形成更'完整'的研究论著。"《海南师院学报》2004年第1期。

个体生命视角下的「十七年」小说

16

四　从个体生命视角重读"十七年"小说

　　在对"十七年"文学作家作品的重读中，从个体生命的视角对作家作品的重读，具有特别重要的意义。

　　五四文学是中国文学现代化也是中国文化现代化的起跑线，当我们论及五四文学的时候，我们不仅是在论述一个文学的话题，而且也是在借此论述一个文化、思想、精神的话题，一个关于人、关于个体生命的话题。五四文学最为醒目的标志是"人的文学"的提出。而"人的文学"的核心概念，则是对个体生命的张扬。①这一命题又是中国文学现代化的核心命题，自此之后，中国文学就因这一命题而作为现代文学存在着、发展着，并以此区别于中国古代文学、传统文学。但是，笔者以为这一命题有两点是学界一直未能给予充分注意的：一是这一命题是可以分为若干的层面若干的阶段的，这些层面与阶段对人与个体的揭示与展示自然有到位、失位之别，有深浅、充分与否之分，但你不能因此就否认其作为这一核心命题的某种展示形态而出现。②如是，五四时代所提出的"人的文学"有两个层面，一个是统领中国现代文学各个发展阶段的总的命题，另一个是在这一总的命题下的有着具体时代内涵的如以个体为本位，强调个体感性生命解放的五四时代形态的"人的文学"的命题。③二是上述这一层面、阶段的内部，固然有着其区别于其他层面、阶段的主导方面，但也绝

---

　　①　譬如周作人在他的那篇可称为五四文学的理论宣言的《人的文学》中即明确地说："我所说的人道主义……乃是一种个人主义的人间本位主义"，"用这人道主义为本，对于人生诸问题，加以记录研究的文字，便谓之人的文学"。郁达夫在《中国新文学大系·散文二集·导言》中也说："五四运动最大的成功，第一要算'个人'的发现。"

　　②　在这里，笔者是将"文革"文学作为五四"人的文学"的反题来看待的。

　　③　譬如周作人在《人的文学》中所说："至于无我的爱，纯粹的利他，我认为是不可能……那是超人间的道德，不是人所能为的了。"这一五四时代"人的文学"的重要的思想内涵，在20世纪30年代之后的左翼文学革命文学中，就极少再能出现。

不会是一个铁板一块的统一体。即以五四文学为例，在强调以个体为本位的同时，却也时时有着不能忘情于将个人奉献给群体、民族、国家的冲动。[1]五四之后，时代大潮将人与个体从以个体为本位，从强调个体感性生命的解放，一步步推向投身于整体、民族、国家的变革之中，并为此让社会群体理性再度高于个体感性生命，再进一步令个体成为整体的"齿轮与螺丝钉"。一方面固然从根本上说，是被个体与"整体"的关系所制约；另一方面，却也在五四文学的内部，就内在地深隐着二者之间的矛盾与张力。在这两个方面的共同作用下，上述人与个体的演化轨迹也就是不奇怪的了。明乎此，具体涉及对"十七年"小说的评价，可以说，其在人的具体时代内涵的层面上，"十七年"小说是远离于五四文学的，但其也是五四时代所提出的"人的文学"这一总命题下的一个具体的发展阶段。在这一发展阶段中，固然有其总的、占据统治地位的、整体利益至上的、主导的价值指向，但在这一价值指向下，却也有着与它相对抗的不同于它的其他的价值指向的存在，并因而形成了这一阶段"人的文学"形态的内在矛盾与张力。

新时期之后，以李泽厚、刘再复为代表的人的主体性理论的提出，再次在一个新的螺旋上，回应了五四时代形态的"人的文学"的命题，并形成了新时期以人的解放为标志的思想解放的时代大潮，时称"新启蒙"。在这一大潮中，刘晓波、刘小枫各自以其对李泽厚、刘再复或显或隐的挑战，试图深化、推动这一潮流的发展。刘晓波的挑战，用他自己的话说就是"在哲学上、美学上，李泽厚皆以社会、理性、本质为本位；他强调和突出整体主体性，我强调和突出个体主体性；他的目光由'积淀'转向过去，我的目光由'突破'指向未来"[2]。刘小枫则主要是引入了"五四新文化运动以来，汉语思想界日渐忽视

---

① 如王晓明就在《现代中国的民族主义》中指出："1910年代中期骤然兴起的新文化运动，显示了中国文化人在1980年代以前的一次对于个人独立价值的最热烈的鼓吹。但是，即使在激烈破除'国家'之类集合概念的神圣意义，《新青年》的作者们也并不真能全神贯注于个人，因此，他们对'我'的鼓吹非常容易走调。"并且他以具体的史实为例，论证出那一时代的人们，"正是对国家爱得太深，失望太大，才愤激地转向个人和抽象的人类"，"活现出终不能忘情于社会国家的本心"。参见《半张脸的神话》，广西师范大学出版社2003年版，第277页。

② 刘晓波：《选择的批判》，上海人民出版社1988年版，第13页。

或轻视的西方精神结构中的犹太——基督教精神传统"①。二者的共同之处则在于都注重人的个体性。这一趋向在中国现代文学及中国思想的前沿学科鲁迅研究中，也有着明显的体现，这就是从陈涌的政治鲁迅到王富仁的文化思想鲁迅，再到汪晖、王晓明的个体生命的鲁迅。②近几年来，不论是将中国现代文学中的"个人"视为"始终是民族国家中的'个人'，或者是作为民族国家变体的另一个'想象的共同体'——'阶级'中的'个人'"③，从而将"十七年"文学与五四文学加以沟通的努力，还是围绕着如何看取现代化、现代性从而为确立中国现代文学发展主线提供理论上的支撑点，④人与个体无不是其理论的核心概念。学界的这一研究趋向不是偶然形成的。如果说，在五四时代，人的命题还更多地是在文化思想的层面上得以展开，是在观念的层面上得以展开，更多地侧重于人的意识的解放，侧重于普遍意义上的人的解放；而在其后，人的命题又更多地依附于社会革命的命题；那么，发展到今天的历史潮流，由于市场经济取代了自然经济从而使中国社会从生产力从经济基础这一最根本处发生了转型，由于市场经济与个体利益天然的亲缘关系，由于在全球化语境中伴随着经济一体化而带来的观念形态的渗透，使个体生命的命题重新提出，是在整个社会各个阶层实际生活层面上得以发生，更多地与每一个人的实际生存相关联，从而使个体生命的命题，较之五四时代，有了更为深层普泛的社会基础，得以在更深更广的层面与范围展开，成为当今社会的主要的时代问题，要

---

① 刘小枫：《拯救与逍遥》，上海三联书店2001年版，第5页。

② 参见陈涌《论鲁迅小说的现实主义——〈呐喊〉〈彷徨〉研究之一》，载《六十年来鲁迅研究论文选》（下），中国社会科学出版社1982年版；王富仁《〈呐喊〉〈彷徨〉综论——中国反封建思想革命的一面镜子》，北京师范大学出版社2000年版；汪晖《反抗绝望——鲁迅的精神结构与〈呐喊〉〈彷徨〉研究》，上海人民出版社1991年版；王晓明《鲁迅传——无法直面的人生》，上海文艺出版社1993年版。

③ 李杨：《没有"十七年文学"与"文革文学"，何来"新时期文学"》，《文学评论》2001年第2期。

④ 如陈美兰认为："现代化主要体现在政治、经济、科学技术层面，而现代性则是在人类社会政治经济结构、知识理念体系发生全方位秩序转型后所形成的人的一种新的精神特征。"刘保昌借用杰姆逊的两种现代性理论，认为："'十七年文学'具备着顺应国家、民族现代化大潮的世俗现代性，而其审美现代性则明显不足。"陈美兰《新古典主义的成熟与现代性的遗忘》，《学术研究》2002年第5期。刘保昌《"十七年文学"的现代性问题》，《江汉论坛》2002年第3期。

求学界给予对应性的回答。在这方面的主要问题发生在三个方面，这就是在新的经济基础、社会基础上产生的人、个体生命的生存形态与强大的传统惯力的矛盾，与原有社会主义价值观念的矛盾及这新的人、个体生命的生存形态在新的经济形态、社会形态下形成的本身的矛盾。相应地，在学界则有了从五四立场出发、从原有社会主义价值观念出发及从后现代立场出发的三种对应。对时代社会的"当下性""在场性"的积极参与，是中国现当代文学学科的优良传统，也是这个学科一直保持着充沛的活力，在中国的现代化进程中，较之其他人文学科更为活跃、更为重要的原因。如前所述，尽管在如何看待"十七年"文学上，有着三种不同的见解，但在不承认"十七年"文学是一个空白、在加强对"十七年"文学的研究上，却是一致的。如果说，以往的对"十七年"文学的研究，更多的还是从政治文化的视角加以研究的话，即使是对人的失落的研究也更多的是在政治文化的视域内进行的话，那么，在今天，从个体生命的视角看待"十七年"文学，以对应新的时代从五四"人的文学"命题的延伸、社会主义观念形态对"人的文学"的解读及后现代文化对"人的文学"的冲击、现代与后现代互渗给个体生命命题提出的双重挑战，就具有特别的意义，也是前述学界研究趋向在"十七年"文学研究中合乎逻辑的深化。而这一论题在当今，还是一个很少有人问津的极为薄弱的研究领域。

小说是"十七年"文学中最重要的载体。对"十七年"小说的重读，可以视为是重读"十七年"文学的最重要的组成部分。

从个体生命的视角对"十七年"小说的重读，有四个方面是有必要予以特别强调的。

第一，要用马克思主义的关于人的学说作为指导思想。马克思认为："任何人类历史的第一个前提无疑是有生命的个人的存在。"①他理想中的未来社会是"自由人的联合体"，"每个人的自由发展是一切人的自由发展的条件"②。他对人性，人的本质，人的主体性，人的需要，人的价值，人的发展，人与社会、历史的关系，个体与集体的关系等，都有着最为科学、精辟的说明，这些无疑应是我们从个体生命视角重读"十七年"文学时，进行价值权衡的理论依据。

第二，对"十七年"小说的重读应从用"典型现象"的方法、从对经典文

① 马克思：《马克思恩格斯选集》第1卷，人民出版社1995年版，第294页。

② 马克思、恩格斯：《共产党宣言》，中央编译出版社2005年版，第46页。

本的"细读"开始。所谓"典型现象"的方法，就是钱理群所强调的，在研究现代文学中应该特别提倡的、王瑶在学术研究中的"从一个人看一个世界"的研究方法："对于'一个人'（一个作家）可以有两种考察方式，'如果只把他们的主张和行为单独地作为孤立现象来考察，那么这些只是个别历史人物的贡献和成就'，如果把'一个人'看作是在他的身上体现了特定时代的某些特征的'一个人'与一个'时代'的统一体，那么，这个'人'就成为一个'典型现象'。"③勃兰兑斯的《十九世纪文学主流》、黄仁宇的《万历十五年》、谢冕主编的《百年中国文学总系》等，都是在文学史写作中运用"典型现象"这一方法的成功范例。"细读"是西方新批评文论中的一个重要概念，原本是指斩断了作品与社会、作者、读者关系后，围绕着文本自身构成而进行详尽分析的批评方法。④这里的细读则主要取其宽泛之义，是指重视对文本的详尽分析，立论从对文本自身的详尽分析出发。之所以强调"典型现象"的方法、强调细读，是为"十七年"文学的特点所决定的，即"十七年"文学中，真正经受得住研究的经典之作不是太多，作品类型化、雷同化现象严重。所以，真正研究好一个，即可有相当的概括力。⑤

　　第三，由于"十七年"小说多以站在主流意识形态立场上，对社会、历史做了真实的再现、反映自居，所以，西方新历史主义的批评方法是从个体生命的视角对"十七年"小说进行重读时可以借鉴的方法，其主要可以借鉴者有三：其一，"历史的文本性"与"文本的历史性"。所谓"历史的文本性"是说，文本是借助某种权力而对诸种历史事实的一种用语言来完成的主观编码，它不能不带有一切语言构成物所共有的虚构性及不确定性，因之，历史是诗性的，它不仅是认识的，而且是审美的和道德的。如是，"十七年"小说是对其指涉对象的一种言说而并非其所指涉对象本身，在这种言说中，体现着言说者的价值评判。所谓"文本的历史性"是说，"话语"连接着语言与使用该语言的整个社会机制、惯例、习俗等，文本作为一种"话语实践"，具有特定的文

　　① 钱理群：《略谈"典型现象"的理论与运用》，《文艺理论研究》1998年第5期。

　　② 参见赵毅衡编选《"新批评"文集·引言》，百花文艺出版社2001年版。

　　③ 陈思和认为："1985年以后……学术界盛行新方法和新理念对文学史的理论研究逐渐取代了具体的作家作品研究，文本细读逐渐不被人们重视……没有充分地阅读文学原著，理论底气很难会充足。"《中国现当代文学名篇十五讲》，北京大学出版社2003年版。第2页。笔者觉得，陈思和的这一意见是值得重视的。

化性与社会性，"重要的不是话语讲述的时代，而是讲述话语的时代"。如是，我们就要将"十七年"小说，作为其时的一种"话语实践"来考察其所体现的精神特征、价值属性。其二，"自我形塑"。所谓"自我形塑"是说，新历史主义对历史的兴趣来自现实的危机与需求。新历史主义认为，现实对历史不是单向研究而是双向对话，历史的价值正在于，那个时代人的自我形成可以成为这个时代人怎样确立自己本质的话语借喻，从而使对过去文本的阐释成为对今天意义的敞开。这种研究视角无疑有助于增强我们研究"十七年"小说在今天的现实意义。其三，"大历史"与"小历史"。新历史主义认为，历史化的文本有两种，一是单数的大写的历史，二是复数的小写的历史。譬如集中统一的对历史的阐述是大写的历史，分散零碎的对历史的阐述是小写的历史。新历史主义倡导用"小历史"来瓦解"大历史"，这就为我们在"十七年"小说集中统一的"大历史"话语形式中，寻找潜隐的分散零碎的"小历史"话语提供了新的探索空间。①

第四，陈思和的"庙堂""广场""民间"三分天下说及其"民间隐形结构"说，②也是我们从个体生命视角重读"十七年"小说所应特别给予重视的理论资源。这是因为，三分天下的张力及其互动关系，实际地影响着"十七年"小说中对个体生命的叙述，在"十七年"中，占据着极为重要的位置甚至是统治地位的主流意识形态、传统文化观念，在"十七年"小说中，也常常是通过"民间隐形结构"而给予潜在的具体的体现的。

西方的现象学、阐释学理论也给了我们从个体生命的视角重读"十七年"小说以理论上的支撑。现象学的一个基本观点是，将以往的价值判断予以"悬搁"，"直接回到事物本身"。阐释学理论一是强调作品的意义是读者所"理解"到的意义，这一"理解"是受读者"前见"的制约的。二是强调时间在这一"理解"中的作用，时间距离使理解者有可能摆脱现实关系而获得使本真理

---

① 关于新历史主义的理论，参见张京媛《新历史主义与文学批评》（北京大学出版社1993年版）及盛宁的《人文困惑与反思》（生活·读书·新知三联书店1999年版）等论著。

② 参见陈思和《民间的沉浮：从抗战到文革文学史的一个解释》《民间的还原：文革后文学史某种走向的解释》等文。（载《鸡鸣风雨》，学林出版社1996年版）。笔者在这里想补充说明的一点是，"民间"这一概念在陈思和的论述中，有着多重的丰富含义，在本书中，主要的是从相对应于"庙堂""广场"的立足于人的生存而取的价值立场及文化形态中的民间隐形结构层面来使用这一概念。

解得以可能的"真前见"，也使"真前见"的不断产生成为可能，从而使文本的意义向"理解"的无限可能性开放。三是强调"理解"是"此在"在世的基本方式，从而使阐释凝聚在对生命存在意义的不断追问上。[①]因之，今天从个体生命视角对"十七年"小说的"重读"，正是以"悬搁"为起点，回到"十七年"小说本身，在时间距离使我们摆脱了"十七年"现实关系的作用下，获得使个体生命存在这一本真理解成为可能的"真前见"，从而在阅读中，给"十七年"小说以新的"理解"到的意义，并因了这一"理解"，使个体生命的存在不断地得以"去蔽"与"敞亮"。

如此，我们也许可以对"十七年"小说得到一种新的理解的可能。

我们可以把"十七年"小说具体分为三个板块，从个体生命的视角给予重读。

第一个板块是"史诗"类小说。所谓"史诗"类小说，是指那些在既定的理念框架下，试图通过对社会生活的生动描写，全面地概括一个时代的主要的社会矛盾，揭示历史发展的客观规律，反映一个时代社会生活的"本质"，体现一个时代的时代精神特征的长篇小说。应该说，最能体现"十七年"小说主潮、主要成就、主要美学特征、精神特点的小说就是"史诗"类小说。这个板块在描述了"史诗"类小说中人与个体的成型范式后，主要分为两大部分从个体生命的视角对之加以重读：第一个部分是进入整体与历史主流的诸种个体命运、生命形态及其生命形塑中的精神质素、价值指向。如朱老忠、梁生宝、林道静作为"个体"是如何献身于"整体"之中的，其献身于"整体"之后的性质、状态又是如何，对此的深入揭示或许会有助于我们理解一个时代作为一个个不同的"个体"对"整体"的普遍投入及在这投入中的意义的复杂。对其生命形塑中的精神质素、价值指向的探讨，则有助于我们对那一时代提供给我们的精神资源的深入认识，如个体在精神上的成长历程，信仰、激情、牺牲、暴力与个体精神品格的锻造，个体精神品格的迷误，等等。第二个部分是被疏离、排斥于历史主流、整体之外的被打入"另册"的诸种个体生命的生命形态、命运及其带给我们的思考。如春兰、改霞、余永泽、冯贵堂、张桂贞等作为与历史运行规律不相一致的、与"整体"最终疏离的"异质""个体"的存在，再如素芳作为在"宏大历史"关怀之外的"个体"的悲剧等。

---

① 关于阐释学理论，参见阅朱立元《当代西方文艺理论》"解释学与接受理论"部分，华东师范大学出版社1997年版；王岳川《现象学与解释学文论》，山东教育出版社1999年版。

第二个板块主要从个体生命的视角，探讨"五四"与民间这两大价值脉系在"十七年"小说中的显现形态。体现"五四"与民间两大价值脉系的小说，是"十七年"小说中仅次于"史诗"类小说的两种最为重要的小说形态。以根据地文学为代表的工农兵文学思潮的主要资源来自三个方面：一是"五四"的文学资源；二是民间的文学资源；三是当时根据地这一新的社会形态为着自身的稳定、发展而形成的新的意识形态。这三者之间是一种既统一又矛盾的关系，类如陈思和所指称的"庙堂""广场""民间"。在根据地文学的形成期，孙犁、赵树理由于分别是"五四"、民间文学资源的代表者，所以，曾一度位居根据地文学的中心位置。但新中国成立后，随着"庙堂"对"广场""民间"的先后排斥，孙犁、赵树理的小说创作也就先后从中心退居边缘，但二人却以其各自的以"五四"、以"民间"为作品本位的创作，不同于以反映社会本质、历史规律为作品本位的"十七年"小说主潮，从而在"十七年"小说创作中，呈现了不同形态的"人的文学"的主题范型。冯至、陈翔鹤、徐懋庸、路翎、汪曾祺等，曾分属于20世纪三四十年代多元的文学格局。新中国成立后，随着文学格局迅即为工农兵文学思潮所一体化，他们也就随之迅即边缘化了，但毕竟以微弱之声，在"十七年"小说创作中，保留了他们所各自出发时代的人的观念、个体生命的观念。在"十七年"小说中，声势浩大的革命英雄传奇小说，以自己作品中的民间隐形结构，与中国传统的武侠文化血肉相连，如对个体力量、风姿的渲染，短武器与剑的"同构"，打斗场面的展示，"超常场景"的设置等，从而满足了中国传统的个体生命"少年游侠"的精神渴求。这种精神渴求与其时主流意识形态对刚刚过去的革命战争的礼赞融为一体，形成了一代甚至几代人的对战争的浪漫想象。

第三个板块是"打捞'十七年'短篇小说中个体生命的碎片"。短篇小说如王蒙所说，是"文坛的晴雨表与风向标"[1]；或者如黄子平所说，是"长篇小说等宏大形式的尖兵和后卫……作为尖兵，它表现新的生活方式的预兆、萌芽、序幕；作为后卫，它表现业已逝去的历史时期中最具光彩的碎片、插曲、尾声"[2]。

---

① 王蒙：《感受昨天》，载《中国新文学大系》第3卷，上海文艺出版社1997年版，第8页。

② 黄子平：《论中国当代短篇小说的艺术发展》，载《二十世纪中国文学史论》第3卷，东方出版中心1997年版，第82页。

所以，将短篇小说作为一个重要范畴，在其中打捞"十七年"小说中的个体生命的碎片，就是十分恰当适宜的。这一板块主要包括三个类型：第一个类型是在社会时代主题的铠甲下包裹着个体生命的血肉之躯，又可以分为三种形态，如茹志鹃的《百合花》、王蒙的《组织部来了个年轻人》、李准的《李双双小传》等。第二个类型是在婚爱、情爱这样的直接与个体生命相关的题材中，表现个体生命的另一种不可消失性，如宗璞的《红豆》、邓友梅的《在悬崖上》、俞林的《我和我的妻子》、丰村的《美丽》等。第三个类型是在传统与现代的冲突中，或者是在两种现代性的冲突中，体现了个体生命的复杂形态，如萧也牧的《我们夫妇之间》、张弦的《上海姑娘》、丛维熙的《并不愉快的故事》、韦君宜的《月夜清歌》等。"十七年"短篇小说世界中个体生命的碎片，是以一种零碎、潜隐、不自觉的形态出现的，但其意义不容忽视：在任何一个时代，总是有那些新生的或者是作为过去时代的不可替代的碎片式的人生形态，以一种碎片形式出现或保存下来。它们虽然既非主潮，亦非多数，但其生命形态却是其他再是多数的生命形态所不能或不应取代的。其义有二：一是每一个个体生命都是不可替代、不能忽视的价值单位，"分类学上的'大小''多数少数'本身并没有价值论上的高低、对错问题……多数再多也是一个个个体组成的，少数再少也是一个不可替代的对个人来说只有一次的价值单位，其生命价值不能或不应被任何或虚构或真实的'多'和'大'所偷换所替代"[1]。二是由此构成了对人类生命形态的丰富，在那里，不但有"紫罗兰的芳香"，而且也有着"玫瑰花的芳香"[2]。所以，虽然在这个板块中所论述的个体生命的碎片，在"十七年"小说中确实不占主导位置，甚至也未能在个体生命形态展示的意义上产生较大的社会反响，但对此的打捞，意义却是非同寻常的。

如此，上述三个板块的设置，就使得我们可以从价值形态方面、从个体生命的视角，对"十七年"小说做一次比较全面的爬梳与清理。

---

① 刘思谦：《谈谈个体生命价值》，《黄河》2003年第1期。

② 这是在借用马克思《评普鲁士最近的书报检查令》中的话。马克思说："你们赞美大自然悦人心目的千变万化和无穷无尽的丰富宝藏，你们并不要求玫瑰花和紫罗兰发出同样的芳香，但你们为什么却要求世界上最丰富的东西——精神只能有一种存在形式呢？"在笔者看来，马克思在这里不仅是在对管制言论进行批判，也是在主张对个性的多样化的充分尊重，因为言论是体现人的意志的方式和手段。

第一章

"史诗"类小说中的个体生命

最能代表"十七年"小说主潮、主要成就、主要美学特征、主要创作范式的,是那些具有"史诗"意味的长篇小说。这些小说的代表之作是:被誉为"民主革命斗争史诗"的《红旗谱》,被誉为"农民走向社会主义道路史诗"的《创业史》,被誉为"知识分子成长史"的《青春之歌》,被誉为革命战争史诗的《保卫延安》《红日》,以及作为几代人人生教科书的《红岩》及《山乡巨变》《一代风流》《上海的早晨》,等等。

最能代表"十七年"小说主潮、主要成就、主要美学特征、主要创作范式的，是那些具有"史诗"意味的长篇小说。这些小说的代表之作是：被誉为"民主革命斗争史诗"的《红旗谱》，被誉为"农民走向社会主义道路史诗"的《创业史》，被誉为"知识分子成长史"的《青春之歌》，被誉为革命战争史诗的《保卫延安》《红日》，以及作为几代人人生教科书的《红岩》及《山乡巨变》《一代风流》《上海的早晨》，等等。[1]不论今天人们对这些作品持何种态度，但作为那一个时代文学的标志，作为最能体现那一个时代时代精神特征的小说范型，这些作品是研究"十七年"小说绕不过去的巨大存在。因之，当笔者试图从个体生命的视角重读"十七年"小说时，这些作品理所当然地成为首选目标。

第一节　"史诗"类小说中个体生命的成型范式

关于"史诗"类小说中个体生命的成型范式，诚如陈思和、王晓明所说，在"模式构成""创作理论的依据"等方面，深受《子夜》的影响。[2]高度概括地说，这些作品都是在既定的理念框架下，通过对社会生活的生动描写，试图来"全方位"地概括一个时代的主要的社会矛盾，揭示历史发展的趋向，反映一个时代社会生活的"本质"，从而构成"史诗性"。这样的一种"史诗性"的作品模式，可以说是滥觞于《子夜》，而在《创业史》中，达到了极致，我们姑且将之称为"《子夜》—《创业史》式的史诗模式"。譬如《子夜》写了民族资本与买办资本、工人与资本家、农民与地主、封建经济与现代资本、军阀战争与政治、经济动荡等其时主要的社会矛盾，试图来回答中国是否能够走

---

①　关于这些在学界似已有定评的结论及其对这些作品的相关论述，可参见郭志刚、董健等主编的《中国当代文学史初稿》，张钟、洪子诚等著的《当代文学概观》，王庆生主编的《中国当代文学》等20世纪八九十年代流行、通用的几本有关当代文学的教材及吴秀明主编的《中国当代文学史写真》中所收录的相关论述。

②　参见《上海文论》1989年第3期《重写文学史》专栏中"主持人的话"。

资本主义道路的问题。①譬如被誉为民主革命斗争阶段农民史诗的《红旗谱》，写了农民与地主的世代冤仇；写了先进的无产阶级思想以知识分子为桥梁，对农民革命意识的唤醒，并以此将传统的农民革命纳入现代无产阶级斗争的版图；写了中国资产阶级与封建地主阶级的亲缘关系及与劳苦大众的对抗；写了北伐战争；写了思想革命转入政治武装斗争的必然；写了在这一转折中，原有的个性解放等思想启蒙的内容如何必然地被疏离于时代主流之外等，从而试图来全面体现中国民主革命斗争的主要特点与历史进程。譬如被誉为写中国农民走向社会主义道路的史诗性作品的《创业史》：作品写了在中国合作化运动中，中国农村各主要阶层如贫农、富裕中农、富农、青年农民、老一代农民、党内既得利益者等对合作化运动的反应；写了城市建设、科学技术、统购统销等经济政策对合作化运动的影响等，从而试图说明集体生产这一新的生产关系的建立，是中国农民共同致富并成为新型农民的康庄大道。譬如被誉为知识分子投身革命的史诗性作品的《青春之歌》，是以林道静为人物核心，通过知识分子群体形象的描塑及其各自不同的人生道路的选择，试图说明知识分子投身于党的怀抱，从个人奋斗走向集体斗争，是中国一代青年正确的历史抉择。《青春之歌》的修改本曾引发过多次争论，焦点之一是修改本所添写的林道静在深泽县与农民结合的七章是否必要。②从人物塑造的自身逻辑看，这七章确实不宜，但如果从作者所试图全面概括其时主要的时代矛盾社会本质的"史诗性"追求看，这七章的添写却又是必不可少的，也就难怪作者本人在20世纪90年代也还要对此修改持一种首肯态度。③《保卫延安》《红日》通过将真实的战争史实与艺术虚构结合起来，试图以全面地概括战争规模来反映中国革命战争的历史进程。作为作者的追求，这表现在两个方面：一是从彭德怀等我军的

① 参见钱理群等《中国现代文学三十年》（上海文艺出版社1998年版）等具有权威性的流行的中国现代文学史教材。茅盾自己也说过：《子夜》的写作，是为了回答托派关于中国能否走资本主义道路的问题（参见茅盾《〈子夜〉是怎样写成的》一文）。此后，这一意见也一直被作为对作品主旨的阐释而为学界所承认、接受。

② 关于这些在学界似已有定评的结论及其对这些作品的相关论述，参见郭志刚、董健等主编的《中国当代文学史初稿》、张钟、洪子诚等撰写的《当代文学概观》、王庆生主编的《中国当代文学》等20世纪八九十年代流行、通用的几本有关当代文学的教材及吴秀明主编的《中国当代文学史写真》中所收录的相关论述。

③ 参见杨沫写于1991年6月的《青春之歌·新版后记》，中国青年出版社2000年版。

高级军事首长到各级指挥员到连队战士直至地方民众，全面表现了我方参战的全景；二是较全面地写了战争中敌我双方的态势及我军从失败到胜利的过程。①《红岩》则是高度地概括了一个时代在变革社会时所需要、所诉求的精神品格从而构成了其史诗性的。②

产生这样的一种史诗模式并不是偶然的，而是有着其必然的历史成因。

如果说五四时代是一个对人进行思想启蒙的时代，五四时代的文学是"个体为本位"的"人的文学"，那么，20年代后期以降，中国社会的历史运行就进入了一个对社会结构进行实际变革的社会革命的时代。相应地，主要是左翼文学，也从对人的关注转入了对社会的认识与剖析。不是说这一时期的左翼文学不再写人，而是说文学艺术地把握人与社会的方式发生了某些重大的变化：五四时代的文学，是将个体作为写作的中心，是在写个体的性格、命运、生存、存在的境况中，折射出时代、社会的形态、矛盾，历史运行的轨迹、向度。如鲁迅的农村生活小说，并没有正面地写辛亥革命、张勋复辟，却通过阿Q、九斤老太们的麻木愚昧，折射出了旧民主主义革命不能成功的重要原因，而且又并不仅止于此，他们还给读者以更多的耐人寻味的人与社会的意蕴。20年代后期以降的左翼文学、根据地文学、"十七年"文学，则是将社会、时代作为文学写作的中心，是在写社会、时代的形态、本质中，写出了人物的性格、命运、生存、存在的境况。其作为转折点的，其最早、最具典型意义、最有代表性的作品，就是茅盾的《子夜》。《子夜》在其时及其之后受到广泛的称誉，产生深远的影响，绝不是偶然的。③文学艺术地把握人与社会的方式之所以发生这样一种重大的转折，是因为文学的结构与社会经济结构、文学的叙事

---

① 关于这一点，陈美兰在《中国当代长篇小说创作论》（上海文艺出版社1991年版）中有比较出色的论述，请参阅该书第88页。

② 《红岩》在精神体现上的红色经典意义是不争的事实，笔者在这里则是从最集中地体现了一个时代的精神质素、品格这一角度将其归入史诗性的。这一点，与通常将再现客观历史进程作为史诗性略微有所不同。

③ 《子夜》发表后轰动社会，三个月内重版四次。被认为是"中国第一部写实主义的成功的长篇小说"，"一九三三年在将来的文学史上，没有疑问的要记录《子夜》的出版"。参见钱理群等《中国现代文学三十年》，上海文艺出版社1998年版，第227页。《子夜》对现代小说的影响如《中国现代文学三十年》所说："把'三十年代'与'五四'划分开，成为另一个时代。"《子夜》对当代小说创作的影响则同如前引王晓明等言。

意识与社会的集体意识"具有严格的同构性"①。即使深刻如鲁迅，即使对人的生存、存在境遇充满着现代感的鲁迅，也在20世纪30年代更多地写作了大量的直接抨击社会现实的如"匕首与投枪"样的杂文，就在某种意义上验证着这样的一种"同构性"。西方文学在经历了高扬个人的主观心灵、精神、欲求的浪漫主义之后，因为社会现实与个人的对立，使人在社会现实面前无法实现自己，从而产生了对社会现实的认知、批判需求。相应地，以对社会现实做深入揭示、尖锐批判而著称的批判现实主义应运而生。中国现代文学在高扬人、个体生命的五四文学之后，因为"没有现代民族国家的建立，就没有人的解放"这一观念，左翼文学从而从以人为写作中心转入以社会现实为写作中心。中西方文学艺术地把握人与社会的方式发生如此重大转换，也在某种意义上验证着上述所言的"同构性"，说明着这样一种转换乃是文学运行规律的必然。只是西方的批判现实主义文学仰仗西方深远的以人为本的人文传统，是从人、个体的视角去揭示、批判社会现实；中国20年代后期以降的左翼文学、根据地文学、"十七年"文学，则由于中国久远的以社会群体伦理为本位的文化传统，特别是根据"没有现代民族国家的建立，就不可能有人的解放"这一观念，所以，在建立现代民族国家的历程中，其中的人、个体，"那些看起来好像是关于个人和力比多趋力的文本，总是以民族寓言的形式来投射一种政治"②；是以"民族国家中的个人；或者是作为民族国家变体的另一个想象的共同体——阶级中的个人"③而出现的；是以"这一群"中的"这一个"而出现的，"典型"塑造中的"类型化"倾向由此而生。④在人、个体与社会的关系中，无论是根据地文学还是"十七年"文学，都是将新的社会形态的建立、建设与人的解放视为一体，和谐而不是矛盾、冲突、对抗、批判成为人、个体与社会相互关系的

---

① 〔法〕吕·戈尔德曼：《小说社会学前言》，载《文学社会学方法论》，工人出版社1989年版，第210页。

② 〔美〕杰姆逊：《处于跨国资本主义时代中的第三世界文学》，《当代电影》1989年第6期。

③ 李杨：《没有"十七年文学"与"文革文学"，何来"新时期文学"？》，《文学评论》2001年第2期。

④ 典型塑造中的类型化倾向一直是"十七年"文学中需要加以克服的弊端，参见李希贤《典型系统引论》的第五部分"典型'是共性和个性的统一'论的多面观"，华中理工大学出版社1988年版。黄曼君主编：《中国近百年文学理论批评史》第5编第三节"典型和形象思维探讨"，湖北教育出版社1997年版。

主要标志，所以，现实主义的批判意义不断丧失，①认为人的解放可以在人与社会的和谐中完成的古典主义的因素不断增长——这自然是以西方古典主义为标尺。学界对"十七年"文学中现实主义因素的反复质疑，对红色古典主义或新古典主义的多次命名，②正是因此而发生。所有这些，决定了此类史诗模式小说个体生命的成型范式，这种成型范式的主要特点是：

第一，按照作家对社会构成、时代矛盾、历史前进趋势的观念性理解设置人物及人物之间的关系，并以之给所设置的人物定性、定位，通过人物的设置及人物之间的关系，尽可能全面地表现一个时代各种主要社会力量之间的直接冲突与抗衡。这样，人物不是作为一个独立的个体，而是作为体现某种社会力量社会本质的符码、载体而出现。如在《子夜》中，为了体现"史诗性"，作者分别设置了买办资本家赵伯韬、民族资本家吴荪甫、封建地主冯云卿等人物形象。在《红旗谱》中，作者分别设置了由传统农民英雄向无产阶级战士转化的朱老忠，共产党人贾湘农，乡村知识分子运涛、江涛，追求个人情爱实现的春兰，地主冯老兰，资产阶级生产方式的鼓吹者冯贵堂等人物形象。在《创业史》中，作者分别设置了青年农民梁生宝、老一代农民梁三老汉、富裕中农郭世富、富农姚士杰、党内既得利益者郭振山等人物形象。三部作品都是试图以这些人物及其相互关系、冲突，构成其时的时代矛盾、各种主要社会力量的直接抗衡。为了避免由这些人物关系所代表的社会各种主要力量之间直接的冲突与抗衡所导致的作品结构的单一与僵硬，作者往往采用两种方法：一是在每一种社会力量的代表人物的周围，还要设置一些与这位代表人物相同或相异的辅助性的人物，如与吴荪甫同为民族资本家的还有缺乏"铁腕"气质与能力的王和甫等，与郭世富同为富裕中农的还有并不与合作化对抗的梁大等，与朱老忠同为由传统农民向无产阶级战士转化的还有与朱老忠相比略嫌软弱的严志和等。二是赋予人物关系以某种生活色彩，如梁生宝与梁三老汉、冯老兰与冯贵堂的父子关系，运涛与春兰的情爱关系等。在这方面做得最有特点也最为人所

---

① "十七年"文学中的几次重大的文学理论论争，如对胡风"写真实论"、秦兆阳"现实主义——广阔的道路"、邵荃麟"现实主义深化论"的批判，无不是对现实主义批判特点的批判。

② 如殷国明认为"十七年"文学是红色古典主义文学，陈美兰认为"十七年"文学主要是新古典主义的文学。参见殷国明《中国红色古典主义文学的兴起与终结》，《学术研究》1995年第2期；陈美兰《新古典主义的成熟与现代性的遗忘》，《学术研究》2002年第5期。

称道的是《三家巷》《苦斗》以互有亲缘关系的三个家庭人物之间的纠葛来体现各阶级力量之间的冲突与对抗。①

第二，在如此设置人物及给人物定性定位后，作者们是用社会流行理念所认定的某种社会力量、某种社会阶层的社会本质属性作为人物性格内在质的核心。譬如买办资本家赵伯韬的寄生性，民族资本家吴荪甫的精明强干、唯利是图，新一代农民梁生宝听党的话、追求进步，老一代农民梁三老汉的小农自私心理及在新旧交错中的二重性，朱老忠的传统农民英雄的品格，等等。这些人物作为某种社会力量的代表人物，生活可以各异，行动可以不同，也可以具备某些似乎与其社会本质属性不合的缺点或优点以构成人物性格的"丰富性"，但这些缺点、优点或对这些缺点、优点的描写限度，最终却以不能构成对这种性格内在质的规定性的侵犯为原则。譬如《山乡巨变》中的刘雨生，在妻子与其离异后内心的软弱与悲伤及对合作化工作积极性的影响。再如《红日》中连长石东根在胜利后纵酒使性，身着国民党军官服骑马狂骋。但这样的一种缺点，却无损于其作为合作化运动带头人的新一代农民形象的光辉，却无损于我军基层指挥员英勇豪放的形象，而且对这种光辉与形象反而常常起着一种让人物更多地贴近现实生活的衬托作用。

为了把现实生活中的人物转化为符合作者观念中的文学形象，"史诗"类小说的作者基本采用的是净化与强化的方法，那就是用种种手法——从种种的拼接到描写的侧重——强化作者在人物身上所欲突出的性格特征，净化掉那些不符合作者对人物本质规定性的部分。譬如梁生宝的无私、对个人情爱的克制态度、协调人际关系的组织能力，无不是作者根据自己对人物塑造的观念性理解给予强化的结果，而对其人物原型王家斌对统购统销政策的怀疑、对购买土地的犹豫等"缺点"则毫不犹豫地净化掉了。②对反面人物形象的塑造也如此，譬如姚士杰，在与合作化运动的对抗中，他可能还是一个深受儒家文化影

---

① 如陈思和主编的《中国当代文学史教程》（复旦大学出版社1999年版）即认为"《三家巷》的叙事是从《子夜》模式发展而来……但其间的多元复杂关系，尤其是对不同阶级出身的小资产阶级知识分子的多元复杂关系的描写，打破了一般现代历史小说把阶级关系和阶级矛盾简单化、庸俗化的思维定式。

② 参见宋炳辉《"柳青现象"的启示》，《上海文论》1988年第4期。

响的、恪守传统道德的、在地方上有一定影响的人物。①但这些因素，也就同样不能出现在柳青的笔下。

第三，与这种人物配置及人物内在质的严格的规定性相对应的，是外在表现形态的丰富生动性及二者的双向作用相互融合。所谓外在表现形态的丰富生动性有两个含义：一是指在与主要配置人物相关联的人物描写中，表现了社会与人的丰富性，如《子夜》中对"浮浪青年，时代女性，知识分子的思想动向，都市特产交际花的描写等"②。二是指与人物内在质的规定性相对应的人生形态的逼真描写，如朱老忠为朋友两肋插刀、去济南探监、资助江涛上学等，如在人物描写上增加情爱描写的因素。③所谓二者的双向作用相互融合也有两个含义：一是受观念性的人物配置及人物内在质的规定性的限制，导致外在表现形态被局囿在一定的范围之内，不能尽显人与现实生活的丰富多彩，削弱了作品意蕴的丰厚性。二是外在表现形态的丰富生动性，使作品得以超越、突破作者创作时的理念限制，为阅读者提供比较广阔的阐释空间。"十七年"小说创作，由于对作者创作理念及作者深入生活这两个方面的特别强调，所以，上述二者的双向作用相互融合的特点就格外突出、明显。在这方面，柳青是一个特别富于代表性的典型。柳青特别重视理论学习，但其理论资源则极为单一："柳青早年在解释他倡导的作家要进'三个学校'的含义时就曾强调'党报社论就是党校'。"柳青又特别重视深入生活，扎根皇甫村14年被传为美谈。前者导致了其创作理念的单一与僵硬及相应地使"生活经过这套框架的筛选，丧失了它的原生状态的丰富性、复杂性"④；后者导致了作品在一定程度上，突破了作者预定理念框架的限制，生动地呈现了农民——无论是青年一代农民还是

---

① 参见孙先科《〈白鹿原〉与〈创业史〉的"互文"关系及其意义阐释》，在这篇文章中，孙先科认为，姚士杰与《白鹿原》中的大儒白嘉轩在文化原型上实为一人："作为中国泛政治文化的一部分，地主或富农作为一个政治符码已经定型化……其具体的所指——经济的、社会的、文化的、心理的内涵逐渐被抽空……如果说，姚士杰是这种'抽空'和定型化的具体操作与演练过程的一部分的话，那么，白嘉轩的'改写'则是一次'还原'，是将这一特定社会阶层一度失掉的'血肉'赎还给他们的过程或仪式。"此文尚未公开发表。

② 蓝棣之：《一份高级形式的社会文件》，《上海文论》1989年第3期。

③ 梁斌在《漫谈〈红旗谱〉的创作》中说："要让读者从头到尾读下去，就得加强生活的部分，于是安排了运涛和春兰、江涛和严萍的爱情故事，扩充了生活内容。"《人民文学》1959年第6期。

④ 宋炳辉：《"柳青现象"的启示》，《上海文论》1988年第4期。

老一代农民——在变革过程中命运、情感、心理的形态，给作品以较大的审美价值，虽然这是作者所始料不及的。[①]

第四，人物与环境之间则成为双向的互为对应的线性的平面共时性关系。这主要体现在两个方面：一是作品中的主要人物的命运，往往是时代变迁直接的线性的作用下的结果，往往与时代的变迁发生线性的平面的同向同形同步的变化；二是人物配置、人物性格与时代的社会环境中的诸因素都仅仅指向社会的政治文化、政治思想、政治意义层面，如民族资本主义道路在中国的无出路使吴荪甫最终落了个失败的下场，如集体生产方式让中国农民共同致富、使梁三老汉等人最终得到了物质上的相对满足等。在这样的人物与环境的关系的设置中，个体生命成为某种理念的外化符号，人特别是个人命运的独特性不见了，个体及时代、社会在内容构成上的交相错落的网状矛盾的立体性也被极大地削弱了。就前者而言，人特别是个人的命运往往被两种力量所决定：一是外部的时代、社会的力量，这一力量是如恩格斯所说的"总的合力"[②]而非单一的社会政治力量；二是人自身的个人灵魂的力量，这个人的灵魂的力量，又是为个人的生理、成长的经历、历史的积淀及"总的合力"等多种因素所决定的。对这两种力量的忽视，是造成个体命运独特性消失的根本原因。其实，合作化运动并不必然地总是由青年农民而不是由富裕中农来作为带头人，民族资本家在中国的20世纪30年代也不必然地面临失败的命运。就后者而言，政治内容是中国社会革命中的最重要的内容，但作为个体生命的日常生活，这一政治内容只有转换成为个体生命的生活内容才能得以存在，且政治内容又绝非个体生命生活的全部内容。所以，吴荪甫虽然在政治经济斗争中惨遭失败，但在这惨遭失败中，却也并不是没有获得个人性坚贞爱情的可能；梁三老汉虽然在经济上得以翻身，但也有可能在这翻身的同时，由于经济的富裕造成家庭的纠纷而使个人的幸福荡然无存。

"《子夜》—《创业史》式的史诗模式"中人与个体的成型范式，在

---

① 如同宋炳辉在《"柳青现象"的启示》中所说，在小说出版后，面对读者对老一代农民梁三老汉这一形象的成功塑造，"柳青本人却大有无心插柳之叹"。而笔者在本书后面对梁生宝这一青年农民形象塑造的解读，也是作者根本想不到的。优秀的文学作品，总是给读者以无限的自由想象的空间。

② 恩格斯：《致约·布洛赫》，载《马克思恩格斯选集》第4卷，人民出版社1972年版，第478—479页。

"十七年"小说创作历程中，有着下列两个最为明显、突出的特点。

第一，产生了极大的影响，得到了最为普遍的体现。就以在"十七年"小说创作中成就最大的农村生活小说的几部代表作《三里湾》《山乡巨变》《创业史》《艳阳天》为例，无论在人物关系的配置上，还是在人物性格核心质的规定性上，几部作品都表现出了惊人的一致：带头走集体经济道路的新型农民，这一新型农民又都是以青年农民的形象出现的：王玉生、刘雨生、梁生宝、萧长春；在集体经济与小农经济的冲突中，既想追随新的潮流又被传统积习所束缚的矛盾人物：袁天成、盛佑亭、梁三老汉、萧老大，这一矛盾型人物又都是以老一代农民形象出现的；对农村集体经济有严重抵触情绪并往往与之构成竞争的：马多寿、王菊咬、郭世富、弯弯绕，这类人物又都是以富裕中农的形象出现的；对农村集体经济不满的党内既得利益者：范登高、谢庆元、郭振山、马之悦，这类人物又都是以曾经有过一段革命经历，但随着自己在革命中利益的获得而不再愿意继续革命的人物形象出现的；不甘心失败而破坏农村集体经济的敌对分子，这在《三里湾》中是空缺，①在另外三部作品中，分别是龚子元、姚士杰、马小辫。②如果我们有耐心以此种方法对《青春之歌》《上海的早晨》《三家巷》《保卫延安》等作品做一类似的分析，是可以在这些作品中，甚至在大部分被称誉的"十七年"小说中，看到这一个体生命成型范式的影子的。

第二，在这一成型范式的发展过程中，以所谓的各种社会力量的体现者来配置人物关系及以所谓的这种社会力量的本质来作为人物性格核心质的规定性，是越来越被纯粹化、单一化了。这一被纯粹化、单一化是那一时代对革命构成的理解与要求越益纯粹化、单一化的形象反映：首先，某种社会力量的体现者，越来越被集中、突出在某一个人身上，别的同类属性的人物则是作为陪衬者而出现的。如果说，在《三里湾》《山乡巨变》中，王玉生、刘雨生作为农村集体经济的带头人的青年农民的形象还不是特别地被突出，他们的身边分别还有王金生、范灵芝、王玉梅、邓秀梅、大春、盛淑君等人在分享他们的角

---

① 这一点在当时曾受到批评，赵树理辩解道："有人说其中没有敌我矛盾是漏洞，我不同意。"参见赵树理《当前创作中的几个问题》，《火花》1959年第6期。

② 关于这一人物定位及配置图式，陈美兰在其《中国当代长篇小说创作论》（上海文艺出版社1991年版）第二章第三节中有着极为精辟的论述。

色；那么，到了《创业史》《艳阳天》中，梁生宝、萧长春则成为此类人物中具有绝对优势的代表性人物了。其次，人物之间的关系越来越体现为不同社会力量之间的直接抗衡，非抗衡的关系、因素越来越被净化几至于无。其主要表现有二：一是没有被鲜明地分派给某种社会力量的人物、角色越来越少；二是人物的言行，即使是日常生活的言行，也都被赋予了与作品所要表现的社会矛盾时代斗争相关的内容。再次，人物性格的核心越来越成为某种社会力量的抽象的本质的体现，而不再被允许掺入任何一点非"本质"的因素，好人、坏人、正面人物、反面人物、中间人物、转变中的人物等，各司其职，各守其位。这样的一种纯粹化、单一化的趋向，发展到极端，必然地合乎逻辑地发展为"文化大革命"中的"样板戏"的造型原则，就是毫不奇怪的了。还需要加以指出的是，作为一种叙事意识，这样的一种成型范式，其发展过程是与我们国家在"十七年"中，越来越人为地强调人与人之间的斗争关系，越来越将人的日常生活政治化，越来越人为地强调人的所谓的阶级属性是同步的。[①]

不论我们对"十七年""史诗"类小说个体生命的成型范式做如何的评价，在这一成型范式下所塑造的人物形象，却成为"十七年"小说留给我们的最为主要、重要的人物形象。我们下一步的任务，则是要以这些人物形象为依据而去进一步深入追问：个体生命是如何成为"现代民族国家的人与个体"的？这作为"现代民族国家的人与个体"的存在形态及其精神品格又是什么？

[①] 在"十七年"末端的1965年，一个人的家庭出身、成分，已经成为其在社会中的最为重要的政治属性之一，家庭出身不好的青少年在入学、参军、选择工作中，普遍受到不应有的歧视。人们日常的穿着打扮如西装、口红、烫发、高跟鞋等，已经普遍地与一个人的政治意识联系在了一起。在当时开展的"四清"运动中，人与人的关系成了相互之间的揭发、批判的关系，如此之类，不一而足。关于这一点，当时的文学作品对此也有着十分生动的展示。如在当时盛极一时的电影《霓虹灯下的哨兵》中，排长陈喜的资产阶级思想就是通过扔掉一双粗布袜子开始的。在当时颇受好评的胡万春发表于1963年的短篇《家庭问题》（《中国新文艺大系1949—1966短篇小说集》下，中国文联出版公司1989年版）中，作者也是通过兄弟二人在穿戴上的新旧对比来展示无产阶级与资产阶级两种思想的斗争的。

第二节　探寻面对"整体""历史"的"个体生命"的"踪迹"［上］

　　相对于个体而言，现代民族国家或者其变异的形式"阶级"是作为"整体"而存在的，建立现代民族国家的历程则构成了中国的现代历史，个体生命与这整体、历史的关系如何，是"个体生命是如何成为'现代民族国家的人与个体'的，这作为'现代民族国家的人与个体'的存在形态又是什么"这一问题中的核心问题。笔者将这一问题分为两大类：一类是进入整体与历史主流的个体生命及其精神质素、价值指向，另一类是未能进入整体与历史主流的个体生命。笔者在这一节先来考察进入整体与历史主流的个体生命及其精神质素、价值指向，以《红旗谱》《创业史》《青春之歌》为典型例证并兼及战争史诗类小说对此进行探讨。

　　首先要问的是，是什么使朱老忠、梁生宝、林道静自觉或者不自觉地放弃了以个人的力量改变自身命运的努力而投入整体的怀抱之中并以此进入了历史的主流呢？

　　在《红旗谱》的开篇，作者用朱老巩大闹柳树林的故事喻示了农民靠个人力量反抗地主对自己的压迫的失败，这一失败又通过严志和等28户农民与地主冯兰池三次打官司的失败、通过朱大贵被抓去当兵而朱老忠无力改变局面而得到了补充与强化。更由于朱老巩的勇烈、朱老忠走南闯北的成熟、28户农民的义无反顾的衬托，说明无论是靠武力——大闹柳树林的大刀与长矛，还是靠文斗——打官司，抑或靠农民民间的经验——朱老忠的走南闯北的成熟，都无法改变靠自身力量变革不尽如人意的现状的失败命运。与《红旗谱》的开篇相似，在《创业史》的开篇，作者也为我们生动地描述了梁三老汉、梁生宝靠个人力量三起三落的失败的发家史。所有超乎常人的种种努力与辛劳一概付诸东流，个人发家，非不愿也，乃穷尽个人之力在其时而不能为也。在经历了三起三落的发家史，穷尽了自己的全部心力后，梁三老汉对任何灾难"平静而且心服"，他"再也不提创家立业的事了"。《青春之歌》的开篇与之大同小异，林道静为了反抗强加给自己的婚姻，保持自己个人的独立，只身离家出走，海也跳了，把个人也全部交给爱自己的人了，为了找到一个能够让自己立身的职业，偌大的北京城也跑遍了，但最终仍然没有个人的立锥之地。阿尔贝·雅卡尔在论述教育、文明程度都较高的德意志民族为什么会沦入二战悲剧时曾指出："最令人宽心的解释归结为失望，1918年的战败、通货膨胀还有失业使德国人陷入了失望之中。他们失望到了似乎任何带来变化的解决办法都可以接受的地步。"而当时的执政者确实"给他们带来一次根本的变革"①。在这样的根本变革中，"与民主的缓慢进程相反"，变革"带来立竿见影的高效率。它使所有人不必抱着分担一项共同事业的责任的思想去决定任何事。倘若一些人声称自己掌握真理，积极地描绘出接下去的道路，并且在最初一段时期里证明他们确有能力改善现状，人们怎么会不接受他们呢？"作者并且引证说：在其时执政者"上台两年后，一切在德国人看来正在发生多么大的好转！"②当然，任何类比都是蹩脚的，在这里的类比甚至是荒谬的、荒唐的。但是，在说明某些人类的精神现象时，他民族的精神历程、精神悲剧还是对我们有着启示意义的。正是在对现状对各种努力极度失望的"语境"中，贾湘农的出现、"反割头税"斗争的成功（《红旗谱》）；土地改革让农民一夜之间得到了梦寐以求的土地（《创业史》），除夕之夜青年人的激情所点燃的生命火花（《青春之歌》），这样的在"确实""改善现状"时"立竿见影的高效率"中所显示出来的整体的力量，或者得到了农民的绝对信任，或者给农民带来了切实的巨大利益，或者燃起了生命对新的生活的热切希望。在这样的思想情感支配下，坚定不移地走"整体"继续为之"积极地描绘出接下去的道路"，诸如投身于民主革命斗争，走互助合作道路，从事集团性的革命工作，也就成了朱老忠、梁生宝、林道静们的必然选择。如果靠"个体"的力量总是归于失败，如果"整体"显示了自己"确实""立竿见影的高效率"地为个体生存"改善现状"的巨大威力，个体还有什么理由不毫不犹豫地投入"整体"的怀抱呢？个体还有什么理由不毫不犹豫地将自己的命运交由"整体"去安排呢？在这种毫不犹豫

---

① 〔法〕阿尔贝·雅卡尔、于盖特·普拉内斯：《献给非哲学家的小哲学》，广西师范大学出版社2001年版，第65页。

② 同上书，第68页。

中，个体面临着两种前景：一是在整体中实现了个体的价值，获得了个体的自觉与自由；二是个体在自觉不自觉中失落了自己的主体性，那就是每个个体自觉地放弃了自己的独立思考，"所有人不必抱着分担一项共同事业的责任的思想去决定任何事"而一任听凭"整体"去安排。至于能够实现哪种前景，则取决于这整体是一个"真实的集体"还是一个"虚幻的集体"。

马克思指出："只有在集体中，个人才能获得全面发展其才能的手段，也就是说，只有在集体中才能有个人自由。"①在个人与集体的关系中，马克思认为："以对人的个性和独立性的是否认可和成全为价值标准，'集体'被相机判为'真实的集体'与'虚构的集体'（'虚幻的集体'）这两种'集体'分别配称于以之为存在对象的两种'个人'，即所谓'有个性的个人'与'偶然的个人'。"②马克思还认为：在生产力与交往形式或个人活动与交往形式相适应或相协调的情形下，个人是一定程度地实现着其个性的个人；反之，交往形式对于个人就成了外在的偶然的东西，而个人也因着以这种交往形式为存在对象变成了偶然的个人。在整个历史过程中，交往形式是因着对生产力的适应或因着对个人要求的自主活动的适应发生新旧更替的……所以，马克思、恩格斯要这样说："有个性的个人与偶然的个人之间的差别，不仅是逻辑的差别，而且是历史的事实。"③在三部作品所描写的朱老忠、梁生宝、林道静的时代，作品中所描写的事实与社会历史中的事实是否一致是一个问题。另一个问题是，单就作品所描写的事实而言，"整体"在使每个"个体"在利益获得自我实现的同时，达到了"生产力与交往形式或个人活动与交往形式相适应或相协调"，譬如梁三老汉就终于在互助合作道路中，实现了自己的发家梦，从而"个人是一定程度地实现着其个性的个人"，"集体"在一定程度上也相应地是"真实的集体"。但由于"在整个历史过程中，交往形式是因着对生产力的适应或因着对个人要求的自主活动的适应发生新旧更替的"，一旦在"新旧更替中""交往形式"与生产力、与个人活动不相适应或不相协调，那上述所言的个体所面临的第二种前景就将成为可悲的现实。在这之间，有着血肉般的一体粘连，是有着气脉上的一体相通的。30年代的朱老忠、林道静及50年代的梁

---

① 转引自黄克剑《人韵——一种对马克思的读解》，东方出版社1996年版，第295—296页。

② 同上书，第296页。

③ 同上书，第294页。

生宝们与发生在20世纪六七十年代的"十年浩劫"之间，是不存在着一条不可逾越的鸿沟的。对这样的两种前景如果失去必要的辨析，如果对将这两种前景混淆失去应有的警惕，历史的惩罚将是不可避免的，十年的"浩劫"即是为时不远的一例。所以，"十七年"与"十年浩劫"之间、"十七年"文学与"文革"文学之间，既有着逻辑上的关联之处，同时，又有着本质上的截然不同的区别。就前者而言，二者都强调了个体对整体的服膺；就后者而言，则在前述的"新旧更替"之中，"真实的集体"渐变为"虚构的集体"，个人也相应地从"有个性的个人"渐变为"偶然的个人"。

在《红旗谱》《创业史》《青春之歌》中我们看到，不是所有的个体都会投入"整体"的怀抱的，也不是所有的个体都会因失望在投入"整体"的怀抱后，自觉地去走"整体"为其"积极地描绘出接下去的道路"的，严志和不就多次想"认命吧，扑下头来过日子吧"（《红旗谱》）；梁三老汉、郭世富、郭振山也对农村集体经济生产经历了严重的观望、犹豫、彷徨与动摇（《创业史》）；余永泽则根本就不想投身于整体之中（《青春之歌》）。朱老忠、梁生宝、林道静则是投身"整体"怀抱的最为积极主动者，是什么导致了二者的这一选择上的极大不同呢？作品本身在叙事上，将这三人作为投身整体怀抱的最为积极主动者，意义何在呢？

在《红旗谱》中，朱老忠之所以成为投身"整体"怀抱的最为积极主动者，是因为朱老忠是一位传统的农民英雄、首领，是站在农民自身这一群体的最前列为农民谋取利益者，是农民这一群体中的卡里斯马型①的人物。在作品中我们看到，朱老忠在当地的农民群体中，享有着至高的威望，不要说严志和家的大小事情都要征求他的意见，就是动辄跳脚骂街的老驴头也对他敬重有加。作品中有一个细节颇能说明问题：当看到有人从老驴头禁止人行的老驴头的房后小路走来时，老驴头本想开骂，但及至看清楚是朱老忠时，老驴头就发自内心地紧忙打招呼。②正因为朱老忠在农民群体中有着至高的威望，所以，他才能在"反割头税"的斗争中一呼百应。农民作为分散的小农经济生产者，总是把

————————

① "'卡里斯马'一词，借自于西方当代社会学……指在社会各行业中具有原创性、富于神圣感召力的人物的特殊品质。""由于这种品质，他超然高踞于一般人之上，被视为具有超自然的、超人的或至少是非常特殊的力量和品质。"参见王一川《中国现代卡里斯马典型》，云南人民出版社1994年版，第5页。

② 参见《红旗谱》，载《中国新文学大系·长篇小说》卷1，上海文艺出版社1997年版，第127页。

自己的命运、希望、利益需求寄托在强有力的人物身上。这种强有力的人物有两类：一是社会的掌权者，所以关于明君、清官的神话绵绵不绝；二是农民自身的英雄、首领，所以，种种的农民的民间组织、团体频频产生。相较之下，农民自身的英雄、首领，由于与农民的利益息息相关、血肉相连，所以，成为农民利益的集中体现者，成为农民文化、农民精神、农民情感的主要体现者。当农民的利益发生根本性的危机时，总是这样的人物最先感受到这些危机并为此而不能忍受且在他们的身上得到最为集中明显的体现。当这一农民利益的根本性危机绝对无法解决，这一无法解决，是朱老忠这样的农民利益的集中体现者，是朱老忠这样的被农民视为带头人视为英雄的人也不得不屈辱地认可时，新的因素所可能带来的变革就会被他们——首先是被朱老忠这样的人在绝望中、在走投无路中接受。如此，不是别人，正是朱老忠成为响应新的时代的召唤，成为投身"整体"怀抱最为积极的主动者，而新的时代、"整体"也只有通过朱老忠这样的农民英雄、首领，才能体现、完成对农民力量的动员，标志着农民这一支力量转入了新的历史的运行轨迹之中。明乎此，我们或许可以解释，何以在叙写社会主义时代农业合作化运动的史诗类作品如《创业史》中，作者总是要将新一代的青年农民叙写为社会主义时代合作化运动的带头人（关于此点，笔者在后面再予以展开论说），而在叙写民主革命斗争史诗类的作品如《红旗谱》中，作者总是要将老一代农民叙写为投身民主革命斗争的农民带头人，那正是因为只有在老一代农民身上，才沉积着历史所赋予他们的最迫切的要求、最大的力量、最出色的品格。所以，在《红旗谱》中，大贵、二贵等是作为朱老忠的追随者的形象出现的。运涛、江涛虽然与大贵、二贵为平辈且都是农民的后代，但由于他们已经在现代的学校读书，所以，他们是以知识分子的形象在作品中出现的，他们既是农民的后代本身又是知识分子，正体现了叙写者对中国下层知识分子与农民亲缘关系的理解。

在作品中我们看到，是以运涛、贾湘农为代表的革命知识分子所传播的现代思想，把朱老忠从生存、精神的困境中解脱了出来。但由于中国是一个农民占人口绝对多数的国家，农民在中国的社会结构中，位居经济、政治的主体，经济上、政治上变革社会的主力都是农民。所以，在作品中，无论是朱老忠教导者身份的确立，还是去济南探监，还是在"反割头税"、二师学潮中，朱老忠都是作为主导力量出现的。①相较之下，知识分子在中国传统社会的社会结构中，并不居于经济与政治的中心，所以，知识分子通过思想文化的努力来从根本上变革社会，相较农民通过政治革命、暴力形态来变革社会，总显得软弱无力，犹如鲁迅所说："一首诗吓不倒孙传芳，一炮就把孙传芳轰走了。"②如此，在变革社会现状方面，朱老忠是作为比运涛、江涛更有力量的形象出现的。正因此，使我们在把农民视为变革社会的主导力量时，让知识分子最终依附于这一力量，所谓"革命的或不革命的或反革命的知识分子的最后的分界，看其是否愿意并且实行和工农民众相结合。他们的最后分界仅仅在这一点"③的理论，正是因此而发生，这无疑是非常切合中国革命的实际的。但朱老忠本身并不具有新的思想，现代思想只是在农民的切身利益层面才为农民阶级所接受，④如此，这一阶层虽然在变革社会中占据主力位置，但在思想上，却并不具有根本性的力量。将中国革命中农民实际地改造社会现状的力量与农民在人类精神领域里所可能具有的力量混淆为一，正是中国知识分子在革命过程中，一度放弃了自己思想启蒙的主体位置的重要原因之一。也是在这放弃之后，许多作品步入将贫苦农民视为知识分子的精神家园这一误区的重要原因之一。⑤《红旗谱》正确地揭示了知识分子对贫苦农民的思想启蒙作用，也正确地描写了农民在变革社会现状中的作为主力军的伟大力量，对将中国革命中，农民实际地

---

① 如在脯红鸟被猫吃后，朱老忠对运涛、大贵等下一代说："从今以后，你小弟兄在一起，和亲弟兄一样，你们做朋友要做个义气。"在济南探监时，是朱老忠在指挥江涛如何行动："你进去，不要害怕，仗义一点儿，见了人，说话的时候，口齿要清楚，三言两句说到紧关节处，不能唔哝半天说不出要说的事情。"在"反割头税"斗争中，是朱老忠"擎着两条三截鞭"带领群众冲破了保安队的封锁。在二师学潮失败后，也是朱老忠把学潮领袖张嘉庆救了出来等。参见《红旗谱》第87、169、282、422页等。

② 鲁迅：《革命时代的文学》《鲁迅选集》第2卷，人民文学出版社1983年版，第340页。

③ 毛泽东：《五四运动》，载《毛泽东选集》第2卷，人民出版社1991年版，第559页。

④ 如在《红旗谱》中，朱老忠是为了复仇才参加革命跟着以贾湘农为代表的共产党的，共产党反抗国民党的政治行动，也只有在"反割头税"这样的涉及农民的实际利益的运动中，才能得到农民的支持与参加。江涛最初在动员群众参加这一斗争中，因为所动员的人不是为割头税所损害的不养猪户，就未能取得其所设想的支持。

⑤ 如"十七年"文学中的《青春之歌》，即加写了林道静接受贫苦农民教育从而找到了自己精神归宿的深泽县的七章。如新时期文学中写右派命运知青命运的作品，如张贤亮的《灵与肉》、史铁生的《我的遥远的清平湾》等。

改造社会现状的力量与农民在人类精神领域里所可能具有的力量混淆为一的潜在危机,《红旗谱》未及做出揭示,这是我们不能苛求于作品的。

将鲁迅笔下的阿Q与梁斌笔下的朱老忠做一比较也是很有意思的。这两个形象看似不可比,其实在深隐层次上,却有着很强的可比性。鲁迅曾说:"据我的意思,中国倘不革命,阿Q便不做,既然革命,就会做的,我的阿Q的运命,也只能是如此。"[①]就是说,鲁迅在着重写阿Q的精神胜利法等精神弱点时,也写出了阿Q在物质上特别是精神上对社会现状的双重不满及在这双重不满中所构成的对旧世界的潜藏的反叛价值,[②]鲁迅是从个体生命的视角将阿Q作为未来的革命者来塑造的,并清醒地看到了未来革命者身上的阿Q基因。梁斌则不然。梁斌是将朱老忠作为"民族国家中的个人"来塑造的,这或许代表了叙写农民反抗旧的世界的两种最为基本的类型。正因为梁斌是将朱老忠作为"民族国家中的个人"来塑造,是将朱老忠作为"从传统农民英雄转变为共产主义战士"的形象来塑造,所以,他也就未能充分地揭示出作为革命者的农民的自身的局限性及其对自身命运、意义的影响。这样的人物,我们只有在新时期之初新启蒙思潮中的《西望茅草地》等作品中才能看到。[③]

如果说"十七年"小说在叙述民主革命斗争时期时,将老一代农民叙写为投身于"整体"的带头人,那么,他们在叙写社会主义时期时则不然——是将青年农民作为投身"整体"的带头人。这是因为新的生产方式与经济结构需要由不被旧的经济生产方式、结构所影响的新的人物来承担。譬如在《创业史》中,梁三老汉、郭世富、郭振山等老一代农民都是背负着历史的沉重负荷,在历史的惯力下,沿旧有轨迹"受动地"蹒跚着。这种沉重负荷或是经济的,或是人生方式的,或是文化观念的。只有梁生宝作为青年人,没有或较少这样的历史负荷,又由于青年人总是从生命的理想角度而不依既定的社会现实规范去面向未来,所以,为个体生存"改善现状""确实"产生了"立竿见影的高效率"的"整体"所"积极地描绘出接下去的道路",对梁生宝这样的青年人就

①　鲁迅:《〈阿Q正传〉的成因》,《鲁迅选集》第2卷,人民文学出版社1983年版,第319页。

②　关于这一点,请参看拙作《不能泯灭的苦闷与潜藏的反叛》,《中文自学指导》1993年第6期。

③　如在韩少功的《西望茅草地》中,塑造了一个以贫苦农民身份参加革命的革命功臣张种田的形象。但张种田却因其小农意识的局限,终于不能领导现代的农业生产。

有了无法抵御的诱惑力。遥想五四时代，接受新思潮、新观念的，主要是年未及四十的青年人，所以，那时曾有过"四十当杀，寿则多辱"①的时代之声，鲁迅曾自言其信奉的是进化论，这对一向推重经验感知崇尚老者的中国传统文化，不啻是强烈的反叛之声。鲁迅、周作人在年过四十后，不是被视为"封建余孽"②就是以"老人"③自居，那其中也正是因了青年崇拜情结作用的结果。要言之，青年对新事物的追求是一种因其没有历史负重的天性，只是我们往往视政治经济地位为决定一切的因素，用人的社会性完全取代了人的自然性。同时，我们也往往忽视了在青年性质的青春型追求中，不仅有鲜花在召唤，也有着将惨遭灭顶之灾的陷阱在等待。

五四时代的青年人，在对传统社会丧失了生机的现状完全失望之后，在各自不同的教育所形成的文化、思想的背景下，面对着多种新的社会构成、文化资源、思想信息的刺激与选择，但是，与五四时代青年人选择不同的是，而梁生宝自身及其所处的环境都不具备这些。从梁生宝所处的社会构成看，梁生宝面对着一个政教合一的强大"整体"，这一"整体"在三个方面构成了对梁生宝的吸摄力：第一，经济方面。通过贷款、科技、粮食的统购统销政策等，使梁生宝所带领的互助组在经济方面取得优势。④第二，社会尊重方面。通过占据社会主导位置的政府机构的倡导，使梁生宝成为在社会中受到尊重的人，⑤从而满足了梁生宝如马斯洛所说的"归属和爱的需要""自尊的需要"⑥。第三，思想方面。梁生宝并不具备其值得倚赖可供其独立的思想资源、人生资源。你让他在纵向上相信前辈的经验吗？那只是已经让他有了亲身感受的失败；你让

---

① 此语出自钱玄同之口，其后鲁迅曾有诗云："作法不自毙，悠然过四十。"对之给予讽刺。周作人在《老年》一文中也说过："语云：寿则多辱。即使长命，在四十以内死了最为得体。"

② 郭沫若等人在1928年指责鲁迅是"封建余孽"时，鲁迅时年47岁。

③ 周作人四十刚过，即被称之为"知堂老人"。

④ 如通过供销社与梁生宝的互助组订扫帚合同，让他们度过春荒；派技术员帮助他们育秧；通过粮食的统购统销，限制乡村的富裕农户通过私自贩粮获取经济利益。

⑤ 共产党在让农民得到土地的同时，赢得了农民衷心的拥戴，而共产党基层干部如王书记等人对梁生宝的支持，无疑增加了一般农民对梁生宝的尊重。梁秀兰在改霞面前夸奖她哥以增加改霞对梁生宝的好感时，其理由之一即是"杨书记把他单独叫去谈了一回话"。

⑥ 〔美〕马斯洛：《动机与人格》第四章《人类动机理论·导言》，《世界哲学名著博览》（下），海南国际新闻出版中心1997年版。

他在横向上寻求新的思想资源吗？小农生产的封闭性障蔽了他的两眼，于是，"整体"所提供的思想就成为其唯一的精神营养、思想资源。

当搞清楚了梁生宝作为"个体"自觉地投入"整体"怀抱的成因后，我们也就便于理解梁三老汉、郭世富、郭振山、姚士杰之所以或半自觉或被迫归入"整体"之中了。梁三老汉、郭世富由于历史形成的种种重负，只有在梁生宝这样的先觉者验证了投入"整体"怀抱后"个体"利益的能够获得，他们才会步之其后，从这一点上说，他们与梁生宝投入"整体"怀抱虽有"先觉""后觉"之分，但其投入的路向基本一致。郭振山有所不同。郭振山较之梁生宝要更早些成为"整体"中的一员，他的最大恐惧是被"整体"排除在外，所以，他宁愿"把投资给韩万祥砖瓦窑场的大米，改成定买砖瓦，推脱'做生意'的指责"，让个人经济受些损失，也要得到"整体"的认可。可以说，他的喜怒哀乐无不与"整体"对他的认可息息相关，他最不能忍受的、最惧怕的是"整体"不认可他时的孤独，你看他那么壮的汉子，居然会因为卢书记对他的严厉批评而大病一场萎靡不振。①而在小说结尾，一旦重获"整体"信任，又会整日精力充沛地铁皮喇叭不离身地奔忙。阿尔贝·雅卡尔在重新解释萨特的"他人即地狱"时说："被他人排斥在外就是地狱。"②郭振山所惧怕的正是这种被"整体""排斥在外"的地狱感。如果梁生宝有朝一日由于种种原因不被"整体"认可，他也是会有这种惧怕的地狱感的。因之，梁生宝与郭振山在作品中，一被赞扬一被批判，但在看似相反的境遇中二者却是有着某种相似之处的，即他们的喜怒哀乐是以是否被"整体"所认可而发生的。被他人所排斥在外就是地狱，这种地狱感的可怕，在其后的"十年浩劫"中，许多人是有着切肤的感同身受的。那么，姚士杰呢？姚士杰在个体与个体的对抗中底气十足，一旦面对"整体"，则底气顷刻崩溃尽失。你看他在群众没有涌入他的院子时，是多么不可一世；一旦涌入他的院子，不是乖乖地交了统购粮了吗？这就是"整体"的强大的威慑力，对这种威慑力的强大，在其后的"十年浩劫"中，许多人也是有着切肤的感同身受的。60年代，北大的严家炎先生曾写过一

---

① 参见《创业史》第十二章中的相关描写。

② ［法］阿尔贝·雅卡尔、于盖特·普拉内斯：《献给非哲学家的小哲学》，广西师范大学出版社2001年版，第1页。

篇文章，认为梁生宝的典型性不及梁三老汉，[①]此论在其后得到学界的首肯并随着理论的更新如"中间人物论""合力说""圆形人物论"[②]等而不断得以深入。但如果我们从"个体"与"整体"的关系加以考察，也许会发现，较之梁三老汉，梁生宝的形象还是更富于典型性的。

梁生宝的青春属性也是梁生宝这一形象更富于典型性的重要内涵之一。当着"个体"是"有个性的个人"，"集体"是"真实的集体"时，笔者前面所分析的梁生宝的青春及青春属性是美丽的、可爱的；反之，则是丑陋的、可怕的。一位著名学者在反思"十年浩劫"时期青年的暴行时曾指出："青春是美丽的——这是作家巴金的名言，也是中国作家、现代知识分子的共同信念，甚至成为中国现代文学的基本主题。但是，现在，我们必须正视：青春是可怕的。"这位学者还引述了米兰·昆德拉的名言："青春是一个可怕的东西，它是由穿着高筒靴和化妆服的孩子在上面踩踏的一个舞台。他们在舞台上做作地说着他们记熟的话，说着他们狂热地相信但又一知半解的话。历史也是一个可怕的东西：它经常为青春提供一个游乐场——年轻的尼禄，拿破仑，一大群狂热的孩子，他们假装的激情和幼稚的姿态会突然真的变成一个灾难的现实。当我想到这一切时……我突然之间把他们的罪恶仅仅看成期待着长大的烦躁不安。"这位学者指出："我们这个民族从五四时期就不断呼唤青春，这绝非偶然，它表现了中国现代民族蓬勃向上的精神，也显示了它的不成熟性。"并认为这二者是互为一体的，他仍引用米兰·昆德拉的名言说："人世间凡属于上帝的一切也可以属于魔鬼。"[③]如是，从《创业史》中梁生宝的创业到"十年浩劫"红卫兵的败业，从上帝到魔鬼，这之间潜在的衍化是什么，就是一个不可回避的必须深思而又令人感到十分困难的问题。

在梁生宝的身上，并不仅仅具有青年的属性，还具有着中年人的品格。那就是符合、谙熟"整体"所要求的行为规范，诸如服从、务实、谨慎及一系列的道德操守等。如果说，从生命的理想角度去面向未来，可以归入青年的品

---

① 参见严家炎《谈〈创业史〉中梁三老汉的形象》，载《中国新文学大系·文艺理论卷》卷1，上海文艺出版社1997年版。

② 譬如邵荃麟《在大连"农村题材小说创作座谈会"上的讲话》中说："两头小，中间大，好的、坏的人都比较少，广大的各阶层是中间的，描写他们是很重要的，矛盾点往往集中在这些人身上。我觉得梁三老汉比梁生宝写得好。"

③ 夏中义主编：《大学人文读本：人与国家》，广西师范大学出版社2002年版，第26页。

性，那么，符合、谙熟"整体"所要求的行为规范，则可以称之为具有了中年人的"成熟"。用作品中的话说，梁生宝就是既有"青年的热情"又具有"中年人的老成"。你看他刚刚与改霞谈恋爱受挫，马上就能从沮丧中解脱出来，认真地与有万商讨、挑选买多大的铁锅对进山的互助组更为实用；你看他在他领导的互助组取得了巨大成功后，却又奔赴新的工作，而绝不浮名于欢庆成功的场合等，而本书后面将要述及的他对素芳的态度，则体现了这种"成熟"的另一面。如果说"青年的热情"体现了对现实的变革，那么，"中年人的老成"则体现了对新的社会规则的熟谙及运用自如，二者的有机结合，怕也正是梁生宝所代表的那一时代的一个时代特征吧。

与朱老忠、梁生宝相比，作为成长小说①的《青春之歌》中的林道静，提供了又一种个体投身"整体"的范型。

与朱老忠、梁生宝不同的是，林道静不是因为物质生存上的贫困与不公而是因为精神上的贫困与危机才一步步地投向"整体"的怀抱的。在小说中，我们看到，林道静的两次离家出走——第一次是从自己养母家出走，第二次是从余永泽处出走——都不是因为物质生活的逼迫而是因为个人的情感生活得不到满足，而个人的情感生活正是人的精神生活中最为前沿、敏感、丰富、深刻的部分。人生活在物质与精神两个世界里，物质世界的满足是人的肉体得以生存的基本条件，精神世界的满足才真正使人的本质得以体现。动物的满足就是它的生存条件的满足，人之所以为人，就在于仅仅生存条件的满足是远远不够的，他还要去追求更多的东西来确证自身的存在，来使自己的力量得到对象化的显示。所以，马克思曾经指出："动物也生产……动物只是在直接的肉体需要的支配下生产，而人甚至不受肉体需要的支配也进行生产，并且只有不受这种需要的支配时才进行真正的生产。"②如是，物质世界与精神世界的解放，是人得以解放的两个不同的层面，只有在物质解放的基础上的精神解放，才标志着人的真正解放。当然，不是说物质上的解放与精神上的解放毫不相干，相反

① "'成长小说'作为18、19世纪西方、尤其是英国小说创作中的一个重要类型，它是欧洲思想与文化启蒙的一个副产品。'成长小说'以个人的传记经验（出身、成长、婚姻）作为故事框架，其内在逻辑则是主人公人格的'内在性'成长；这种小说强调个人与环境的冲突，人物具有反叛性，它最终体现为主人公的人格成熟，至少应对'自我'有所发现。"参见孙先科《"个人无意识"及其"碎片化"的存在方式》，《中州学刊》2004年第2期。

② 马克思：《1844年经济学哲学手稿》，人民出版社2000年版，第57—58页。

地，在物质生活得不到基本保证的时候，人的精神世界往往是依附于物质世界之中的，物质世界的解放程度往往制约着精神解放的程度。但是，当作品仅仅满足于写人的物质世界的解放而不能将这一解放与人的精神世界的解放联为一体时，作品对人的描写的深度就不能不受到影响，这正是40年代之后的作品也包括"十七年"小说在深度上不及五四时代的作品的一个重要原因。①但林道静形象的塑造却成为一个时代的空谷足音，其原因有三：一是因为林道静出身于一个有钱人的家庭，所以没有物质上的衣食之忧；二是林道静是一个在现代学校受过现代教育的知识青年，对人的精神生活有着敏感与追求；三是因为林道静作为女性，更多地为人自身的本体性追求而苦恼，而不似男性更多地为自己不能在社会上得到社会的认可、为不能实现自己的社会价值而纠缠。对这三点，我们在过去都缺乏相应的足够认识。对于第一点，由于中国革命是因为物质上的贫富不均而发生，所以，我们往往过多地将有钱人作为批判的对象，没有看到只有在一定的物质基础之上，才能形成更高层次的精神的追求与痛苦，而这样的一种因精神的贫困而产生的变革社会的要求，更能体现生命本质对社会的批判。关于第二点，知识是人类文明的积累的物化形式，只有具备一定的知识，才能具有更为广阔的人生视野，也才能对人生有更为丰富与深刻的体会。过去，由于农民是中国社会革命的主力，所以，从社会革命的需求出发，当时的文学更多地去写农民的喜怒哀乐。但从人自身的精神性、情感性探索来说，知识分子由于是既有文明的体现者，所以，虽然人数不多，却在人类精神的生产上更具有前沿性、代表性，而不仅仅是作为知识分子，不仅仅是作为社会中的某一团体而存在，而且也代表着农民等其他社会阶层的未来，代表着人类的前驱性而存在的。对于这一点，我们一直缺乏足够的研究，以为只有写农民才为农民所喜爱，而没有从人类的大视野出发，这是"十七年"或者40年代之后知识分子在文学世界中缺席的重要原因之一。关于第三点，男性更多地为社会实现所累，女性由于处于社会边缘，所以，得以体现更为纯粹的人本身、生命本身的需求。林道静形象的塑造，正是这三点原因，所以，在"十七年"文学中，作为个体生命的展现而成为其时奇迹性的存在。

---

① 参见拙文《当代农村题材小说创作反思》，《批评家》1989年增刊。

对这三点有了新的认识，我们就可以对林道静的形象有新的发现。《青春之歌》一向被视为"成长小说"，这固然不错，但由于上述三点的存在，它就不但将个体的成长与社会的进步融为一体而非西方成长小说之本义，[①]而且更具有了个体成长的普适性。一向为诸多论者所常常阐释的三个男性青年形象——余永泽、卢嘉川、江华，在林道静作为文化意义上的少女、青年女性、中年女性的成长道路上，分别扮演了如下角色：余永泽满足了作为少女的林道静对社会规则的反叛与生命的浪漫幻想，这就是她的离家出走、出走后的困境及对骑士与诗人余永泽的迷恋。火车上一身洁白的林道静及她脚下的南胡、箫、笛、琵琶、月琴、竹笙等乐器，神秘而又浪漫的大海，余永泽吟诵的动人的诗篇，这些符码都体现着少女的生命的浪漫情怀。专制无情的后母、阴险难测的余敬唐、卷着巨浪黑得像墨水一样的海水，这些符码则代表着与少女的生命的浪漫情怀相对立的社会规则。在二者的对立中，少女由于自身力量的娇弱，需要力量的救助，这力量的救助又需要满足其生命的浪漫幻想，余永泽跳入凶险大海救助弱女子的勇气与义举，余永泽对超越社会现实的文学的热情，正好满足了少女的这种生命需求。学生运动领袖卢嘉川满足了作为青年女性的林道静对社会规则的批判及在这一批判中自身社会价值的实现，这就是她的投身革命及最初投身革命后的种种举动，读革命理论书啦，参加飞行集会啦。少女对社会规则的反叛，带有一种自发、本能、浪漫、幻想的成分，从少女成长为青年女性后，作为进入了社会的独立的成人，就需要着一种社会价值的实现并以此体现自身价值的存在。这种社会价值的存在，由于是从少女阶段步入青年女性阶段，所以，是在对旧有的社会规则的批判及对新的社会形态的追求中实现的。相应地，其对骑士般的力量的救助的需求也就转为对自身生命对象化实现的渴求。学生运动领袖卢嘉川满足了林道静作为青年女性的这种渴求，余永泽则要窒息林道静这种生命的成长，所以，林道静弃余奔卢就是必然的了。但

---

① 孙先科：《"个人无意识"及其"碎片化"的存在方式》，《中州学刊》2004年第2期。在该文中，孙先科认为："具体到十七年'革命历史题材'小说，我以为，它可能只是'外在地'使用了'成长小说'的框架，而在更本真的问题上，即成长为什么样的人和如何'成长'的问题上，与西方经典'成长小说'中主体化'自我'的成长与发现存在很大差异，某种意义上来说，甚至是反向的。"孙先科的这一意见是值得重视的，笔者在后面对《青春之歌》"成长性"的论述，则更多地企图超越文本中具体的时代语境，使其"成长"具有一种普适性。

是，任何个体都不能离开社会"整体"而孤立存在，要在社会中实现自身的社会价值，就需要懂得并服从一定的社会规则。懂得并服从一定的社会规则，谓之曰成熟。在懂得并服从一定的社会规则之后，个体就从青年步入了成熟的中年阶段，成熟的革命领导人江华在林道静的人生成长历程中，就担负着将林道静从青年引领进入到中年的角色。譬如他在定县对林道静要了解革命实际的教诲等，就是要让林道静懂得革命的规则。而在这之后诸如交通站刘大姐对林道静的教育等，只不过是江华对林道静教诲的延续罢了。所以，林道静会由衷地认为江华比卢嘉川更老练、更成熟。在江华等人如此的教诲下，林道静迅速地成熟起来了。读过作品的人对林道静在北海公园见到出狱不久的许宁的场面想必都会留下这样深刻的印象：在成熟了的林道静面前，一向将林道静视为小妹妹而以大哥哥自居的许宁这时反而像是个毛头小伙子呢。从文化意义的少女成为青年女性再成长为中年女性，这是每一个个体生命都要遵循的人生轨迹。个体生命所面对的社会规则可以不断地有所变化，但个体生命在上述生命历程中与新旧社会规则的对立与服从这一对应关系却是永存的，历史也正是在个体生命对其的对立、批判、服从中得以前进，这也就是青春所天然地具有的革命属性。作品将个体生命的这一轨迹与历史前进的轨迹融为一体，从而使作品既因其具体的"能指"而有了时代性，又因其无尽的"所指"而有了永恒性、普适性。这样，我们才能理解，为什么在任何时代、国度，作品都有着强大的生命力与最为广泛的读者。①也只有这样，我们才能对林道静将江华在理性上视为父亲、将卢嘉川在感情上视为恋人做出合理的解释。②这正是因为社会规则如父亲般让人臣服，而生命与社会最初相遇的生命激情令生命如情人相恋得以刻骨铭心。同时，也只有这样，我们也才能对"青春之歌"的青春二字有着更为深刻的理解，也因之对其因青春而给读者带来的长久吸引力给予深刻的解释。江华

---

① "小说出版后被翻译成近20种语言介绍到国外，最早的日文译本1960年出版，到1965年就印刷了12次，数目达20万部之多。日本和印尼等国的共产党都将这部小说作为党员的教材，许多日本青年在读完这部作品后，向日共提出了入党申请。"参见李杨《成长·政治·性——对"十七年"文学经典作品〈青春之歌〉的一种阅读方式》，《黄河》2000年第2期。

② 参见孙先科《"个人无意识"及其"碎片化"的存在方式》（《中州学刊》2004年第2期）一文。在该文中，孙先科对此有着相当细致的分析。

不就说林道静之所以总是感动人，是因为其青春的活力吗？①可以说，作品在对个体生命投入"整体"的必要原因与过程的揭示上，其深刻程度是其他史诗类作品都无法比拟的。

如上所述，当"十七年"史诗类小说的叙事者让朱老忠、梁生宝、林道静们以各自的方式自觉地进入整体，成为整体中的一员甚至代表时，他们也就"不是被看作有血有肉的自我实体，而是被假想成意识形态、思想主张……的唯一代表"了。②这与杰姆逊的"那些看起来好像是关于个人与力比多趋力的文本，总是以民族寓言的形式来投射一种政治"的见解是相一致的。作为这种"唯一代表"的个体生命，其在生命形塑中的主要精神质素及其生命形态、价值指向又是如何呢？这是笔者下面要讨论的问题，如果我们考虑到"十七年"小说主要是在这些方面影响了几代人在精神上的成长，我们对这一问题也许会给予特别的重视吧。

在论述作为这类"唯一代表"的个体生命在生命形塑中的精神质素、生命形态、价值指向时，笔者将"十七年"小说中的战争史诗类小说引入论述之中。这是因为，无论中西，战争作为一种超常态的形态，都使得在正常形态下的人的存在形态、精神状态得以突出体现，并对其后时代的社会生活形态人的精神构成发生深刻的影响。③西方自古希腊神话始，就有着对人的生命的重视，对个体生命欲望的重视，这种传统的深远，导致西方的现代战争小说，如《第二十二条军规》，强调写战争对个体生命的摧残。中国的传统社会，是社会群体伦理本位，强调的是人与人之间的关系，中国传统的描写战争的小说，是写人与人关系中的品格与智慧，是将社会生活中人与人关系中的品格与智慧在战争这种超常形态中给予突出的表现，如《三国演义》中关公的忠诚、诸葛亮的智慧、曹操的狡诈、刘备的"近乎伪"④的忠厚等，这些因为突出集中地

---

① 如作品中写道："江华也被她这种热情和理想以及林红的事迹感动了……'道静，你的性格当中这一点是好的……无论谁挨着你都会被你这种热情所感动。"《中国新文学大系·长篇小说》卷1，上海文艺出版社1997年版，第765页。

② 参见［法］阿尔贝·雅卡尔、于盖特·普拉内斯《献给非哲学家的小哲学》，广西师范大学出版社2001年版，第64页。

③ 关于这一点，陈思和在其《文学观念中的战争文化心理》中有十分出色的解说。参见《鸡鸣风雨》，学林出版社1996年版。

④ 鲁迅说《三国演义》写诸葛亮近乎妖，状刘备近乎伪。参见鲁迅《鲁迅全集》（编年版）第2卷，人民文学出版社2014年版，第463页。

体现了社会中的矛盾、特点，所以，给读者以认识深刻的快感。就拿刘备的"近乎伪"的忠厚而言吧，那正是因为在一个利益冲突的社会中，骨子里是利益的算计，而表面上又要是不算计利益的对人的无私，因之，这忠厚就显得伪了。三国之间的各种争斗，无论是蒋干的中计，还是诸葛亮的空城计，只不过是社会生活中人与人关系的尖锐化而已。"十七年"的战争史诗小说，不仅仅是表现了中国革命进程中的战争形态，其特殊的价值更在于借战争形态而集中突出地表现革命时代的人的存在形态及人的精神形态。诚如陈思和所说，20世纪上半叶的中国一直处于战争状态下，战争对国人的精神生成有着最为重要与直接的作用，并且直接地影响了新中国成立后国人的精神构成，形成了一种战争文化心理，战争史诗是这种战争文化心理的最为集中的体现与物化形式，即使是非战争的小说，也受此种战争文化心理影响甚深。①因之，在论述作为"唯一代表"的个体生命在生命形塑中的精神质素、生命形态、价值指向时，引入"十七年"史诗类战争小说，就是十分必要也是与笔者所要论述的问题极为契合的了。

这样的一种精神质素、生命形态与价值指向主要表现在下列几个方面。

第一，将个人的生存形态与精神构成，将人与人之间的关系完全社会政治化了。就是说人的生存、生活形态及精神生活的诸种方面整个空间，人与人之间关系，完全被社会政治因素所占据，成为一种占据了统治位置的无处不在、无所不在的政治文化了。就第一个方面而言，如同《红日》中军长沈振新的妻子黎青所说："沈振新这个人，爱是十二分地爱她，就是和她没有时间谈。打仗的时候两个人不在一起，那不用说。战斗结束，比打仗的时候还要紧张，成天成夜开会，忙着工作。"②战争作为一种政治的极端的表现形态，就这样剥夺了个人的情感空间。黎青一度认为自己的苦恼是因为自己与一个高级干部特别是工农出身的高级干部结婚而发生，其实不然。作为军队一般干部的姚月琴与胡克的关系也是这样，姚月琴不就因为身处战争中而割断了与胡克的恋爱关系吗？即使是战士杨军的妻子千里寻夫找到杨军的动人经历，在作品中也是被做

---

① 关于这些意见，参见陈思和《文学观念中的战争文化心理》，载《鸡鸣风雨》，学林出版社1996年版。

② 吴强：《红日》，中国青年出版社1957年版，第48页。

了政治化的处理的。①这样的一种将个人生活完全社会政治化的处理方式，也处处体现在那些非战争类史诗小说之中。在《创业史》中，普通农民梁生宝同高级干部军长沈振新一样，根本无暇顾及自己的个人情感生活，甚至当对自己倾心的年轻姑娘等待着他将其搂在怀里时，他也会因为想到"一大群组员等着开会哩"而放弃。②梁生宝虽然不是如同沈振新那样终日考虑着敌我之间的生死斗争，但他的脑子里也终日考虑着蛤蟆滩的人际关系，考虑着蛤蟆滩的互助合作道路，甚至他在日常生活中，也充满着各种各样的政治术语。③正是梁生宝这些日常生活中的政治用语，表明了社会政治已经充分地浸透在了个人的日常生活之中。

就人与人的关系而言，"十七年"史诗类小说中人与人之间的关系，主要是一种体现着社会政治性质的关系，亲情关系、伦理关系、文化关系等，都是为社会政治关系所左右所制约的。梁生宝与梁三老汉固然是父子关系，但更是坚定地走合作化道路的青年农民与受传统农村私有经济影响的老一代农民之间的关系。冯兰池与冯贵堂固然也是父子关系，但也同样更是一种封建经济力量与现代乡村经济力量之间的关系。《三家巷》中固然是以三家的姻亲关系作为联系三家各色人等关系的纽带，但其根本之处，也仍然是在说明与体现着社会政治关系如何改变与制约了中国传统的家族关系。这样的一种人与人之间的社会政治关系，又大多是以一种非敌即我、非是即非的二元对立形态出现的，陈思和对此有着相当深刻与详尽的论述，且已经为学界所熟知，④在此不赘。

---

① 杨军妻子千里寻夫并非是出自对丈夫的思念之情，而是被国民党反动派逼迫得无容身之地；杨军最初见到新婚之后即分别多年的妻子时，非但未感到惊喜，甚至因为妻子的出现而感到不快。直至妻子说出是为国民党反动派逼迫得无容身之地时，不快之情才为对国民党反动派的仇恨之情所取代。

② 参见《创业史》（中国青年出版社1960年版）第550页对此的相关描写。

③ 严家炎在《关于梁生宝形象》（《文学评论》1963年第3期）中曾就梁生宝的形象塑造批评说："哪怕是生活中一件极为平凡的事，梁生宝也能一眼就发现它的深刻意义，而且非常明快地把它总结提高到哲学的、理论的高度，抓得那么敏锐，总结得那么准确，这种本领，我看，简直是一般参加革命若干年的干部都很难得如此成熟如此完整地具备的。"对此，柳青则反驳说："许多农村青年干部把会议上学来的政治名词和政治术语带到日常生活中去，使人听起来感到和农民口语不相协调，这个现象不是普遍的吗？"《提出几个问题来讨论》，《延河》1963年第8期。论争双方都印证了"十七年"小说作为一种叙事话语，其中的主人公的个人的日常生活的时时刻刻，是充溢着社会政治的汁液的。

④ 参见陈思和《文学观念中的战争文化心理》一文中"当代文学观念中的战争文化心理特征之二"及其主编的《中国当代文学史教程》第三章第一节中的相关论述等。

需要补充强调的仅仅是，这种将个人的生存形态与精神构成完全社会政治化，即是那一时代用政治形式组织社会结构的产物，[1]是那个时代个人的日常生活、精神世界日益社会政治化的反映，也是其时的社会政治叙事意识对那一时代的个人生活加以叙述的原因使之然。二者相辅相成、相互作用，成为那一个时代最为突出的时代特征。这一特征在"十七年"文学中可谓比比皆是。譬如在话剧《千万不要忘记》中，是将个人新婚照片的大小、个人对穿戴的讲究、抽烟的个人嗜好等个人的日常生活细节，也要提升到阶级斗争的高度的，也要提升到帝国主义把和平演变的希望寄托在我们的第二代身上这样的时代高度上的，[2]那句关于毛料衣服148元的口头禅，曾经在60年代中期风行一时。譬如杨朔的散文，那是在看到茶花时，也会想到下一代革命接班人的成长的；在吃到荔枝蜜时，也要想到去看看辛苦劳作的蜜蜂，并由此想到在水田劳作的农民，想到"蜜蜂是在酿蜜，又是在酿造生活"。而你不妨以你自己为例，设身处地想想，在日常生活中，有谁会在品尝了松软的平遥牛肉后，动了想去看看黄牛的念头呢？又有谁会在品尝了香腊肠后，会动了想去猪圈看看肥猪的念头呢？而又再因这黄牛、这肥猪而想到毫不利己、专门利人呢？在杨朔的散文中，所有的主人公也都是如《创业史》中的梁生宝一样，在普通人的日常生活中，充满了有着鲜明时代政治性的语言，譬如《雪浪花》中的那个没有名字的普通人"老泰山"，在磨完剪刀之后会说："瞧我磨的剪子多快，你想剪天上的云霞，做一床天大的被，也剪得动。"[3]

把人与人的关系完全社会政治化，也是"十七年"文学将个人的生存形态与精神构成完全社会政治化的表现方式。这一表现方式，既是那一时代用政治力量改变原有人际关系的需要，也是用政治力量改变原有人际关系的结果。政治的阶级的人际关系，代替了原有的血缘的宗法的人际关系，政治伦理改造着原有的人伦关系。这也表现为两个方面：一方面是人与人交往的所有内容、细节都被政治化了，譬如在前述话剧《千万不要忘记》中，最后有一段带有点题

---

① 在"十七年"，人的日常生活中的衣食住行等完全为计划经济所制约，甚至于细致到"忙时吃干，闲时吃稀，平时半干半稀"（毛泽东语）的程度。与之相应的，人的日常生活也就被泛政治化了。每一个人，都成了社会政治格局中的一分子。

② 参见丛深《千万不要忘记》，中国戏剧出版社1964年版。

③ 参见杨朔《杨朔散文选》（人民文学出版社1979年版）中《茶花赋》《荔枝蜜》《雪浪花》等篇。

性质的总结性的台词："像你母亲这样的母亲，这样的岳母，这样的大姑、二姨、三叔、四舅，这样的老亲、故友、街坊、邻居，不是到处都有吗？他们那些有毒的旧思想，就像散布在空气里的病菌一样，无孔不入，常常在你不知不觉之间损害你的思想健康。党要把你们培养成无产阶级的接班人，可是他们，有意无意地总要把你们培养成资产阶级的接班人。这是一种阶级斗争啊！这种阶级斗争，没有枪声，没有炮声，常常在说说笑笑之间就进行着。这是一种不容易看得清楚的阶级斗争，可是我们必须学会看清它！这是一种容易被人忘记的阶级斗争，可是我们千万不要忘记！"另一方面是人与人的关系，成了单一的政治关系。在"十七年"小说中，人物关系之所以均被设置为各个阶级或者阶层的代表性人物，人与人之间的关系之所以能够体现阶级与阶级之间的冲突，概由于此。

记得鲁迅先生曾以吃西瓜作喻说过："尤可惊服的是……教人当吃西瓜的时候，也该想到，我们大地的被割碎，像这西瓜一样……战士吃西瓜是否有一面吃一面想的仪式呢？我想未必有的……其实，战士的生活，是并不全部可歌可泣的，然而又无不和可歌可泣相关联，这才是实际上的战士。"[1]还是在20世纪40年代的国统区，就曾有过对梁实秋所谓"抗战无关论"的批评。[2]梁实秋与鲁迅虽然多有冲突，但在强调相对独立于社会政治的个人的生存空间、精神空间这一点上倒是一致的。而自以为继承鲁迅衣钵的其时的对梁实秋进行批评的批评者们则不然，他们在对梁实秋的批评中，认为社会政治对个人生活的影响无时无处不在，且其影响的程度决定着所写材料的高下，并进一步明确地将个人性生活、生存置于抗战的对立面。[3]其恶性发展，自然就有了将生活、将写作

---

① 鲁迅：《这也是生活》，《鲁迅选集》第4卷，人民文学出版社1983年版，第307页。

② 这次批评发生在1937年12月，梁实秋在《中央日报》《平明》副刊《编者的话》中说："现在抗战高于一切，所以有人一下笔就忘不了抗战。我的意见稍微不同。与抗战有关的材料，我们最为欢迎，但是与抗战无关的材料，只要真实流畅，就是好的，不必勉强把抗战截搭上去。"由此引发了左翼文学界对梁实秋所谓的"与抗战无关论"的批评。参见宋益乔《梁实秋传》第6章第3节"与抗战无关论"。梁实秋写于抗战时期的以表现个人性生存为主的著名的《雅舍小品》，则可以视为梁实秋上述文艺主张的创作实践。

③ 如率先对梁实秋《编者的话》进行批评的罗荪认为："在今日的中国，想找'与抗战无关'的材料，纵然不是奇迹，也真是超等天才了。"张天翼则认为："这么一个绝对的例外（暗指虚拟的一个'与抗战无关'的人物——那简直叫人无法想象）。好罢，我们就退一万步，姑且承认有这样的怪物罢。那么我也要劝你，这样绝对的例外——你不要去写它，因为太没有意义了。"巴人文章题目的名字干脆就叫作《展开文艺领域中反个人主义斗争》。参见宋益乔《梁实秋传》第6章第3节"与抗战无关论"，北岳文艺出版社1994年版。

题材区分为重大与否了，在这其中，可以看到个人及个人生活如何一步步地被排挤出了文学表现的领域。

第二，对信仰的忠诚。信仰最初是来自于个体在物质、精神、生存、存在上的贫困与困窘及试图来解脱这种贫困与困窘而发生如笔者在前面所论析过的朱老忠、梁生宝、林道静等投身"整体"的必然。当这种投身使个体对"整体"充满了信任与信赖，并因了这种信任与信赖，即使对"整体"所设计的"接下去的道路"暂不能深刻领会，暂不能直接看到给自己带来的好处，但也会坚定不移地走下去，并在行走中使自己完全超越"个体"，使"个体"完全融入"整体"的过程，从而使自己的行为上升到"信仰"的层面。对"信仰"的忠诚也就成为一种相对于"整体"而言的个体的精神品格，这种精神品格不仅体现在朱老忠、梁生宝、林道静这些"唯一代表"的身上，如朱老忠对革命的忠勇、梁生宝对互助合作道路的信赖、林道静在监狱中的不屈，而且也时时地流露在"十七年"史诗类小说的字里行间。黄子平曾对此有过出色的论述：譬如他认为《保卫延安》卷首的那幅"陕甘宁边区地图"，"正好串出一个'圣地失而复得'的情节模式。因此，这幅地图……也可读成一幅经过宗教修辞的寓意图"，延安在战士们心中的圣地情结，则体现了战士们对革命的信仰与忠诚。①这种精神品格在《红岩》中有着最为突出与集中的体现，这就是江姐、许云峰等一系列狱中革命志士形象的塑造。

第三，在对信仰的忠诚下，献身的激情与牺牲的狂热。梁生宝的无私，朱老忠的"为朋友两肋插刀"，林道静时时希望牺牲自己的冲动，王老虎在绝崖前的纵身一跳，许云峰在就义时的大义凛然，作为女性的江姐的忍受酷刑，等等，不一而足。这特别地体现在对个人物质生活与世俗生活的鄙视、对身体的残酷折磨上。就前者而言，革命者从来不追求个人的物质生活与世俗生活的满足，俭朴、清贫、艰苦总是与革命者相连，灯红酒绿、追求打扮只属于徐鹏飞、玛丽这样的敌对人物。②甚至麻辣牛肉、歌舞场合也只与甫志高、白莉萍这样的叛徒或革命意志不坚定者相关。③这种对个人物质生活、世俗生活的鄙视，

———————

① 参见黄子平《"革命历史小说"中的宗教修辞》，载《"灰阑"中的叙述》，上海文艺出版社2001年版。

② 有兴趣的读者可以对《红岩》中江姐的肖像描写与玛丽的肖像描写、许云峰与徐鹏飞在酒宴上的行为做一个对比分析。

③ 甫志高之所以叛变的直接起因是其给妻子送妻子喜欢吃的麻辣牛肉。脱离革命的白莉萍迷恋于歌舞厅中，且将林道静拽入歌舞厅，革命的林道静则离歌舞厅而去。

更突出、鲜明地体现在革命者的男女情感生活上。革命者从来不会重视个人的男女情感生活，几部写合作化运动的长篇小说中的坚定地走互助合作道路的带头人，虽然大都为青年农民，但在个人情爱生活上却都是缺席者：梁生宝忙于工作，无暇与改霞谈恋爱，就是最后不得不考虑个人的成家问题，他也不会选择女性味道十足有着"白嫩的脸庞""俊秀的小手"的改霞，而会心甘情愿地选择"有着一双男人一样大手的"淑香；刘雨生、王玉生也是因为忙于工作，无暇关照妻子，从而导致与妻子的离婚；江姐在看到丈夫牺牲的头颅后，能够强忍悲痛而不露声色，相反，甫志高正是因为放不下娇弱心爱的妻子，才导致了自己的被捕叛变；姚士杰作为男性则满足了素芳的情感饥渴与性饥渴。在这样的对比中，叙事者对个人的物质生活与世俗生活的价值指向是不言而喻的。就后者而言，《红岩》对此做了淋漓尽致的充分描写：皮鞭、辣椒水、老虎凳、在纤纤十指上钉竹签子、在身体上注射致幻剂，等等等等，对身体的折磨越是残酷，越能够显示对信仰的忠诚，越能够体现献身的激情与牺牲的狂热。所以，刘思扬在入狱后，因为没有受刑，甚至感到十分难为情，因为不能以此体现自己的革命意志，体现自己对革命的忠诚之心。只有到了后来，被戴上了重镣，自己才稍稍有点心安理得。

对"十七年""史诗"类小说中的信仰的忠诚、献身的激情与牺牲的狂热等精神品格及其人生教科书性质，当时及今天的读者是都不陌生的；对其体现的对个人物质生活与世俗生活的鄙视，在对身体的残酷折磨中，显示对信仰的忠诚，显示献身的激情、牺牲的狂热，近年来研究者对此也有着比较深入的研究，如李杨对《红岩》等小说的解读[①]。需要进一步深入研讨的是，这些精神质素、精神品格何以在"十七年""史诗"类小说中受到特别的推崇，我们在今天对此进行重读时，又应该对此做怎样的理解？

杰姆逊曾指出："在早期社会里，宗教在社会中包括了所有的上层建筑，宗教包括了文化，和政治结合在一起，而且其本身就是法律，就是伦理标准。"他还说："过去的社会里，由于宗教占统治地位，社会是以一种经济之外的方式来组织的。"[②]杰姆逊在这里所说的"早期社会""过去的社会"，

① 如李杨《家庭·身体与虐恋——作为〈红岩〉主题结构的三种关系》，《黄河》2000年第3期等。

② ［美］杰姆逊：《后现代主义与文化理论》中"宗教与意识形态：新教与个人主义·模式"一节，陕西师范大学出版社1986年版。

指的都是前资本主义社会。阿尔贝·雅卡尔也说过："宗教是一种促进人类共同体发展的社会结构。"宗教的词源之一即是"捆扎"，即"是将人们联系在一起的一种手段"①。如果我们不是从狭义意义上理解宗教，而是把宗教理解为对精神、信仰追求的极致化，理解为靠精神、信仰来把社会组织成为一种"整体"，那么，杰姆逊与阿尔贝·雅卡尔的话可以说是对中国传统社会的极好概括。中国的传统社会作为前资本主义社会，正是"以一种经济之外的方式来组织的"，正是靠行政权力、靠政治伦理、靠思想与精神对儒学信奉、对皇权服从的统一，成为社会的最主要的组成形式。在这样的组成形式中，对信仰的忠诚，作为一种维护社会结构的最为重要的精神品格、精神质素，就受到了格外的推崇。中国的历朝历代，都不乏杀身成仁、舍生取义的壮举及其对之的讴歌，原因概出于此。在这样的社会组成形式中，当由于社会结构不合理所造成的生存的艰难甚或步入生存的绝境时，为了变更不合理的社会结构，突变式的政治革命与战争形态而不是渐进性的经济建设，就成为最能够立竿见影地改变现状的有效手段。在这种手段的实施过程中，特别地需要用对信仰的忠诚将人们"捆扎"成一个有力量的集团，特别地需要献身的激情、牺牲的狂热、对苦难的承担。这就是在中国革命中及作为对中国革命叙事的"十七年"小说中，之所以特别推崇对信仰的忠诚，推崇献身的激情、牺牲的狂热等精神质素、精神品格的原因之所在。又由于在中国的传统社会中，生存特别是物质生存上的艰难、严峻，由于对社会结构的突变式的政治变革甚或是暴力性变革，总是因为人的物质生存几入绝境而发生，所以，轻物质、重精神就成为全民族的，也成为变革社会者所推崇的主要的精神质素、精神品格。

当我们今天重读、重新面对"十七年""史诗"类小说时，作为这类"唯一代表"的个体生命的生命形塑中的精神质素、精神品格，有两点是我们所特别需要强调、特别需要加以深入认真辨析的。

第一，对信仰的忠诚、献身的激情、牺牲的狂热这些精神质素、精神品格，是组成社会凝聚集团力量、维护集团整体利益所必需的。合理的社会需要这样，不合理的社会也需要这样；正义的集团需要这样，邪恶的集团也需要这样；"真实的集体"需要这样，"虚构的集体"也需要这样。所以，单单这些精神质素、精神品格，其本身并不能构成美的存在，还要看其是为谁而存在。

---

① 参见《献给非哲学家的小哲学》中"宗教"一节。

在一个价值、意义存在、明确的年代，当个体是作为"有个性的个人"，为了建构合理的社会，为了"正义的集团""真实的集体"，这些精神质素、精神品格就都有了意义，获得了崇高，成为美的存在。但在一个价值缺失、文化破碎的意义荒漠化的年代，或者当个体是作为"偶然的个人"，为了维护一个不合理的社会，为了"虚构的集体"，这些精神质素、精神品格就一下子失去了价值依托，失去了分量，成为一种无意义的荒诞存在，并导致一种最可怕的、最难以诉说的、深刻的、生命的破灭，生命意义的丧失。对信仰的忠诚成为愚昧，激情蜕化变质为丧失理性的迷狂，牺牲与对苦难的承担演化为对生命的戕害与泯灭。对这二者缺乏必要的区别，导致了"十七年""史诗"类小说在描写敌对人物时，完全无视、抹杀了他们也可能具有的这些精神质素、精神品格及其相应而来的这些人物作为人、作为个体生命的生命的破灭，也因此将这些人物仅仅是作为政治学意义上的符码，而没有把他们作为人、作为个体生命来看待；仅仅是从最肤浅的社会政治学的意义上来描写这些人物，而没有从生命哲学的意义上来描写这些人物。这样做的结果，无疑使"十七年""史诗"类小说在描写个体生命方面，失去了一个重要的范畴，削弱了"十七年""史诗"类小说描写个体生命的广度与深度。这样的一种缺失，作为有结构性缺失的精神资源滋养了几代读者，就使得这些读者在这方面的精神构成出现巨大的盲区与"黑洞"。其最突出的表现形式之一是在"十年浩劫"中，几乎没有人能对当时信仰的忠诚、献身的激情、牺牲的狂热的甚嚣尘上给予清醒的认识与自觉的抵制。这一精神构成中的盲视与"黑洞"也明显地体现在新时期的小说创作中，对右派命运与知青命运的浪漫歌颂，一直是这两个重要的创作领域里的病灶甚或癌症。①难得见到在这两个领域里，表现生命的荒诞与破碎，难得见到在这两个重要的创作领域里，有真正的悲剧性因素出现。②这不能不说是新时期这两个创作领域里的小说作者，因为过多地汲取了"十七年"小说中的上述的有结构性缺失的精神资源的原因之所在。

第二，宗教的一个词源是"捆扎"，另一个词源则是"再读"："宗教

---

① 如张贤亮在《灵与肉》等作品中所叙写的右派在改造期间得到下层女性的温情从而走出人生绝望的故事，如梁晓声在《这是一片神奇的土地》中对知青在农场激情的盲目歌颂，孔捷生在《南方的岸》中对插队生活的怀念等，都是以此写出了对人生意义的升华。

② 在这方面，李锐的中篇小说《黑与白》《北京有个金太阳》等是难得之作。在这些作品中，李锐写了那些神圣性因素在非神圣性情境中的无意义的荒诞与破碎。

变成了一个再阅读活动……也就是说，是一个使我们每个人能够从自我中走出来，从而质疑自己对世界和自身的看法的过程。"①可惜，宗教的这一本义被许多人忽视了。如前所述，如果我们不是从狭义上来理解宗教，而是把宗教理解为对精神、信仰追求的极致化，那么，宗教的这一本义对我们正确对待信仰是有着积极的启示意义的。只有在"交往形式"不间断地"新旧更替"之时，不断地对个体与"整体"之间的关系进行"再读"，才能使个体保持个体的主体性，保持个体是一个"有个性的个人"，也才能使个体所持的信仰在"交往形式"的"新旧更替"中不至于变质。这样的一种"再读"，在"十七年""史诗"类小说中是极少出现的，只有在郭振山这类人物身上，我们才可以看到：他们出于个体的物质利益，对自己所曾自愿投身的"整体"开始持有一种怀疑的眼光，从而对在"交往形式"的"新旧更替"中，"真实的集体""有个性的个人"有可能蜕变为"虚构的集体""偶然的个人"，表示出了一种不自觉的本能的警觉，并试图重新调整个体与"整体"的关系。如果考虑到梁生宝的集体生产在经历了"大跃进"，特别是经历了"十年浩劫"后的惨痛下场，②我们对郭振山的这种不自觉的警觉及这种不自觉的"重读"，恐怕是不能给予简单的完全的否定的，无论如何，这样的一种不自觉的"重读"的努力趋向，是我们不能忽视的。"十七年""史诗"类小说中，这样的一种"重读"，既是极少的，也是一种不自觉的，对此，我们自然不能进行非历史的苛责。但我们在今天却不能不指出，这种"再读"的"缺席"，影响了"十七年""史诗"类小说在叙写个体与"整体"关系中向度的拓展与深度的掘进。

---

① 参见《献给非哲学家的小哲学》中《宗教》一节。

② "1958年'大跃进'以后，特别是'文革'以后，王家斌（梁生宝的原型）及其集体生产已经彻底破产，贫困不堪。"参见杨匡汉主编《惊鸿一瞥——文学中国：1949—1979》，陕西人民教育出版社1999年版，第34页。梁生宝"一九九七年前后去世时……下着雨，村上没有一个乡亲来送行"。参见武春生《寻找梁生宝》，《读书》2004年第6期。

第三节　探寻面对"历史""整体"的 "个体生命"的"踪迹"［下］

新中国成立后的"十七年"是一个"整体"至上的年代，"宏大叙事"关注的是"整体"的利益与命运，不在这一"叙事"范围的个体生命只能被打入"另册"。他们无权分享"历史进步"所带来的"社会利益"，在"整体"获取利益的兴高采烈中，他们的个体生命反而在进一步的被疏离与残损之中。其被疏离及残损的形态与根源是什么，"另册"中的个体生命与"正册"中的"整体"命运的关系又是什么，正是这些，构成了本节研究《红旗谱》中的春兰、《创业史》中的改霞、《青春之歌》中的余永泽、《红旗谱》中的冯贵堂、《山乡巨变》中刘雨生的妻子张桂贞、《创业史》中的素芳等形象的意义。

先来分析春兰、改霞的形象。春兰在《红旗谱》中是最具艺术魅力的人物形象之一，有的论者甚至认为："那春兰，是当代文学创作中最优秀的农村闺女之一……作品中写得最美的段落大多与春兰有关。"[1]春兰在作品中最初出现时是一个充满生命活力的人，她的出场给每一个读者留下了深刻的印象，以至于每一个读者都会情不自禁地与朱老忠一同赞叹："嘀，活跳跳的人儿，身子骨儿有多么活泼。"这样一个充满生命活力的人，曾经给"整体"的革命带来了勃勃生机，这就是春兰在乡间农贸集会上的表现：为了宣传革命，她把革命二字绣在胸前，引起了众人的关注与轰动。春兰对宣传革命的热情，是基于春兰对已经投身革命的恋人运涛的爱，因而个体与"整体"、生命向往与革命运行有机地融为一体。究其实，真正意义上的"整体"正是由个体最初的基于生命冲动的不自觉的参加而显示其活力的。但春兰这样一个充满着生命活力的人，最终却如鲜花一样枯萎了，导致其枯萎的原因是她与运涛的恋人关系在封

---

① 陈思和主编：《中国当代文学史教程》，复旦大学出版社1999年版，第79—80页。

闭的封建观念占上风的乡村不能为大家所接受。即使朱老忠，也因为春兰的命运不在"整体"急迫关心的中心而不能顾及于她："他还有更要紧的事情……婚姻事情，在春兰的一生中是件大事，可是在锁井镇上来讲，也实在算不了什么。目前家家户户，街头巷尾，人们谈论的是'反割头税运动'。"①大众物质上的贫困远比个人情感上的失落迫切得多，而"整体"与历史那时还不能给这种个体生命的鲜活情感的追求提供生存的空间，这可以用李泽厚的救亡压倒启蒙论来解释，②只是《红旗谱》对此的描写要比李泽厚的理论说明早许多年。这也是任何时代都会存在的矛盾，即物质世界与精神世界、个体生命与整体利益的矛盾，而在中国其时，整体利益是比个体生命更为重要的。新时期小说《人生》中的刘巧珍可以说是春兰形象的延续，如刘巧珍基于对推崇现代文明的高加林的爱，为着表现现代文明的生活方式，在自家大门口炫耀式地刷牙，都会让读者想到春兰在乡间农贸集会上对革命的宣传。从更为深层的意义上说，春兰的悲剧则是个体生命的鲜活要让位于历史的理性运行与规则。可贵的是，作者在推崇整体利益的"十七年"，却表现出了对个体生命在"整体"求解放的历程中，必不可免地被消损的理解的态度。

随着历史的进步，春兰这一形象就成为改霞。蓝爱国认为："改霞的存在喻示着革命激情和日常生活平庸之间的价值选择""改霞之所以受偏爱是因为她代表了柳青所肯定的一种思想观念……日常生活是平凡乃至平庸的，革命在日常生活中遭受着淹没、忽略和遗忘的命运；日常生活中找不到革命的激情，看不到革命的诗意光辉，日常生活是革命的对立面""城市作为乡村的陌生，给革命的改霞以新鲜的刺激和吸引，在陌生的空间中，改霞找到了在乡村失落的激情"③。蓝爱国的见解不无道理，抽象地从"十七年"那一时代革命与日常生活的关系来讲，蓝爱国的见解可以称得上是极为深刻，但具体到改霞这一形象而言，则未必尽然：一是因为柳青对改霞这一形象并未持一种完全认同的

---

① 《中国新文学大系·长篇小说》卷1，上海文艺出版社1997年版，第233页。

② 参见李泽厚《中国现代思想史论》，东方出版社1987年版。譬如李泽厚在文章中认为："救亡的局势、国家的利益、人民的饥饿痛苦，压倒了一切，压倒了知识者或知识群对自由平等民主民权和各种美妙理想的追求和需要，压倒了对个体尊严、个人权利的注视和尊重……种种启蒙所特有的思索、困惑、烦恼……都很快地被搁置在一旁，已经没有闲暇没有工夫来仔细思考、研究、讨论它们了。"

③ 蓝爱国：《解构十七年》，华东师范大学出版社2003年版，第100页。

态度，这从其在作品结尾时作为党的化身的王佐民书记对改霞的评价中即可看出："他说改霞有点浮，不像生宝那样踏实；恋爱是富于幻想的，而结婚则比较具体和实际。"①二是在作品中，郭振山是一个被作者所否定的人物。郭振山对改霞影响甚大，而郭振山所喜爱的就是土改时期的轰轰烈烈，在扩社浪潮中，郭振山不是又整天夹着个大喇叭忙个不停吗？倒是作为作者所喜爱的梁生宝，反而在轰轰烈烈的扩社浪潮中，没有见到其身影，作者于其中的褒贬可谓判若分明。那么，改霞的艺术魅力何在呢？相对于梁生宝而言，改霞更富于生命的活力，更富于幻想，更多地追求新鲜的事物，现代的生活，生命形态也更为鲜活，她考虑问题总是从个我的生命需求出发而不是如梁生宝那样是从互助组的整体利益出发。这或许是因为在历史上，男性处于社会的中心，所以考虑问题常常从社会、"整体"的立场出发；而女性由于在历史上一向处于社会的边缘，所以，考虑问题常常是从个体的立场出发。但任何个体生命都不可能离开社会、"整体"而单独发展，社会、"整体"也只有在个体的生命需求的刺激下才能具有向前发展的活力，二者之间的这种亲缘关系及其在发展中的永远的不能平衡，正是梁生宝与改霞相互吸引的深层原因之所在。这一矛盾发展至新时期，则是《老井》中的旺泉与巧英那撕扯不断但最终又不能结合的爱情。在《老井》中，巧英最终也是如同改霞一样离开生养自己的乡土远去。《老井》对此有一个非常恰当的比喻："旺泉听见那哗哗水声，忽然觉得巧英就像这青龙河纯净的流水，翻波卷浪，永远向山外奔流，山挡不住，坎挡不住，什么也挡不住，永远不息地寻找，不息地流！而他自己，则是一座沉重的大山，承受着，屹立着，目送着河水走向更广阔的世界……"②改霞与梁生宝的关系也可以视为这样的一种高山与流水的关系，只是两位作者都体现出了一种对女主人公的恐惧与喜爱的交织之情：前者导致男女主人公的分手，后者导致男女主人公的相恋，而无论其恐惧与喜爱，其实质深处都是因站在"整体"立场上面对鲜活的个体生命而发生。由此，二者恐惧与喜爱的水乳交融才具有了深刻而又厚重的意义，这才是改霞艺术魅力的真正原因之所在。

改霞的意义还不止于此。当着"整体""在最初一段时期里证明他们确有能力改善现状"从而使处于绝境的"个体"自觉投入"整体"怀抱时，如何

---

① 《创业史》，中国青年出版社1963年版，第566页。

② 转引自《山西文学十五年》，山西人民出版社1997年版，第134页。

在此时仍然保持"个体"的自觉，避免"有个性的个人"沦为"偶然的个人"呢？在《创业史》中，当众人都以梁生宝为中心围绕在梁生宝身边时，唯独与梁生宝关系最为密切的改霞却离梁生宝而去。改霞之所以能离梁生宝而去的成因有两个：一个是基于个体自身根本利益的对自身对梁生宝的清醒审视，用作品中的话说就是："世界上的大学问家，不见得有恋爱的闺女分析男方那样深刻、细致。"这种对个体立场的固守，使其不致为"整体"的浪潮裹挟而去。导致改霞离开梁生宝的另一个成因则是，对于改霞来说，有着"外在"于梁生宝的"工厂"的存在与召唤，使改霞可以"生活在别处"。如果把改霞、梁生宝置换为"个体""整体"的话，也许对思考前面所提出的问题会有所启示吧。

余永泽属于与"整体"相疏离的另一种个体生命形态。依作者之见及以前的定规，无疑林道静是被肯定的，而余永泽是应该被批判的。但渐渐地，随着市场经济大潮中个体的浮出水面，出现了一种新的声音，定规被解构了：余永泽固然没有参加革命，但他也没有反对革命呵；他固然没有关注时代风云，但他安心书斋从事整理国故，传承文化发展的历史链条，这又何罪之有呢？革命并不应该否定他们而应该给他们以合理的应有的存在位置呵。有人可能会说，《青春之歌》在否定余永泽这一点上，受了当时"左"的思潮的影响，我们现在对之给予正确的评价就行了。但其实问题远远没有解决，一个问题是：如果我们承认林道静、余永泽双方都有自己存在的合理性，那么，我们的价值导向将要向哪个方向引导呢？没有林道静的献身革命，革命不会成功；没有余永泽的献身文化学术，也就没有文化学术今日的辉煌。林道静可以发展成为一个优秀的革命者，余永泽可以发展成为一个著名的学术专家，是引导大家做林道静，还是引导大家做余永泽？再一个问题是，如果我们承认知识分子的这种分化是必然的、合理的，承认其各自存在的合理性，那么，作为一个个体的知识分子，则只能有一种选择：是做林道静还是做余永泽？当炮声隆隆，民族存亡危急之际；当风云变幻，社会变革迫在眉睫之时，你能安心书斋吗？你应该安心书斋吗？但拘执于眼前，放弃对长远目标的关注，当科学、文化、学术终于在某一天因此而出现了某种断裂，产生了与他人的差距，你又怎么能以一个知识分子的身份安心自居呢？你不因此而感到自责、羞愧吗？一个是社会安危对良知的拷问，一个是知识学术对灵魂的祈告，你将何去何从呢？如果考虑到《青春之歌》的自传性色彩，考虑到作者杨沫与余永泽这一人物原型不同的人生道路，①这一问题的现实真实性就会显得更为突兀。韦君宜是与林道静同时代的人，她在饱经沧桑后，在其新时期那部曾名噪一时的《思痛录》中回忆人生时说："到1982年，有一个去美留过学的中年人告诉我：他在美国见到几位世界知名的美籍老华人科学家，他们在美国的地位极高。其中一个科学家告诉他：'我是一二九那时候的学生，说老实话，我当时在学校只是一个中等的学生，一点也不出色。真正出色的，聪明能干、崭露头角的，是那些当时参加运动投奔了革命的同学，如果他们不干革命而来这里学习，那成就不知要比我这类人高多少倍！'我间接地听到了这位远隔重洋的老同学的心里话，他说的全是事实。"②这是又一幅活生生的林道静、余永泽人生道路的写照，二者的矛盾现象及个体生命在其中如何自我定位是值得深究的。

余永泽无疑是英美派知识分子的一个典型，这从作品中余永泽言必称胡适即可见其一斑，这构成了余永泽这一形象的又一意义所在。王富仁先生在一次学术会上曾说过：20世纪中国的知识分子，大致在三种思想文化背景下形成，可以分为三个群体：留学日本的知识分子、受俄苏文化影响的知识分子、留学英美的知识分子。察考史实，此言不谬也。前两派知识分子，大抵代表底层民众的利益，因之，政治革命性强，富于现实的批判性、战斗性，常主张对社会的激烈变革，且于当政者与社会常处于直接的尖锐的对抗位置。英美派知识分子，大抵多与社会上层有着密切的亲缘关系，对社会多取温和的改良姿态，且与当政者与社会常处参与位置。除五四时代外，这两大类别的知识分子从未有过一致与合作，且常常是泾渭分明，势不两立。在中国20世纪大走势中，前两派知识分子，因其适应了时代突变性的社会政治革命的需求，所以，渐居时代的主潮、主导、领导之位。英美派知识分子因其在社会政治变革层面上，与时代的突变性的社会政治革命需求相对疏离，所以，就从不曾有过位居主潮的风光，虽然他们也曾一度设想并试图实现自己的"好政府主义"。那原因，笔者认为是在于这一派知识分子，对中国社会结构说来，恐怕是更具有"异质性"的，所以，他们虽不曾如前两派知识分子取与社会尖锐对抗的姿态，而取温和的渐进的改良的姿态，但从最根本上说，他们与中国传统的社会结构，却是更

---

① 林道静的原型是作者杨沫，余永泽的原型则是学者张中行，可参见张中行《流年碎影》，中国社会科学出版社1997年版，第224—226页。

② 韦君宜：《思痛录》，北京十月文艺出版社1998年版，第6页。

具深层的对抗性的。胡适即是这一派知识分子的代表，作为胡适的自觉的积极的追随者的余永泽，其在作品中所叙写的30年代，受到革命知识分子的奚落，[①] 其在50年代所写作的作品中，成为一个被批判的对象，也就是再自然不过的事了。但历史行进到21世纪后，英美派知识分子在中国大陆的命运发生了微妙的变化。其实早在1956年2月全国大规模批判胡适的运动刚刚过去之后，作为政治领袖的毛泽东就说过："批判嘛，总没有什么好话……到了21世纪，那时候，替他恢复名誉吧。"[②] 前几年，在当今中国思想界颇有影响的李慎之先生也说过一句言简意赅的话："20世纪是鲁迅的世纪，21世纪是胡适的世纪。"不论毛泽东是出于一个伟大政治家的直觉，还是出于风趣，或许是二者兼而有之，也不论对李慎之的话如何歧见纷呈，但一个公认的不争的事实却是，20世纪末21世纪初，以胡适为代表的英美派知识分子在中国内地"行情看涨"，蔚然成势，形成了一种话语，一种言说。其原因在于：进入21世纪，中国社会在从经济基础这一最根本处发生了从传统向现代的本质性变革后，政治、文化等上层建筑也相应地或快或慢地不断地进行调适、调整。突变性、革命性的社会政治变革时代成为过去，渐进性、建设性的现代经济、现代民主社会正在到来，与之相应的曾经产生过重大积极效用的法、德、俄的激进思潮面临着新的调整与转换，与渐进性、建设性的现代经济、现代民主社会相应的英美文化思想则成为今天重要的思想文化资源，这也是符合马克思的辩证法思想的。[③] 在这样的接受语境接受视界中，对余永泽这一形象的重新审视也就是十分自然了。我们当然不能用非历史的眼光来打量、评价、肯定余永泽当时的所作所为，但余永泽出于个体安危而对社会暴力行动的恐惧，[④] 出于个体情感而对家庭

① 如当白莉萍还具有革命思想时，曾力劝林道静离开余永泽而与卢嘉川结合，如在余永泽托罗大方为他介绍与胡适相识时，罗大方对他的讥讽。参见《青春之歌》，人民文学出版社1958年版，第163、98页。

② 转引自沈卫威《胡适周围》，中国工人出版社2003年版，第6页。

③ 恩格斯曾说："那些自夸制造出革命的人，在革命的第二天总是看到，他们不知道他们做的是什么，制造出的革命根本不像他们原来打算的那个样子，这就是黑格尔所说的'历史的讽刺'，免遭这种讽刺的历史活动家为数甚少。"《马克思恩格斯全集》第36卷，人民出版社1983年版，第302页。

④ 如作品写了余永泽对北大三一八纪念大会的感受："警察和学生们正厮打成一团，呼喊、怒骂、闪亮的刺刀、舞动着的木棒、飞来飞去的石块和躺在血泊中的人影……这些可怕的情景把他吓呆了！"参见《青春之歌》，第149页。

的看重，①对群众浪潮的个体性疏离，②个体面对社会的温和姿态，③怕也不是应该如同作品那样给予简单的否定就能了事的。或许正是对余永泽这一形象上述意义的完全忽视或简单的否定，才导致了其后对暴力、对群众运动、对以社会政治情感代替个人性情感、对一个运动接一个运动不断的急剧的变革社会的不加节制地放纵与盲目地讴歌及对此制衡力量的彻底失去，"十年浩劫"即是实例之一。"十年浩劫"中，彻底搅乱了社会正常秩序的群众运动却又说其天然合理，运动中见解不同导致的夫妻反目，政治人物走马灯式地频频更换，想来即使未历历在目却也还不至于彻底遗忘吧。

与余永泽这一形象有异曲同工之处的，还有《红旗谱》中的冯贵堂。冯贵堂是个受过现代高等教育的地主的儿子，他提倡科学种田，推崇商业经济，鼓吹民主村政，兴办乡村教育，缓和阶级冲突，诸如推行优良种子、新式水车；不再把粮食死死地在仓房锁着，而是想把农产品加工后运到城里去卖；开办新式学堂，希望减轻对农民的剥削："要叫他们吃得饱，穿得暖，要叫他们能过得下去"；等等。关于冯贵堂，蓝爱国在其《红旗的谱系：乡村革命及其叙事》中，结合文本有着详尽的分析，他的结论是："《红旗谱》中最独特的乡村知识分子形象是以反革命身份出现的乡村知识分子冯贵堂，这不仅是因为这样的人在其他革命文本中均未出现过，而且在于他揭示了现代乡村革命中的另一种'革命'存在的部分影像——乡村改造运动的存在事实。""从冯贵堂秉承的观念看，也许有一种现代性实践一直没有进入我们的视野，成为我们认识的对象，那就是以'实业救国''科学救国''教育救国''商业救国'等具体实践行为改变中国落后面貌的另一种现代性——我们可以将之称为'微观的现代性'。""冯贵堂们的存在显然不是孤立的。而是代表着20世纪一大批自由知识分子和有乡村血统的知识分子的思想。在这些人看来……没有农

---

① 在对社会的关心、投入与个人的家庭性生活的矛盾中相较于林道静，余永泽更看重后者，这在最后主动提出分手的是林道静这一点上也可以看出。

② 这在作品中所描写的北大三一八纪念大会的群情激奋与图书馆中疏疏落落的读书者的对比中，有着鲜明的体现。罗大方所引述的胡适的话，对此也是个生动的说明："你忍不住吗？你受不住外面的刺激吗？你的同学都去呐喊了，你受不住他们的引诱与讥笑吗？你独坐图书馆里觉得难为情吗？你心里不安吗？……我们可以告诉你一两个故事。"参见《青春之歌》，第98页。

③ 余永泽面对罗大方的批评就曾说过："我也并非不激昂。不过那么喊喊口号，挥挥拳头，我认为管不了什么事。我是采取我自己的形式来救国的。"参见《青春之歌》，第97页。

民的科学文明启蒙，农民就不能走出传统的乡村，不会放弃他们的传统思想和行为……在这样的乡村进行革命，不是革命变形，就是乡村在乡村革命中的真相变形。从这个角度看，冯贵堂们的身上也蕴含着一种革命外的对革命的反思可能。""20世纪更为重视的是各种宏大话语的议论。"冯贵堂们的行为，作为"微观的现代性""注定要成为一种孤独的行为，不仅得不到主流话语的支持，也不为各种党派所包容，甚至他们的地位和身份也因此而暧昧模糊"①。如果说蓝爱国对改霞的分析有着脱离具体文本而以先在观念立论之嫌，那么，他对冯贵堂的分析与见解堪称精辟。笔者所能够对此进行补充的仅仅是，从个体生命的视角看，冯贵堂的选择因其历史条件的不能具备，或许可以将其选择称之为一种"历史的迷误"，在这样的一种"历史的迷误"中，冯贵堂的个体命运是悲剧性的。对这种悲剧性，对冯贵堂这样的悲剧人物，在以社会历史为本位的"十七年"文学的叙事中，他的"缺席"，他的被忽视，他的被简单化，都成了一种不可避免的重大缺失。

如何看取、评价类如刘雨生妻子张桂贞这样的形象，涉及个体生存的另一个重大话题，即怎样看待、评价日常的普通人的生活。张桂贞是一个俊俏的"思想觉悟"不高、只希望能吃饱穿暖有个温暖的小家庭的普通的乡村妇女，她的这种人生追求与她的"思想觉悟"高、全身心扑在合作化运动中的丈夫刘雨生的人生志向发生了极大的尖锐的矛盾，最后只能以离婚了事。在作品中，张桂贞是作为一个被否定的落后的农村妇女形象出现的，是作为衬托刘雨生牺牲个人一心为集体的形象出现的，这在一个强调整体利益至上，强调为了整体利益而牺牲个体利益的时代，这样的一种叙事，自然是无可厚非的。但当我们今天来重新审视这一形象时，就不得不发出疑问：张桂贞作为一个普通的俊俏的乡村的青年女性，她希望自己能吃得饱穿得暖，希望自己能时时得到自己丈夫的关心与呵护，这又有什么值得指责之处呢？让我们来听听张桂贞对刘雨生的抱怨吧："他呀，心里眼里，太没得人了，一天到黑，只晓得在外边仰……"当李月辉解释说这是为了工作时，张桂贞又说："工作，工作，他要不要吃饭？家里经常没有米下锅，没得柴烧火，园里没得菜，缸里没得水，百无一有，叫我怎么办？"②对这样的抱怨，我们为什么不能给予同情反而要给予

---

① 蓝爱国：《解构十七年》，华东师范大学出版社2003年版，第72—73页。
② 《山乡巨变》，人民文学出版社1979年版，第138页。

批判与指责呢？刘雨生与张桂贞人生志向不同，离婚分手都是正常的，是无可指责的，应该指责的是，不能以此来贬张褒刘，不能以此对张刘之举做是非对错的评判，更不能认为刘雨生应该将张桂贞改造、提高到刘雨生的程度与人生范式。而在作品中，却在鼓吹刘雨生作为新型农民的榜样，通过合作化运动，每个农民都应该向刘雨生学习与看齐。我们可以以老舍的作品为参照来与之做一个对比。在最为成功的作品中，老舍总是以追求日常生活满足的普通人作为自己作品中的主人公，并对他们的人生际遇给予深深的同情，如《骆驼祥子》中的祥子、《我这一辈子》中的老大、《茶馆》中的王利发等，在这其中，体现了老舍博大的人道情怀。而在《山乡巨变》对张桂贞的价值评判中，作者对这样的人物却总是取一种批判与指责的倾向，这样的一种倾向又普遍地存在于"十七年"的小说创作中。这其中的一个重要区别就在于，作者是站在个体生命的立场上，还是站在"整体"与历史的立场上，我们应该如何看待"整体"与个体之间的关系，能不能把自己自视的正确看作唯一的存在，并因为这一存在而否认他人的存在。

笔者认为，我们既然赞美大自然的千姿百态，我们既然提倡百花齐放而不是一枝独秀，我们为什么不承认人生形态多样性的合理？我们为什么要把不同人生形态在人生形态上的不同与价值上的高低、对错画等号？我们为什么要在画了等号之后，给一种人生形态改变另一种人生形态以行使权力的法理性依据？从生存论的角度说，一个让王利发、张桂贞这样的普通人、小人物不能生存的社会不是一个健全的社会。从价值论的角度说，我们应该给王利发、张桂贞这样的人以生存、存在的价值上的认可。凡人与超凡的人，将自己的价值目标定在自己个人的日常世俗的生存的人与将自己的价值目标定在为了一个宏大理想而献身的人，他们作为个体生命的社会价值的大小可以有所不同，但作为一次性的、不可相互取代相互通约的个体生命，在个体生命自身的存在价值上是平等的，他们都有各自生存、存在的合理性。马克思把未来社会描绘成"自由人的联合体""每个人的自由发展是一切人的自由发展的条件"①。德国总理施罗德则说："个体一方面必须追求自己的利益和愿望，另一方面又必须同时不断问自己，在追求自己的愿望和利益的过程中，其他人会受到什么影

---

① 马克思、恩格斯：《共产党宣言》，中央编译出版社2005年版，第46页。

响。"①这都说明，以个体生命为主体基本单位的主体间性关系，应该是一种相互承认、理解、认同、促成的关系，并因之构成人与人之间的"交流"，这是"现代人的真正范例"②。但我们在一个很长的历史阶段，却站在"整体"与历史的立场上，对张桂贞这样的个体生命形态持之过苛，并在这种过苛中，给"整体"、历史剥夺个体利益以可乘之机。也许正是有感于这一点，刘小枫才要在《记恋冬妮娅》中，对冬妮娅给予深深的同情，③并在社会中产生了广泛的影响。还需要特别加以深究的是，如果因为自己的正确，就自以为有了改造并使他人如同自己的法理依据，那么，不仅人与人之间的"交流"不再成为可能，任何灾难性的社会事件也就都有了得以发生的依据。阿尔贝·雅卡尔曾说过："他们自认为掌握着唯一的真理，这种自命不凡正是那些最残酷的战争的根源。"④"十年浩劫"可以说，就是这样的一次最残酷的社会事件，那种全民族的"狠斗私字一闪念"，而且不仅是"文斗"，更要以皮鞭、"牛棚""学习班"（变相的集中营）"触及灵魂"，就是试图以一种"至高至圣"的人生形态改造、取代一切"普通""世俗""平常"的人生形态的大规模的可怕尝试。这一巨大的"黑洞"，正是从我们否定张桂贞的人生形态这一"缝隙"无穷扩展而来，正所谓差之毫厘，谬以千里是也。

素芳是另外一种最终不能进入"整体"的属于"另类"的"个体"。

在作品中我们看到，当着作者所叙述的梁生宝在"历史前进"的潮流中带着互助组这一"整体"步入社会中心走向"幸福生活"时，素芳的命运却进一

---

① ［德］伯姆：《思想家的盛宴》中"价值——我们为什么需要价值"一节，浙江人民出版社2001年版。

② 同上

③ 刘小枫在此文中说："社会性的革命与个体性的爱欲各有自己的正当理由，二者并不相干。我开始懂得冬妮娅何以没有跟随保尔献身革命。她的生命所系固然没有保尔的生命献身伟大，她只知道单纯的缱绻相契的朝朝暮暮，以及由此呵护的质朴蕴藉的不带有社会桂冠的家庭生活。保尔有什么权利说，这种生活目的如果不附丽于革命目的就卑鄙庸俗，并要求冬妮娅为此感到羞愧？……革命有千万种正当的理由（包括讴歌同志式革命情侣的理由）但没有理由剥夺私人性质的爱欲权利及其自体自根的价值目的……（保尔）没有理由和权利粗鲁地轻薄冬妮娅仅仅央求相惜相携的平凡人生观。"刘小枫：《我们这一代的怕与爱》，生活·读书·新知三联书店1996年版，第59—60页。

④ 参见［法］阿尔贝·雅卡尔、于盖特·普拉内斯《献给非哲学家的小哲学》中"宗教"一节，广西师范大学出版社2001年版。

步地恶化了，她不仅未能从偏居一隅的不幸的家庭中挣脱出来，反而进一步地沦为被社会所唾弃的反动富农姚士杰的性奴隶，被姚士杰玩弄利用，也为其时社会所不齿。是什么使素芳不能进入这一"整体"呢？顽固、守旧的公公不让她迈出家门半步固然是一个因素，但更主要的、起决定作用的因素却是梁生宝也就是"整体"对她的拒绝。素芳曾经想尽办法去接近、亲近梁生宝。诚然，素芳的主要目的是在无爱的生活中获取异性之爱的安慰，这在五四时代，本是个性、人性解放的题中应有之义，虽然以扭曲的方式出现，但在《创业史》时代，这却成为"作风问题、道德品质问题"而为重群体伦理的"整体"所不容。其后素芳虽然也不乏进入"整体"的渴望："她向村干部生宝哭诉，她还没有解放。她没有参加群众会和社会活动的自由，要求村干部干涉。"如果这时梁生宝不管是在性爱的理解、宽容上，还是在素芳要求参加社会活动上，对素芳援之以手，那么素芳是不会被"整体"排斥在外而被打入"另册"的。但"生宝硬着心肠，违背着自己关于自由和民主的理想，肯定地告诉素芳：暂时间不帮助她争取这个自由，等到将来看社会风气变得更好了再说"。那么，又是什么使"什么都好"的梁生宝独独对苦命女人素芳缺乏最基本的、最起码的同情心呢？

法国思想家阿尔贝·雅卡尔在讲到德意志民族的悲剧时指出：在集团性的对抗与斗争中，一方把对方作为一个"整体"时，也就把自身组织、整合成为一个"以提高效率为名，建立单一的关系，确立人人务必遵守其秩序的"因而"所有成员之间的关系极其紧密"的"高效运转的机器"与"整体"[1]。"一个人不是被看作有血有肉的自我实体，而是被假想成意识形态、思想主张"的"唯一代表"。作者还试图说明，为什么"在各自家庭里行为举止都称得上好父亲"的人，会有着人性与非人性同时共存的"双重态度"。作者认为，这是因为他们"意识到自己不过是这个社会中间的一个齿轮而已"[2]。

作者论述的是德意志民族的悲剧，但其对个体生命与"整体"关系的思路、见解对我们剖析素芳的悲剧，却颇有启示意义。素芳正是因其"作风问题"不合"整体""秩序"的要求而被排除于"整体"之外的。梁生宝正是为

---

① ［法］阿尔贝·雅卡尔、于盖特·普拉内斯：《献给非哲学家的小哲学》，广西师范大学出版社2001年版，第64—65页。

② 同上书，第67页。

了互助组的发展这一"整体"的"提高效率""高效运转"而"违背着自己关于自由和民主的理想……暂时间不帮助"素芳并将之排除于互助组这一"整体"之外的。也正因为如此，在其他方面充满人性"什么都好"的梁生宝会"对苦命女人素芳生硬，缺乏同情心"，而这一举动虽然把素芳进一步推入灾难，却又显得那么合理，那么应该，那么充满了正义感。梁生宝也因此不但不因进一步损害了"不足"、损害了弱者而心有负疚，反而因为维护了"整体"而充满了正义感而心安理得。在他人眼中，梁生宝的形象也因此显得更为高大、更为可爱。于是，素芳的被打入"另册"，被打入"另册"之后个体生命的残损，也就被合理化、合法化了，其"被吃"的命运也就成了天经地义的应然了。于是，梁生宝以"整体"的名义在进一步损害弱者的基础上，为自己这一"个体"保护了、赢得了声名、利益也就合理化、合法化了。于是，"整体"在这其中也就暴露了其虚妄的本来面目。即使在这里，因为篇幅与能力，笔者暂时不去追究、穷究"整体"，仅仅就素芳这一被排除于"整体"之外的个体生命而言，如果说历史运行以个体生命的牺牲作为代价不可避免，那么作为"人学"的文学，难道也应该对此给予价值认可吗？阿尔贝·雅卡尔说："在人类历史上，'进步'一词可以指科学技术的进展，它不能用来表示社会的行为。"他还因此说道："我们不应该重新考虑将人类历史视为进步的观念吗？"[1]如果说历史已经把自身视为人的历史，那么作为"人学"的文学，又怎么可以视个体生命的牺牲为应然的存在呢？在我们这个群体伦理本位有着悠久历史的国度里，个体生命牺牲于整体利益的天经地义，个体生命被排除于"整体"之外的凄苦无依，一直为人们所认可与忍受。在这种认可与忍受中，被排除在"整体"之外的个体生命的残损，终于因为被无视而成为一种无言，终于因为无言而成为一种被无视。在《创业史》第二部的上册中，当素芳的公公王二直杠被下葬时，当梁生宝在下葬过程中作为"整体"的代表备受尊重时，在所有送葬的人群中，只有备受王二直杠压制的素芳哭得最痛、最真也就最反常。被大家认识到的表面压制素芳的王二直杠在这个世界上是消失了，没有被大家所认识到的在实质上真正压制素芳的梁生宝却依然被视为素芳的拯救者而被大家所尊重。素芳虽然切身感受到了这种压制，却又自觉地、心甘情愿地不

---

① ［法］阿尔贝·雅卡尔、于盖特·普拉内斯：《献给非哲学家的小哲学》，广西师范大学出版社2001年版，第67页。

反抗这种压制，反而因为不能归顺压制者而苦恼，在这样的一种"无言""失语"中，也只有痛哭是唯一的表达了。作者说，素芳是因为想到了旧世界对其生父的戕害及对本人的戕害而痛哭，梁生宝也说"这回明白了素芳为什么哭得那么伤心"，其实，他们都没有抵达素芳那作为集体无意识的心灵深处。只是在今天，这哭声还时时在我们的耳边响起，而我们又有几人能听明白呢？

马克思认为：历史终究也可以说是"个人本身力量发展的历史"①。在市场经济取代自然经济而使个体生命终于浮出了历史地表的今天，回望、探寻"十七年"小说中被"整体"排除在外的"个体""踪迹"，也许仍是一件不失其意义的事吧。

---

① 转引自黄克剑《人韵———一种对马克思的读解》，东方出版社1996年版，第294页。

第二章

"五四"与"民间"在"十七年"小说中的一个侧影

体现"五四"与"民间"两大价值脉系的小说，是在"十七年"小说格局中，仅次于"史诗"类小说的小说形态。对于这两类小说形态，学界一直缺乏充分、深入的研究，笔者在这里想努力做到的，则是从个体生命的视角，通过对其的解读，试图"还原"其不同于"史诗"类小说个体生命成型范式下的个体生命的形态及其精神特征、价值指向。

体现"五四"与"民间"两大价值脉系的小说，是在"十七年"小说格局中，仅次于"史诗"类小说的小说形态。对于这两类小说形态，学界一直缺乏充分、深入的研究，笔者在这里想努力做到的，则是从个体生命的视角，通过对其的解读，试图"还原"其不同于"史诗"类小说个体生命成型范式下的个体生命的形态及其精神特征、价值指向。

第一节　律动的轨迹

工农兵文学运动与工农兵文学思潮的兴起，在理论上的标志是毛泽东的《在延安文艺座谈会上的讲话》，在创作实绩上的标志是赵树理的《小二黑结婚》及其之后的孙犁的《荷花淀》等。这一运动与思潮是根据地文化主体最为主要的构成部分，随着根据地扩展为共和国，又相应地扩展成为共和国文化主体的最为主要的构成部分，其主要的资源来自三个方面：第一个方面是"五四"的思想资源、文学资源。五四时代倡导"文学是人学"，倡导"为人生"的文学。随着社会历史从思想革命转入政治革命，为人生的文学也就合乎逻辑地发展为文学的大众化运动。在根据地这一新的社会形态中，由于大众主要是农民在政治、物质上的翻身、解放，从而使得在国民党统治下无法大规模开展、实现的文学大众化运动，在根据地有了在某种程度上获得实现的可能。大批的五四时代的文化人如丁玲、周扬、萧军等进入根据地，则使这一资源得到了有形的实际的体现，其小说中的个体生命的成型范式，基本上是五四时代以个体生命为本位的延续，同时又汲取了以"整体"为社会中心的新的时代的某些内容与观念，代表作家是孙犁等人。第二个方面是民间的思想资源、文学资源。"民间"是近些年来因陈思和的提倡而在学界颇为流行的一个概念，但本书的"民间"概念有其特指的含义，即指下层民众主要是农民基于实际的生存利益特别是物质利益而产生的价值需求、利益需求、情感需求。这一需求由于其时农民在政治、物质上的翻身、解放，从而获得了在某种程度上实现的可能。表现民间这一需求的文化人如赵树理等其时在根据地的出现，则使这一资源得以有形的实际的体现。其小说中的个体生命的成型范式是以民间需求为本位，代表作家是赵树理等人以及一大批体现着民间隐形结构的小说，如《林海雪原》《铁道游击队》等革命传奇小说。第三个方面，则是当时根据地这一新的社会形态为着自身的稳定、发展而形成的新的意识形态，譬如文学对巩固新的政权的服务作用，譬如对文学教化作用的推崇，等等。其小说中的个体生命的成型范式是以社会本质、历史前进规律为本位，代表作品是第一章曾论述过的史诗类小说。自然，这三者之间又是相互影响、相互渗透、相互交叉的，又是你中有我、我中有你的，这里只是为着论述的方便，而将这三者作为相对独立的部分加以区分。这三者的形成，与陈思和所说的广场、民间、庙堂，知识分子精英意识、民间立场、国家意识形态，[①]有着大致的相似之处。这三者之间是一种既统一又矛盾的关系。说其统一，是三者当时以农民的翻身解放为中心，在农民利益、政权利益、知识分子的现代民族国家意识上取得了一致。但三者之间存在着内隐的矛盾。就其"庙堂"与"广场"的关系而言，有李泽厚所言的救亡压倒启蒙的矛盾，有"广场"追求批判性与"庙堂"追求现实性的矛盾，有"广场"直接汲取西方现代社会思想资源所体现的现代文明与"庙堂"因了其所建立其上的经济结构、社会结构而对传统文明过多倚赖的矛盾，等等。就其"庙堂"与民间立场的矛盾而言，则体现在国家利益与农民切身利益的矛盾上。在这两组矛盾中，前一组矛盾发生并形成冲突在前，这是因为其时农民的力量是革命的主要力量，而要依靠农民，则要相应地强调以侧重传统为核心的民族化、通俗化、大众化；同时，这也是因为根据地这一新的社会形态，更多的还是中国传统社会的经济结构社会结构，因之，就与知识分子所接受的建立在现代经济结构、社会结构的现代文明有着抵牾之处。在上述两组矛盾中，后一组矛盾发生并形成冲突在后，这是因为只有在敌我矛盾消失后，随着新中国成立后对国家利益的强调，才使国家利益与农民切身利益的矛盾上升为主要矛盾。这两组矛盾体现在"十七年"的小说创作中，就有了先是"五四"、30年代一代的老作家，在新中国成立后创作上普遍的质量滑坡、数量下降或者沉默，所谓"识途老马，止步不前"之谓也。[②]冯至、陈翔鹤、师

---

① 参见陈思和《民间的浮沉：从抗战到文革文学史的一个解释》《民间的还原：文革后文学史某种走向的解释》等文（《鸡鸣风雨》，学林出版社1996年版）。

② 参见赵祖武《一个不容回避的历史事实》（《中国当代文学史·史料选》，长江文艺出版社2002年版）一文。在这篇文章中，赵祖武对此做了令人信服的事实论证。

陀、徐懋庸等在60年代写的历史小说，成了这一代作家在新中国成立后小说创作中难得的硕果。先是路翎、孙犁小说创作在受到批判、批评后，退出文坛或者在文坛中日益边缘化，然后则是赵树理的小说创作不断地受到批评渐次从文坛中心退向边缘，而以社会本质、历史前进规律为文学本位的小说，如史诗类小说则作为主流、主潮越益汹涌、越益浩大。同时，因为对农民力量、农民文化的倚重，因而在根据地、共和国既定的文学格局中，赵树理的文学位置重于孙犁的文学位置。在延续五四文学命脉的小说创作星散后，以民间需求为文学本位的小说创作如革命英雄传奇小说等，却仍然能以相当强大的阵容存在着。

冯至、陈翔鹤、师陀、徐懋庸作为五四、30年代一代的老作家，[①]能在60年代写下能够曲折表现、保留其风范与心迹的历史小说并使之成为难得的文学硕果，是与当时的时代环境分不开的。60年代初期，在经历了三年的天灾人祸的惨痛教训后，在因不合时宜而长期无法对现实发言之后，在历史深处中汲取新的精神资源以面对现实成为时代之需，也成为面对现实发言的一个"缝隙"。冯至等老一代作家正是凭依着自己饱经沧桑的对历史的经验，以五四文学的价值命脉的遗存形式，为其时的现实提供了新的精神资源。这是没有精神历史的中青年作家所做不到的，也是老一代作家写现实生活所做不到的。

路翎是著名的"七月派"的中坚作家。"七月派"的精神领袖胡风更多地继承了鲁迅对人的灵魂、对人的精神病灶进行解剖、批判的思想，并以之影响了"七月派"作家的创作。路翎即以用现代精神剖析、揭示人的精神病痛而成就著名的创作特色，这自然与以再现社会本质、历史前进规律为文学本位的时代主流格格不入。其实，还是在40年代的根据地，对此一大类型的小说作品的批判就已经开始了，譬如对丁玲的小说《在医院中》《我在霞村的时候》的批判。路翎只是因为其时身在国统区才得以暂缓。而随着根据地扩展为共和国，在新中国成立之初，对路翎小说的批判也就实在是水到渠成、顺理成章、在意料之中的事了。即使不牵涉胡风一案，单单就其小说而言，对其的批判也只是早晚轻重之事了。

孙犁是延续着"五四"这一命脉进入根据地文化的。孙犁虽然出生于乡村，却是阅读着"五四"的报刊、汲取着"五四"的汁液长大的，且有着在北

---

① 冯至、陈翔鹤是五四时代文学社团"沉钟社"的成员。师陀、徐懋庸则是活跃于30年代的京派、左翼的骨干作家。

京生活的短暂历史。譬如他曾痴迷地阅读《大公报》，并且投稿。①譬如他对外国文学比较看重。②譬如他的小说中常取知识分子的叙述视角。③但是，在根据地文化的形成过程中，是以"庙堂"为主而整合"五四"与"民间"的。在三者一致并共同在相互融合之中构成根据地文化时，孙犁与赵树理成为根据地文化的奠基人。但三者很快地就在自身的发展运动中发生了矛盾，先是"庙堂"与"五四"思潮的矛盾，这就有了对王实味等以杂文直接表达"五四"的批判，有了对《在医院中》的批判。随着矛盾的深入与发展，矛盾终于从丁玲、萧军等"五四""外来显在型"的延伸到孙犁这根据地"五四""自身隐在型"的身上，这就是1947年对孙犁的批判。④孙犁在1956年之后终于停止了创作，看起来是因为一场大病，实际上则是精神上不能进入时代主潮所致。⑤孙犁在1956年后虽然没有创作，让我们失去了看到其创作与其时文学主潮矛盾的进一步的激化形态，但只要看看其后对孙犁小说的评价就可明了，其即使有创作，命运也是可想而知的。对孙犁小说的最高评价，其实往往是在其奠基期的《荷花淀》等，且对《荷花淀》的解读也往往被置于其时主流话语的遮蔽之下。至于他新中国成立后的小说，其影响及对其的评价，在当时往往不及李准、马烽等更"纯粹""正统"的根据地文化所培养起来的作家。在根据地文化日益"纯粹""正统"的过程中，孙犁的小说是在冷遇中越来越边缘化了。孙犁曾自言："强调政治，我的作品就不行了，也可能就有人批评了；有时强调第二标准，情况就好一点。"⑥这是颇为自明之谈。

赵树理是以"民间"的身份进入根据地文化的。赵树理虽然也曾大量阅

---

① 参见孙犁《善闇室纪年摘抄》，载《孙犁代表作》，河南人民出版社1994年版。

② 参见孙犁《文学和生活的路》（载《孙犁代表作》，河南人民出版社1994年版）中的多处的相关论述。

③ 参见杨联芬《孙犁：革命文学中的"多余人"》，《中国现代文学研究丛刊》1998年第4期。在该文中，杨认为："孙犁的小说尽管写的对象是工农兵，可表现的情绪却是知识分子的。"

④ 其时，因孙犁在《一别十年同口镇》等文章中，有写错新安街道的小小失误，联系其家庭出身，遂有了将孙犁定为"客里空"的典型予以批判之举。参见郭志刚、章无忌《孙犁传》第六章《烈火在燃烧》一节，北京十月文艺出版社1990年版。

⑤ 参见杨联芬《孙犁：革命文学中的"多余人"》，《中国现代文学研究丛刊》1998年第4期，在该文第四节，杨对此有比较准确详尽的论说。

⑥ 孙犁：《孙犁代表作》，河南人民出版社1994年版，第28页。

读过"五四"书刊，并试图用"五四"文学的语言进行创作，但很快就因农民对之不懂而改弦更张。更根本的则在于，他与农民的利益、命运息息相关。他曾对美国记者贝尔登说："我是为农民写作的。"钱理群曾指出："此话看似平常，如联系赵树理在此以后——从解放后，一直到'文化大革命'的种种困惑、遭遇，老赵的这句话实际上是表明了一种选择，内涵相当丰富，应作细致的分析，说不定老赵之'谜'就暗含在这里。"①正因为如此，赵树理与进入根据地的"五四"的知识分子们如徐懋庸、丁玲等长期的格格不入。与"庙堂"与"五四""民间"相互冲突的前后顺序一致，对赵树理的批判晚于对孙犁的批判。且如果说孙犁的小说是在"庙堂"对之的冷遇中越来越边缘化的，那么，赵树理的小说则是在与"庙堂"的矛盾、冲突中越来越边缘化的。如果说，孙犁是在1948年受到批判的，那么，赵树理则是在新中国成立之后受到批判的。先是胡乔木因其"民间"立场不达"庙堂"所要求的高度而让其学习，然后有了《说说唱唱》事件中赵树理的反复的检查。即使《三里湾》，在发表后，也受到了未写敌人的批评。再接着就是对赵树理上书《红旗》的批判，对《锻炼锻炼》的批判，对创作上以赵树理为代表的"中间人物"论的批判，《十里店》五次修改的不能通过②，等等。如果说孙犁在1956年后即停止了创作，那么，赵树理在《三里湾》之后，其创作的数量、质量就都呈严重的下滑趋势，这是与工农兵文学思潮在其时的急剧上扬极不谐调的，③且终于步孙犁之后，在工农兵文学思潮的高峰期的50年代末，以其《锻炼锻炼》作为其创作实质上最后的结束。其后的《卖烟叶》则步入了对自身写作意义的怀疑。④

民间隐形结构是陈思和"民间"学术谱系中的一个重要概念，意指："当代文学（主要是指五六十年代的文学）作品，往往由两个文本结构所构成——

---

① 钱理群：《1948：天地玄黄·后记》，山东教育出版社1998年版。

② 参见赵树理《回忆历史，认识自己》，载《赵树理全集》第5卷，北岳文艺出版社1994年版；董大中《赵树理评传》，百花文艺出版社1986年版。

③ 工农兵文学运动的高潮期的典范性作品，如《创业史》《红旗谱》《青春之歌》等，均出现在20世纪50年代末，但其创作均发生在20世纪50年代前期。

④ 参见张颐武《赵树理与"写作"》，载《赵树理研究文集》中卷，中国文联出版公司1996年版。在该文中，张认为：赵树理在他最后的三篇小说中，集中体现了赵树理"质疑了写作的作用。这是把写作'除幻'的努力，但他对他一生投身的事业的失望却充分地表现了出来"。

显形文本结构与隐形文本结构。显形文本结构通常由国家意志下的时代共名所决定，而隐形文本结构则受到民间文化形态的制约，决定着作品的艺术立场和趣味。"①民间隐形结构概念的提出，给我们在"十七年"小说中，确立"民间"立场的小说打开了一条极为宽阔的通道，譬如我们可以此而将革命英雄传奇小说划入"民间"立场小说的版图，从而来说明"民间"在"十七年"小说中存在的形态、阵容曾经多么的强大，并拓展、加深"民间"在"十七年"小说中的意义。

在初步描述了"五四""民间"在"十七年"小说发展中律动的轨迹后，我们就可以从个体生命的视角，对上述"五四""民间"在"十七年"小说中的一个侧影进行具体而又深入的论析了。

---

① 陈思和：《中国当代文学史教程》，复旦大学出版社1999年版，第13页。

第二节　重读孙犁

　　孙犁是工农兵文学运动与工农兵文学思潮的代表性作家之一，多年来，学界常常是站在以社会本质、历史前进规律为文学本位的工农兵文学主潮的立场上评价孙犁的小说，因而导致了对孙犁小说的误读。如果从个体生命的视角重读孙犁的小说，也许会对孙犁的小说有着更为准确、到位的理解与把握。

　　孙犁的《荷花淀》常常被视为一篇反映抗日战争生活的小说，这与将《铁木前传》视为写合作化运动是一致的，都是站在以社会为文学本位的文学立场上做出的对作品的评价，都是将作品所写的题材与作者通过这一题材所揭示的特定的人生形态、价值指向混为一谈。以社会为文学本位来考察孙犁小说对社会、时代矛盾的反映，一是与孙犁小说以个体生命为文学本位的创作实际脱节；二是总会觉得孙犁的小说不够厚重、深刻，从而不能够充分肯定孙犁小说的价值，说明孙犁小说的艺术魅力。

　　学界都承认，孙犁的小说塑造得最主要、最成功的形象是青年女性形象。但这些青年女性留给你最深刻印象的，不是那个时代尖锐深刻、错综复杂的社会矛盾，也不是被社会、时代所看重的超凡出众的品质、毅力和才能，更多的是一些女儿态，是一些性别特征十分鲜明的女性所独具的心态、神韵、言行、情感、品格等。就是说，他在作品中所竭力着重的，不是具体的时代的社会性主题因素，而是以此为背景，在这一背景下突出的人性因素。这在其最初的成名作、代表作《荷花淀》中就有着最为突出的体现。

　　这篇作品虽然写的是抗战时期的生活，但通篇看不到战争的严酷、壮烈、生死搏斗、对人的超常考验，所写事件也说不上有多么重大、厚重，作者精细的笔墨倒更多在于对青年女性的准确勾画、展示上。譬如，作品一开篇的优美描写最终聚焦在"她像坐在一片洁白的雪地上，也像坐在一片洁白的云彩上"，俨然一座圣洁的女性雕像。譬如作者对女性心态、神韵的精确传达：女性的心是细腻、敏感的，水生笑了一下，女人就"看出他笑得不像平常"，知道一定会有什么事要发生。女性是依恋情感的，水生说自己明天要到大部队去，女人的心就受到极大的震动，原本让苇眉子在怀里跳跃的编席能手却让苇眉子划破了手。女性可以承担任何苦难、牺牲，可以为情感之爱付出自己的一切，却不能忍受情感之爱的匮乏，并且对爱的抚慰、对语言而非行动的关怀有着特别的渴求，所以，水生要对女人说"好听"话："他们全觉得你还开明一些。"而且这还不够，女人虽真心支持水生却还要用"为难"的形式——"家里怎么办？"逼水生说出更多的"体己"话，而一句"你明白家里的难处就好了"，才道出了女人的真实内心。譬如，女性往往喜欢"口是心非"，最典型的此类话语莫过于女性面对自己认为最好的、自己最喜爱的男性时会说："你真坏！"在《荷花淀》中，女人们明明自己心里特别想念自家的男人，却偏偏要找寻各种各样的借口，好像是被迫去的；明明对自家男人参军积极性和战斗中的勇敢充满了赞美，却偏偏要用各种各样埋怨的语气说出"一到军队里，他一准得忘了家里的人""啊，好像我们给他们丢了什么人似的"。再如，女性偏重生命感性，对生命状态不多作理性的沉重思考，而注重现实的瞬间，所以，作品中写"女人们尤其容易忘记那些不痛快"。又如，女性凭直感往往遇到大事反而有果断能力，所以，作品写遇到鬼子船时"什么也别想了，快摇"。整篇小说的大量描写，最用力之处，可以说都在这些方面。

孙犁小说对女性的描写出色的原因在这里，对女性出色的描写的侧重点在这里。他的作品中对其他人物的描写也是这样。譬如孙犁小说创作的封笔之作《铁木前传》。关于这部作品，孙犁虽然也说"它要接触并着重表现的，是当前的合作化运动"，但他在同一篇文章中，在谈到《铁木前传》的写作起因时则又说道："这本书，从表面看，是我1953年下乡的产物，其实不然，它是我有关童年的回忆，也是我当时思想感情的体现……这种思想，是我进城以后产生的，过去是从来没有的。这就是：进城以后，人和人的关系，因为地位，或因为别的，发生了在艰难环境中意想不到的变化。我很为这种变化所苦恼。"而"要接触并着重表现的，是当前的合作化运动"，只是在写作过程中"进一步明确了的主题"[①]。就是说，支配其创作的，是他为现实环境所刺激的情感深处的"有关童年的回忆"，"合作化运动的主题"只是他在表层理性上接受的一种理念。如是，这部小说也就如同他的《荷花淀》等小说一样，仍然是在具

---

① 孙犁：《关于〈铁木前传〉的通信》，《孙犁代表作》，河南人民出版社1994年版。

体的时代的社会性主题的背景下，写人与人性，写人的本然形态及这一形态在具体的时代、社会中的境遇。

作品所着重描写的，并不是合作化运动中各种社会矛盾的展开，也不是为了印证其时以为的合作化是中国农民的共同致富之路的社会本质、历史规律从而去写农民的命运变化，如《创业史》那样，而是着重去写人性的淳朴、纯净及这淳朴、纯净的失去，写这失去给当事人及作者所带来的感伤。这是在两个方面加以展开的：一个方面是六儿与九儿童年时代情感的纯净及在二人成年之后这纯净的失去。另一个方面是傅老刚与黎老东最初情感上的相濡以沫的淳朴及在其后物质利益差异面前的情感上的离异。六儿与九儿童年时代的未受社会的污染自不待说，傅老刚与黎老东最初只有依靠互帮互助才能相互依存，其实也是生产不发达的人类童年的一个缩影。这样，铁匠木匠两代人的两个故事，作者在现实环境中——这一现实环境也可以视为人类童年的失去——所受到的刺激及因此而发生的对童年的回忆，就都在这童年及这童年的失去上有了一个共同的联结点，成为一个故事。童年是美好的，但这美好是因为童年的单一而构成了一种纯净；儿童是容易融为一体的，但这是因为儿童都还是在从空白走向丰富，都还没有成为独立的个人。但人毕竟要告别童年走向成人，犹如六儿、九儿在走向成人的途中，由于志趣、性情不一注定要分手他途一样，傅老刚与黎老东在生产发达之后，原有的"人类童年体"也势必要走向解体。作者一方面真实地写出了这种走向，另一方面又对人的童年的丧失，通过作品中当事人的情感痛苦，通过作者的直接抒情，表示了深深的惋惜之情。前者体现了作者现实主义的勇气，后者则体现了作者的人道情怀，这些都是其时许多以自诩写出了历史前进规律，盲目肤浅地、乐观地认为合作化这新的生产关系可以给人带来新的人与人之间的关系的作家所不具备的。[①]孙犁常常说："只有真正的现实主义作家，才能成为真正人道主义者。而一旦成为伟大的人道主义者，他的作品就成为伟大的观念形态，这种观念形态，对于人类固有的天良之心，是无往而不通的。"[②]我们于此确实看到了被学界所常常忽视的孙犁对社会现实的真实揭示的现实主义，看到了"观念形态"所体现的被学界所盛赞的孙犁小

---

① 如柳青就认为合作化运动可以将农民团结成为一个整体，《创业史》的扉页题词就是"家业使弟兄们分裂，劳动把一村人团结起来"。

② 孙犁：《孙犁代表作》，河南人民出版社1994年版，第33页。

说的"诗意"及浪漫主义，在以人道主义为凝聚点的三者的有机统一。也只有理解了这一点，才能更准确、深刻地理解孙犁的艺术观。

不仅如此，作者在写人在从童年走向成人；在写人告别了自己的本然形态，进入自己的已然形态，走向自己的应然形态中，对个体生命感性欲望与群体社会理性规范的矛盾，做了深刻的揭示与准确的把握，譬如《铁木前传》中对六儿与小满儿的描写。六儿与小满儿以当时的社会性主题的标准来衡量，都属于不参加集体劳动的游手好闲者，都属于被批判的对象，作者也写了他（她）们在其时贪图享受、回避艰苦的不合理性，但作者并没有对此给予简单的否定。六儿对老父亲的体贴，六儿以大分头、手电、胶鞋、女孩子喜欢的小打扮物来讨得女孩子的欢心，都让读者对之心存好感。这是因为大分头、手电、胶鞋等都是新的现代文明生活方式的体现，天性亲和生命感性活力而疏离社会理性规范的女孩子对此的向往、喜爱，体现了一种对新的现代文明生活方式的向往之情。作者写了小满儿对集体的疏离与对抗，但作者更着重写了小满儿那洋溢着饱满的生命感性的青春活力：小满儿在碾米时男性青年对她的围观，小满儿心地纯净地招待下乡干部时的花洗脸盆、香胰子、热水瓶以及她穿的红毛线衣、脸上脖子上的水珠、身上温暖的香气等，作者更用了抒情诗般的语言描写了夜晚独自一人在村外原野上飘荡的小满儿。①在下乡干部的眼中，小满儿的"脸上的表情是纯洁的，眼睛是天真的，在她的身上看不出一点儿邪恶"，作者通过下乡干部的口说出了对小满儿的评价："了解一个人是困难的。"之所以是困难的，正是因为作者看到了个体生命感性欲望与群体社会理性规范二者各自存在的合理性及二者在一定的历史阶段内的不能兼顾的相互矛盾。

将《铁木前传》中的九儿与小满儿做一个对比，对我们理解孙犁对人性、女性的理解也是十分有益的。九儿无疑是中国传统男人心目中的"好女人"形

---

① 这段描写就像一首抒情诗一样，抒发了孙犁对小满儿生命之美、生命与天地融为一体之美的喜爱之情："夜晚，对于她，像对于那些喜欢在夜晚出来活动的飞禽走兽一样。炎夏的夜晚，她像萤火虫儿一样四处飘荡着，难以抑制那时时腾起的幻想和冲动。她拖着沉醉的身子在村庄的围墙外面，在离村很远的沙岗上的丛林里徘徊着。在夜里，她的胆子变得很大，常常有到沙岗上来觅食的狐狸，在她身边跑过，常常有小虫子扑到她的脸上，爬到她身上，她还是很喜欢地坐在那里，叫凉风吹拂着，叫身子下面的热沙熨贴着。在冬天，狂暴的风，鼓舞着她的奔流的感情，雪片飘落在她的脸上，就像是飘落在烧热烧红的铁片上。"

象，这种"好女人"形象，在中国传统的妻妾文化中，常常以妻子的形象出现并占据着传统女性的中心位置，其特征有三：第一，母性十足，像母亲一样事事照顾男性，为男性排忧解难。中国传统社会中上层阶层的男性不就往往娶比自己大几岁的女性为妻以照抚自己吗？九儿不是也时时想把像孩子一样整天贪玩不懂世事的六儿引像成人一样忙生产的"正路"吗？第二，这样的妻子形象是绝对地符合社会理性规范的。试着闭目想一下，中国传统戏曲中的佳人、娘子形象，哪一个不是知书达理之人？所谓的书、理，无非是社会理性规范的外化形式罢了。在《铁木前传》中，九儿既积极参加村里的生产，又因重情重义而为村人所喜爱。可以说，无论在社会的政治性生活中，还是在传统的伦理性生活中，她都是无可挑剔的。第三，女性性特征不强，因之，也就绝少男女之欲的展现。中国传统文学中对男女之欲的展现，就从不曾在有正统名分的夫妻之间展开。在《铁木前传》中，九儿固然可爱，但这可爱却与性特征无关，用小满儿的话说：她的脸很黑，不愧是铁匠的女儿。她的可爱，更多的是一种社会美，而不是一种女性美。从性别角度说，她是一个"介于男性与阉人之间的，所谓具有女性气质的人"①。与九儿相比，小满儿在中国传统男人心目中是妖女、狐狸精、青楼女子、妾的形象，这四种形象在传统女性中都是非正宗的、边缘的。这种形象的特点也有三个：第一，总是充满了生命的情欲，因之，给男性以挣不脱的诱惑：你看小满儿"走动起来，真像招展的花枝"，"她通过这条长长的大街，就像一位凯旋的将军，正在通过需要他检阅的部队。青年们，有的后退了几步，有的上到墙根高坡上，去瞻仰她的丰姿"。而面对小满儿的斥责，杨卯儿"就像知罪的宗教徒接受天谴一般"，那斥责之声，在杨卯儿听来则"像乐曲一样"。第二，因为生命情欲的恣肆，所以，总是与社会发生冲突，总是不合乎社会理性规范，但也因此构成了对社会理性规范的冲击：那对物质、生命享受的追求，那女性对自身性别之美而非自身社会之美的倚重，那通过猎鹰而体现出的在天地之间自由游荡的精神，都是既不合乎社会理性规范却又给社会理性规范的变革以挑战与刺激的。二者之间的张力就让人对小满儿生命情欲的恣肆既持一种清醒的批判态度，又感到一种难以抵制的诱惑，就像正在为集体"受累受冷工作"的青年团员锅灶所说："有时候觉得他们讨厌，有时候，也有点羡慕。"但在女性个体生命感性与男性群体社

---

① ［法］波伏娃：《第二性》，中国书籍出版社1998年版，第309页。

会理性的对立统一的矛盾之间，前者更具有一种革命性、变革性、破坏性，恰如西苏所说："假如她不是一个他，就没有她的位置。假如她是她的她，那就是为了粉碎一切，为了击碎惯例的框架，为了炸碎法律，为了用笑声打破那'真理'。"①但面对女性个体生命感性与男性群体社会理性之间力量的悬殊，这样的一种挑战性、刺激性、革命性、变革性、破坏性是非常有限的、无力的，小满儿虽然以自己种种诱人的举动，造成了对社会现状的"骚动"，但诚如波伏娃所说："女人的努力只不过是象征性的骚动而已，她们所获得到的仅仅是男人想赐予她们的，她们什么也没有争取，只是在接受。"②这是对小满儿命运的一个极有意义的说明。第三，小满儿这种女性最终又总是给社会价值实现作为自己生命第一要义的男子带来诱惑并因之使其社会价值的实现受到破坏，六儿就是在小满儿的影响下，被社会整体排除在外的。正因为如此，传统观念才要将小满儿这样的女性视为"祸水"，并在这种指责中，推卸掉社会与男性所更应承负的主要责任，就像波伏娃以美国白人对黑人的态度为例所说的：某一边把对方逼到一个低劣的境地，然后就控诉他们天生就是在那个境地中长大，"这种恶性循环，在所有类似情况当中都可以碰到"③。孙犁却没有掉入这一经年历久而为人习焉不察的循环论中。他写了小满儿不幸的婚姻，也写了小满儿曾在贯彻婚姻法的浪潮中试图改变自己不合理的命运，只是当"有些人，想把问题引到检查村里的男女关系，她就退了出来，恢复了自己放荡的生活方式"。孙犁之所以没有掉入这一经年历久而为人习焉不察的循环论中，正是因为孙犁虽然身为男性，却是站在跨性别的立场上来看取女性个体感性生命与男性群体社会理性之间的对立统一的矛盾关系的，④或者说他是以此来体现自己是站在个体生命的立场上看取个体生命与社会变革历史进步之间的对立统一的矛盾关系的。

孙犁小说结构的散文化常常为学界所论说，且均言之有理。但笔者认为，

① ［法］埃列娜·西苏：《美杜莎的笑声》，载《当代女性主义文学批评》，北京大学出版社1992年版，第203页。

② ［法］波伏娃：《第二性》，中国书籍出版社1998年版，第14页。

③ 同上书，第20页。

④ 请参阅陈顺馨《中国当代文学的叙事与性别》第一编第四小节《女英雄形象与男性修辞》（北京大学出版社1995年版，第75页）。陈顺馨认为："孙犁的跨性别视点的叙述则表现在他对女性人物形象比其他男性作家多一份感情的投入、理解和男性的自觉。"

当文学主潮将人、个体生命作为形象符码配置于各种社会力量作为其代表并构织其之间的相互冲突以体现历史规律、社会本质时，当对历史规律、社会本质的理性认识的逻辑构成成为作品的结构依据时，小说的结构就日益理性化、逻辑化了。孙犁的小说则不然，因其是以个体生命的本然形态、以个个不同的个体生命形态的呈示作为其作品的结构依据，所以，相较于文学主潮作品在结构上的理性化、逻辑化，就显得更为散文化。只有从以个体生命为本位的形式要求出发，才能说明孙犁小说散文化的内在原因之所在。

那么，作者这样写的意义、魅力何在呢？

传统的中国社会是一个男权社会，男性位居社会的中心，女性位居社会的边缘，这一方面使女性不同程度地丧失着社会权力，另一方面也使女性尤其是涉世不深的青年女性因为较少地受到社会规则的污染，更多地保持着人性的纯洁。或者说男性／女性，在某种程度上，也可以转换为社会性／人性、群体社会理性／个体生命感性。同理，成人／儿童，在某种程度上，也是可以转换为社会性／人性、群体社会理性／个体生命感性的。"五四"时代，是一个以个体生命为本位的时代，并因此而将以社会、以群体为本位的传统社会斥为"吃人"的时代而加以批判与否定。表现在文学领域，则第一次竖起了"人的文学"的旗帜，写女性、写儿童，则是这一"人的文学"的重要的组成部分。当着在历史的螺旋形上升中，历史再次要求个体生命牺牲于历史的运行规律成为历史机器中的一个"齿轮与螺丝钉"时，当文学主潮为了适应这一历史的螺旋形上升，将个体生命作为表现历史规律、社会本质的形象符码时，当在个体生命成为"齿轮与螺丝钉"成为形象符码的潮流中，女性日益丧失了自己的性别特征而以成为无性别的"齿轮与螺丝钉"、成为无性别的"形象符码"而引以为自豪时，孙犁却在自己的作品中，通过青年女性形象的塑造及在这一塑造中女性性别特征的着重呈示，通过对个体生命的本然形态的表现，通过对个体感性生命欲望的肯定，在新的文学格局中，一以贯之地延续了五四时代"人的文学"的价值命脉，这正是孙犁小说意义的首要之处，也是孙犁小说意义的深刻之处与厚重之处。

如前面所指出的，你如果以社会本位的文学观念来评价孙犁的小说，从揭示历史规律、社会本质的角度来评价孙犁的小说，就会觉得孙犁的小说总是不够深刻与厚重，不是黄钟大吕。在编撰文学史时，就只能给孙犁的小说创作以"节"的位置。如果从中国文学现代化是以"人的文学"为主要价值流向这一角度来评价孙犁的小说，你就会觉得孙犁小说在当代文学格局中的非同寻常。从这一思路出发，你也就会觉得，在孙犁小说阴柔风格的形态下，是有着与阳刚风格同样的甚至于为阳刚风格所不可企及的内在的力度，而在当代文学史中，我们曾经因为强调对外部世界的变革而总是将阳刚风格视为高于阴柔风格。孙犁小说中的这种内在的力度，孙犁小说中意义的深刻与厚重，不仅表现在对五四时代"人的文学"的价值命脉的延续承传上，还表现在对"人的文学"的深化与丰富上。

第一，写了人性在历史运行过程中的提升与丰富。譬如《荷花淀》开篇是对女性圣洁雕像的描塑，结尾则是"她们学会了射击"，女人们"一个个登在流星一样的冰船上来回在警戒"，这正是对人性、对人性升华进行赞颂的两幅生动、美好的图画。常常为论者们所称道的水生妻子与水生话别的场面，则更是通过"女儿性"而体现的人性与送夫参军的社会性的完满结合。这样的一种完满的结合，可以说是孙犁小说中女性形象塑造的一个显著特色。通过写人性在历史运行过程中的提升与丰富，把五四时代文学人的主题与40年代之后文学政治的主题做了水乳不可分的有机结合，把人性与阶级性、时代性做了水乳不可分的有机结合，这也是孙犁小说在中国文学现代化进程中，在文学现代"史"中能有一席之地的一个最根本的原因所在。

第二，通过写个体生命的本然形态来构成对社会现实生存法则对个体生命的消损的合理性的断然拒绝。孙犁看到了进城之后人与人关系的必然的变化，看到了人在进入社会的必然性中所出现的社会现实生存法则对个体生命的本然形态消损的必然性。如前所述，他在《铁木前传》中，通过铁匠木匠、通过六儿九儿的分手，写出了这一点。孙犁在社会现实生活中，经历了太多的残酷与"残破"①，如果考虑到这一"潜文本"因素，我们对孙犁对个体生命的本然形态的丧失的痛心疾首就会有更深的体会。面临着这一丧失，孙犁是通过写个体生命的本然形态的美好及对其的怀念，构成对其丧失的全面的价值拒绝，来表明这样一个坚定信念：无论人的存在形态多么残酷，但人性的美好却永远不

---

① 譬如孙犁多次表达过类似这样的意见："我的一生，残破印象太多了，残破意识太浓了。大的如'九一八'以后的国土山河的残破，战争年代的城市村庄的残破。'文化大革命'中的文化残破，道德残破。个人的故园残破，亲情残破，爱情残破……"转引自杨联芬《孙犁：革命文学中的"多余人"》，《中国现代文学研究丛刊》1998年第4期。

会泯灭与消失。这也就是为什么孙犁目睹、经历了那么多的残酷与"残破"之后，在他的作品中却不去写残酷、"残破"，反而一味地写个体生命的本然形态的美好的原因之所在。这是另外一种形式的对人生的"直面"。当其时的主流文学津津乐道于写历史的残酷、歌颂在这残酷中人的牺牲时，孙犁却通过对此的"回避"而表现出了他的价值姿态、价值选择——不要忘了，"回避"也是一种价值姿态、价值选择的方式呵。这样的一种价值姿态、价值选择，在五四时代冰心对童心、母爱、自然美的赞颂中，在沈从文对"边城"的描塑中，都有过充分的体现。孙犁的小说则是对这一价值命脉在新的时代的延续、丰富与深化。

　　第三，对个体感性生命的肯定与弘扬。如前所述，孙犁的小说在群体社会理性规范与个体生命感性欲望的矛盾之中，通过类如对小满儿、六儿的描写，对个体生命感性欲望是做了相当的肯定的。中国传统社会，在二者的矛盾之中，一向是重前者轻后者的，所谓"存天理，灭人欲"是也。五四时代，对个体感性生命欲望则给予了充分的肯定与弘扬。由于个体感性生命欲望在最初出现时是以个体的、不自觉的、无意识的形式出现的，是不能为既有的社会理性与意识所解释与接纳的，如赫尔巴特所说："为了使一个观念上升到意识，它必须和现存于意识中的其他观念适合和一致，那些不一致的观念不能在意识中同时存在，而那些不相干的观念，则被排斥在意识之外。"①所以，个体生命感性欲望在最初出现时，总是有缺陷的，不完满的，孤独的，不能为人所理解的，甚至当事人本人也因自己在社会理性的规约中长大，因而对自身的行为也有着自己所不能解释的负罪感，却又不能以社会理性来规约住自己的个体感性生命的冲动，由此更能看出个体感性生命力量的强大。如鲁迅笔下的祥林嫂，郁达夫笔下的《沉沦》中的主人公。而历史就是在个体感性生命欲望对群体社会理性规范的不断冲击中前行的。40年代之后，在历史的螺旋形上升中，在依靠"整体"力量变革社会的革命中，群体社会理性规范再次高于个体感性生命欲望，牺牲个体感性生命欲望以服从革命的群体社会理性规范一时成为强大的潮流与时尚，并在文学主潮作品中得以全面展示与高度肯定，甚至于个体感性生命欲望一度成为反面人物的标志或者成为一种应该被否定的品质，如《创业史》中李翠娥的"风骚"、姚士杰妻子的"娇滴滴"、改霞相对于梁生宝后来

　　① 转引自［美］舒尔茨《现代心理学史》，人民教育出版社1981年版，第323页。

的对象的"稳重"的"浮"与"疯"等。在这样的强大的文学主潮中，孙犁的小说却能给类如小满儿、六儿这样的充满个体感性生命欲望的、疏离于集体的、孤独的、有缺陷的"个体"以相对的肯定，从而延续了五四时代"人的文学"中对个体感性生命的肯定这一价值命脉，也因此在工农兵文学运动、思潮中，在"十七年"小说中，展现了一副洋溢着个体感性生命欲望的个体生命的独特风姿。

第三节 散落的珍珠

要想比较全面地梳理与论述五四文学的价值命脉在"十七年"文学中的搏动与演化是非常困难的，这是因为这样的一种搏动与演化的质素与形态是十分复杂的、多样的。前一节所述的工农兵文学思潮内的孙犁的小说，可以视为其一个侧影，冯至等人在"十七年"历史小说的创作及路翎、汪曾祺在新中国成立之初及"十七年"中的小说创作，作为工农兵文学主潮外的小说创作，也可以视为其中的一个侧影。

五四文学的价值命脉直接具体地体现在"五四"一代作家及直接汲取"五四"思想乳汁成长起来的继承了五四文学价值命脉的30年代一代作家的创作上。这两代作家在新中国成立后的"十七年"，在创作上，如本章在第一节所说，或处于沉默阶段，或处于自己创作历程中的低谷阶段。就这些处于低谷中的创作而言，又可以分为两部分：一部分是直接写社会现实的作品，如巴金的《军长的心》、老舍的《龙须沟》，或者是用其时社会中流行的观念写历史题材的作品，如曹禺的《胆剑篇》、郭沫若的《蔡文姬》等，这些作品更多地具有"时代共名"的特点。另一部分则是基于自己的生命经验、人生感受来抒写历史题材的作品，如老舍的《茶馆》、冯至等在20世纪50年代末60年代初所写的历史小说，这些作品更多地具有"个人话语"的特点。无论就作品的艺术力量还是就作品对五四文学的价值命脉的体现来看，后一类作品无疑是大大地胜于前一类作品的。就前一类作品而言，因为这些作家的价值观念来源于五四时代的思想资源，与"十七年"的价值观念有着相当的差距，所以，当他们勉力在理性上、在意识层面上，用自己不熟悉的当时流行的价值观念来处理自己的写作对象时——不论这写作对象是社会现实生活，还是历史题材，由于这些价值观念还没有内化为自己的生命血肉，还没有沉潜到自己无意识的深处，所以，这些作品就都谈不上是这些作家生命的外化形式，谈不上是这些作家生命的对象化实现，因而即使在创作理念上不乏正确乃至深刻之处，但毕竟因为缺乏生命的丰富与深刻，所以，缺少艺术的魅力与力量。①后一类作品则不然。这类作品之所以胜于前一类作品，原因有四：第一，这类作品是基于作者的生命经验、人生感受而写，作者在写这类作品时，都已经是年过半百甚至已达耳顺之年的饱经人世沧桑之人了，而且他们又并非徒然年长，而是亲身经历了个性解放、政治革命及改朝换代的翻天覆地之变。第二，新历史主义的代表人物芒特罗斯认为："我们的分析和我们的理解，必然是以我们自己特定的历史、社会和学术现状为出发点的；我们所重构的历史，都是我们这些作为历史的人的批评家所作的文本结构。"②克罗齐则更为直截了当地说："一切历史都是当代史。"冯至等60年代历史小说的作者自然不是新历史主义者，但新历史主义关于历史的理论、见解，对我们理解冯至等人在60年代的历史小说创作，还是有启示意义的。说到底，作者之所以在浩如烟海的历史史料中，对历史的某一点发生兴趣，产生创作的激情与冲动，总是与作者在现实生活中的感受相遇合的结果。③因之，作品中所写的历史人物，是作者将自己的生命经验、人生感受遇合，融入作者所写的历史人物之中的结果而非纯粹客观的历史人物本身。但作者这样写却绝非是在社会政治意义上的影射现实。作者是基于自己的生命经验、人生感受来写的，作者生活于社会现实之中，这种生命经验、人生感受自然而然地是会与社会现实有着千丝万缕的关系的，但这与社会政治意义上的影射现实却是不相干的，在这一点上，对作品或贬或褒都是对作品的消极误读与误置。第三，历史题材可以使作者相对避免当时在写现实生活题材时所受到的严格的意识形态的控制而具有一个相对自由的表达个人的空间，这在历史小说

---

① 关于此点，请参阅拙文《论丁玲艺术个性转换的原因及其在现当代文学史中的意义》，《山西大学学报》1994年第2期。

② 转引自盛宁《文学：鉴赏与思考》，生活·读书·新知三联书店1997年版，第325页。

③ 譬如黄秋耘曾这样记述50年代的写以嵇康为小说主人公的《广陵散》的陈翔鹤："他是个共产党员，却对当时那种政治运动、政治斗争感到十分厌倦。在某一次谈心中，他凄然有感地对我说：'我也是同情嵇康的。嵇康说得好：欲寡其过，物议沸腾。性不伤物，频致怨憎，这不正是许多人的悲剧吗？你本来不想卷入政治旋涡，不想干预什么国家大事，只想一辈子与人无患，与世无争，找一门学问或者在文艺上下一点功夫，但这是不可能的，结果还是物议沸腾，频致怨憎。'"转引自洪子诚《中国当代文学史》，北京大学出版社1999年版，第148页。

的创作中，表现更为明显。①第四，对于自己所写的历史人物，作者们都早已经烂熟于心并对之有着长期的深入的理解，如陈翔鹤对其在《广陵散》中所写的嵇康及其从容不迫顾日影而弹琴的故事，早在作品写作的40年前，就有着十分的喜爱。②对其《陶渊明写挽歌》中所写的陶渊明，也因其时他所主编的《文学遗产》开展了规模较大的关于陶渊明的讨论，因之，对陶渊明有着比较深入的了解。③徐懋庸对于其在《鸡肋》中所写的曹操也多有研究。④再如冯至，作为著名诗人及古典文学的专家，其对杜甫有着深入与切身的理解，应该说，也是再自然不过之事了。前面说过，这些作者的价值观念来源于五四时代的思想资源，来自于他们的成长经历、人生经验，所以，当他们把自己的生命经验、人生感受通过自己笔下的古代人物加以体现时，也就在某种程度上，体现了五四文学在"十七年"的境遇，为五四文学的价值命脉在"十七年"文学中留下了一份遗存。这份遗存由于前述的这批作家在"十七年"中处于创作的沉默期或低谷期，由于这批作家曾经自觉不自觉地力图改变自己的价值观念而与当时的价值观念合拍，所以，显得十分的稀少与珍贵。这份遗存，也由于与当时时代的价值观念不相吻合，所以，在其时未能产生强烈的时代反响，常常为学界所忽视，但它们作为散落的珍珠，对于我们研究五四文学的价值命脉在"十七年"文学中的搏动与演化，对于我们从个体生命的视角研究"十七年"小说，

---

① 20世纪60年代初，一方面是在严重的经济危机面前，国家对文化领域控制的放松；另一方面是1957年反右派运动之后，写现实生活的创作受挫，遂有了历史题材文艺创作的兴起与短暂繁荣。如历史剧《谢瑶环》《李慧娘》《海瑞罢官》，杂文《燕山夜话》等。相对于对社会影响更大的戏剧与杂文，国家对小说的控制要更为松动一些。这也是这一时期历史题材的小说不及其时的历史剧及杂文影响大其后受迫害更烈的原因所在。但相对说来，作家在这一创作领域的自由度也要大一些。

② 冯至在1979年忆念陈翔鹤的文章中说：20年代的陈翔鹤"对于嵇叔夜在受刑之前从容不迫顾日影而弹琴的事迹，尤为欣赏，他不止一次地向我谈过这个故事。由此可见，他在将及四十年后写出历史小说《广陵散》，并非一时的即兴，而是在头脑里蕴蓄很久了"。《陈翔鹤选集》，四川人民出版社1980年版，第3页。

③ 参见冯至《陈翔鹤选集·序》，四川人民出版社1980年版。

④ 徐懋庸在《鸡肋》中自言："一九五九年春，郭沫若首倡为曹操翻案，论者蹀起，百家争鸣，数月之间，报刊发布论文已达百余篇。余就此题为《哲学资料汇编》摘录各家观点，分析综合，以见异同。随时亦形成己见，复于原始史料，多所探讨。故于曹操之历史作用而外，似有所悟，对其人之心理状态，亦发现演变之迹。"《短篇历史小说选》，湖南人民出版社1983年版，第182页。

却是极为重要的。

这份历史遗存主要是指冯至的《白发生黑丝》、陈翔鹤的《陶渊明写挽歌》《广陵散》、师陀的《西门豹的遭遇》、徐懋庸的《鸡肋》等。

冯至的《白发生黑丝》以杜甫晚年的悲凉生活为写作对象，写杜甫在晚年的物质生活与精神生活的困境中——所谓"白发"之谓是也；在下层贫苦渔民与具有叛逆性的民间文人中，获得了新的力量——所谓"生黑丝"之谓是也。在这部作品中，杜甫与下层贫苦渔民、与具有叛逆性的民间文人的这两种相互关联的关系，是需要给予深入研读的，因为正是通过这两种相互关联的关系，体现了冯至作为"五四"一代的作家，在60年代的关于中国知识分子命运及自身命运的思考。

冯至所表达的杜甫与下层贫苦渔民、与具有叛逆性的民间文人的关系，有四点是值得关注的：第一，杜甫与下层贫苦渔民的物质生活都十分贫困：下层贫苦渔民："好像打鱼就是为了交渔税。打了一辈子的鱼，交了一辈子交不清的税。"杜甫"虽然没有租税负担，却是老病缠身，衣食无着，杨氏夫人常常眉头双皱，凝视着滚滚不息的江水，愁着没有米下锅"①。正是这种物质生活的贫困，使二者命运相连，情感相通。中国知识分子一向具有一种关心民生疾苦的民众情怀，这种民众情怀，除了"济苍生"的"以天下为业"的志向抱负外，与民众物质生存境遇的相通也是一个很重要的原因。第二，在杜甫面对物质生活的贫困境况一筹莫展之时，在杜甫的亲朋好友对此也一无所助之时："多少亲朋故旧，以及一些做诗的朋友，见面时输心道故，甚至慷慨悲歌，可是一分手就各奔东西，谁也照顾不了谁""想不到几个萍水相逢的渔夫，对他却这样体贴照顾，无微不至"②。并用帮助他卖药的方式切实地改善了他的物质生活境况。但面对下层贫苦渔民物质生活的极端贫困，有心帮助他们解决的杜甫却对此无能为力："总觉得自己爱人民的心远远赶不上渔夫们爱他的心那样朴素、真诚，而又实际。他看见农民和渔民被租税压得活不下去时，想的只是'谁能叩君门，下令减征税'，可是渔夫们看见他活不下去时，却替他想出具体的办法。请皇帝减征税，只是一个空的愿望，而渔夫替他想的办法，却立

---

① 吴秀明选编：《短篇历史小说选》，湖南人民出版社1983年版，第335、336页。

② 同上书，第338页。

见功效。"①中国知识分子在变革社会、在精神探索、在身处生存劣境时的软弱无力感，使他们总是有着一种寻求力量的焦虑，由于前述中国知识分子在物质生活境况上与下层民众的相似，但在忍受与具体而又实际地改变这种生存境况上，中国知识分子又远远不及下层民众，所谓"百无一用是书生"是也，这就使得中国知识分子总是要在下层民众中去寻求力量的源泉。冯至在作品中，通过杜甫与下层贫苦渔民的关系，表达的就是这样的一种寻求。第三，这种对力量的寻求，不仅表现在对改变物质生存境况力量的寻求上，更表现在对改变精神困境力量的寻求上。下层贫苦渔民对杜甫物质生活的帮助，不仅改变了杜甫的物质生存境况，也改变了杜甫的精神境况："他对他那两句自以为很得意的诗发生了疑问。"这样的对自己原有的精神支柱的疑问，是基于对下层民众及自身生存的切实感受而发生并非是从书中得来的，正是在发生了这样的疑问后，苏涣的出现才能对杜甫的精神世界产生极大的影响。苏涣是作为下层民众的精神力量的代表而出现的，这不仅体现在他的"强盗"出身与身份上，也体现在他在精神上与下层民众的声气相投上，体现在他在作品结束时与下层贫苦渔民一起脱离险境上。正是这样的一种新的精神资源，给了杜甫的精神世界以新的营养与力量："诗在艺术上……是相当粗糙的。但是它蕴藏着一种新的内容，表现了一种新的风格……隐示着许多过去还没有人道过的新的内容。"②冯至作为"五四"一代的现代知识分子，其在新中国成立后，在经历了十分坎坷的精神历程后，在从中心迅即退向边缘后，前述那种中国知识分子寻求力量的焦虑就更为强烈。而他通过杜甫的晚年际遇来表达这种对力量的寻求，也就是再自然不过的事了。在这样的一种对变革生存现状与解脱精神危机的力量的寻求中，表现了冯至等人对自身力量与自身存在价值的不自信。这种不自信，在作品中通过杜甫的自责有着充分的体现，那就是杜甫在自己与下层贫苦渔民的关系中得助甚多却无助于人，那就是杜甫对自己"自以为很得意的诗发生了疑问"。杜甫的疑问，其实也潜在地体现着作者冯至的疑问。面对下层民众在变革社会现状中所体现的伟力及在恶劣的现实环境中的顽强的生存力量，也由于对下层民众在变革社会现状中所体现的伟力及在恶劣的现实环境中的顽强的生存力量与下层民众在人类精神领域里所可能具有的力量

① 吴秀明选编：《短篇历史小说》，湖南人民出版社1983年版，第339页。

② 同上书，第342—343页。

未做出认真的辨析而是将其混为一谈，导致中国的知识分子在新中国成立后，对自身的存在价值是越来越不自信了，这特别地体现在五四、30年代那些未经根据地革命文化洗礼的知识分子身上。这一部分知识分子，在新中国成立后，总是没完没了地做检查、写检讨，冯至通过杜甫所体现出来的对自身价值的疑问，就是这种不自信的一个缩影。这个缩影，在相当的程度上，体现了五四文学的价值命脉在"十七年"文学中的一种境遇。"十年浩劫"初期，五四元老郭沫若曾公开宣称自己的诗文一钱不值，[1]则是这一缩影的一体两面但合乎逻辑地、极度地、变态地扩大。

如果说冯至的《白发生黑丝》，以杜甫晚年的个人人生际遇为写作对象，作为一种个人话语，在一定程度上，体现了五四一代作家的精神立场及其承载的五四文学的价值命脉在"十七年"文学中的一种境遇，那么，陈翔鹤的《陶渊明写挽歌》《广陵散》则以陶渊明、嵇康为例，着重写的是疏离于整个时代之外的个体命运及其感受，体现的是五四一代作家的精神立场及其承载的五四文学的价值命脉在"十七年"文学中的又一种境遇。

无独有偶，面对杜甫与陶渊明，冯至与陈翔鹤都不约而同地写了他们的晚年。这或许是因为两位作者，作为"五四"中人，都因为与"五四"已经相隔了遥远的岁月风尘，因而有了一种回望之感，有了一种回望的心态吧。

《陶渊明写挽歌》一向被视为20世纪60年代历史小说创作的小高潮的代表作而较其他同时期的历史小说更受人重视，[2]在以着重对作品进行深入的文本分析为特色的陈思和主编的《中国当代文学史教程》中，这篇小说被冠以"知识分子心声的曲折表露"而得到了相当充分的论述。论述者认为：作品表现了"一个自觉地疏离于整个时代的人……难以摆脱这种疏离引起的孤立之感""而且明显地显示出一种不敢与别人交流这种'疏离'的隐忧，典型地体现出处身于国家权力构筑的'时代共名'的裹挟之下而又有自己独特的精

---

① "文革"风暴前夕的1966年4月14日，时任人大常委会副委员长的郭沫若，在人大常委会第30次会议上发言说："好些人都说我是一个作家，还是一个诗人，又是一个什么历史学家。几十年来，一直拿笔在写东西，也翻译了一些东西。按字数来讲，恐怕有几百万字了。但是，拿今天的标准来讲，我以前写的东西，严格地说，应该全部把它烧掉，没有一点价值。"《中国当代文学史·史料选》下，长江文艺出版社2002年版，第529页。

② 如《中国当代文学史教程》即将其作为历史题材小说的代表作予以重点分析。

神立场以及不可磨灭的良知的知识分子的苦闷心态"①。论述者引用了作品中的一段话："一种湿漉漉、热乎乎的东西，便不自觉地漫到了他的眼睛里。这时他引以为感慨的不仅是眼前的生活，而且还有他整个艰难坎坷的一生。"论述者就此论述道："作者显然也是在'借他人之酒杯，浇自己之块垒'。通过一种个人性的叙事立场，通过对历史人物的追忆，陈翔鹤也由此间接地表露了一种个人性的面对时代的态度。"②应该说，《中国当代文学史教程》对该作品的论述体现了学界对这一作品目下所能达到的研究水准，在这里想强调的是，上述的"疏离""孤立""隐忧""苦闷"等，都是作为承载着五四文学的价值命脉的五四一代作家陈翔鹤，在面对"眼前的生活"回望"他整个艰难坎坷的一生"时所流露出来的，并由此体现了五四一代作家的精神立场及其承载的五四文学的价值命脉在"十七年"文学中的又一种境遇。其后不久陈翔鹤的另一篇小说《广陵散》，可以视为是对这一境遇的一个补充。作品写了嵇康不合社会现实规范的放荡个性、特立独行的精神风范，写了这种精神风范的不容于世及因之祸及己身丧失了性命。这样的一种特立独行的个性张扬，可以说也是五四一代的精神风范，陈翔鹤对此的钟情与赞赏，正是其潜在的"回望之感""回望心态"的"借他人之酒杯，浇自己之块垒"的又一流露。而特立独行的个性张扬，在重视整体纪律与规范的"十七年"，是早已经没有了存在的市场了。

岂止是无独有偶，简直可以说是一而再，再而三，徐懋庸的《鸡肋》所选取的写作对象，也是曹操的晚年，而且也是重在从个体生命的视角写曹操的晚年。这主要表现在两个方面：第一，作者并不着重写曹操社会价值、历史价值的一面，而着重写曹操作为个体生命的一面："故于曹操之历史作用而外，似有所悟，对其人之心理状态，亦发现演变之迹。"所以，作者在作品中，多写的是曹操在进入晚年后，那种对生命将逝的不安与空虚感，多写的是曹操的父子之情，多写的是在政治斗争中个体生命牺牲的无辜与无奈——这就是作品中所写的杨修之死及杨修之父的丧子之痛。第二，作者力图改变将曹操作为奸邪之人；或者如小说写作之时，郭沫若等人为曹操做翻案文章，将曹操视为一代

---

① 陈思和：《中国当代文学史教程》，复旦大学出版社1999年版，第119页。

② 同上书，第120页。

英豪的做法，①还曹操以"个人"的真实面目："世之人以曹操为奸邪者，固有所宥，而翻案诸公，每多溢美，仿佛曹操为始终一贯之杰士者，斯亦稍忽深思矣。"②所以，作者在作品中，既写了曹操政治谋略的成熟，也写了曹操性格中的冷酷与虚伪，而这两者又是互为一体难以割裂开的。从个体生命的视角而不是从社会政治的视角去描写在历史上起过重大作用的历史人物，这或许正是五四文学的价值命脉的惯性在徐懋庸这样的"五四"、30年代一代作家的身上所起的作用使然吧。

五四文学价值命脉的惯性，在师陀"十七年"的历史小说中也发挥着作用。师陀是一个在30年代以写乡土题材而著称的作家，在写于1959年的《西门豹的遭遇》中，作者延续了自己的价值指向及一贯写法。作者写了西门豹兴修水渠时所引起的官怒民怨，写了西门豹实有的刚正廉洁与虚置的诌上腐败的两套为官之风及其对西门豹声誉的损害，写了历史与文字所载的对西门豹的不公，但所有这些，比起下层民众的实际利益来，都算不了什么："那些渠才是有利于人的真的东西，所谓建立名誉，广布德义，希望后世的人感激，全是愚蠢的空话……邺的百姓倒是想着他，他们自己开了渠，筑了堰，不管后世怎么修，怎么理，总坚持称为西门君十二渠。"③这样的一种以实际的下层民众利益为本位而不是以某种观念为本位的对下层民众的情怀，是与20年代的乡土文学一脉相承的，也是相异于"十七年"文学中用流行观念代替民众情感的潮流的。

如果说体现着五四文学价值命脉的"五四"、30年代的小说作家，如上所述，在"十七年"历史小说的创作中，还有过一次小小的比较集中的体现，闪烁过璀璨的光芒，但毕竟布不成阵势，形不成潮流，影响不了"十七年"文学的大走势。那么，延续并承继了五四文学价值命脉的某一支脉的40年代的国统区的小说作家，在进入"十七年"的小说创作后，就更如下落的礼花的碎屑，在一闪的美丽中显得零落与散乱。尽管如此，他们作为五四文学价值命脉的一种遗存，其研究价值却不容忽视。这其中最值得关注的，是路翎的《洼地上的战役》《初雪》、汪曾祺的《羊舍一夕》。

---

① 1959年郭沫若创作了五幕历史剧《蔡文姬》，郭在剧本的序言中说："我写《蔡文姬》的主要目的就是要替曹操翻案。曹操对我们民族的发展，文化的发展，确实是有过贡献的人。"参见《中国当代文学手册》，湖北教育出版社1988年版，第207页。

② 吴秀明选编：《短篇历史小说选》，湖南人民出版社1983年版，第182页。

③ 同上书，第51、53页。

路翎是40年代形成的著名的文学流派"七月派"的中坚作家之一。"七月派"的精神领袖胡风更多地继承了鲁迅的对人的精神世界、对人的灵魂的透视与批判的文艺思想，这一导向自然地也对"七月派"成员的文学创作产生了很大的影响。即以路翎而言，路翎的小说以对人的灵魂、对人的精神世界中的复杂性的深入探幽而著称，这自然与工农兵文学主潮通过写人的命运、思想、情感的变化而反映历史的进步、社会的本质的创作范式相异。由此，工农兵文学主潮与胡风文艺思想及路翎的小说创作的歧见在40年代即已初露端倪。①而在进入"十七年"小说创作的领域后，由于其时文学一体化的推进，这一分歧就迅即激化了。在小说创作领域，则有了对路翎的《洼地上的战役》等小说的批判及路翎情绪激动时为自我辩护的长文《为什么会有这样的批评》。②

　　对路翎在"十七年"的小说创作，近些年学界已经开展了一定的研究，《洼地上的战役》与《初雪》是研究者们所最为关注的两篇。其对人性、人情描写的意义，其对战争与个体之间复杂关系的揭示，也得到了研究者的首肯，甚至路翎本人在创作中在意识层面上的对个体评价上的局限，也已经为研究者所注意，③只是对此还停留在笼统、抽象、概括、泛泛的层面而没有给予深入、具体、充分展开。

　　从个体生命的价值立场出发，《洼地上的战役》中的志愿军战士王应洪与朝鲜姑娘金圣姬的爱情是无可非议的；但从战争胜利及历史进步的价值立场看，其二人的爱情又是不合理的，不能被允许的。战争的胜利，历史的进步是应该给个体生命以幸福的；但为了战争的胜利，历史的进步，个体生命又必须以幸福的牺牲作为代价。因之，这种牺牲既是合理的，又是残酷的：只看到这种牺牲的合理性，势必导致对个体生命价值的漠视，只看到这种牺牲的残酷，

　　① 　如当时周扬在《论赵树理的创作》中推崇赵树理为："一位具有新颖独创的大众风格的人民艺术家。"而胡风则同时在《青春底诗》中推崇路翎："时间将会证明，《财主底儿女们》底出版是中国新文学史上的一个重大事件。"《20世纪中国小说理论资料》第4卷，北京大学出版社1997年版，第391、353页。

　　② 　参见1954年第12期《文艺报》侯金镜的《评路翎的三篇小说》、1955年第1—4期《文艺报》路翎的长文《为什么会有这样的批评》。

　　③ 　如洪子诚的《中国当代文学史》（上海文艺出版社2002年版）认为："不过，在反批评文章中，路翎和他的批评者一样，不承认个体价值也可以是情感体验、'历史'评价的一种角度和立场。"（第140页）金汉主编的《中国当代文学发展史》也认为：小说"触及了战争与个体生活的复杂关系"（第111页）。

也只能导致对这种牺牲崇高意义的认识缺失，二者之间的矛盾与张力构成了这篇小说的意义深度。在"十七年"这样一个推崇为了"整体"无条件地牺牲个体从而在一定程度上漠视了个体生命价值的时代，路翎的小说未能完全站在战争、历史的极点上，自然会受到当时时代的批判与弃置。在今天这样一个个体生命价值日益受到重视的时代，对路翎小说中对个体生命价值的重视则又容易被不适当地强调与拔高。究其实，都有失于对作品准确到位的把握。对《初雪》的理解也是如此。战争是残酷的，战争是需要奉献、牺牲精神的，这种残酷，这种对奉献、牺牲精神的强调，容易造成对个体生命日常琐碎生活的漠视，造成对细腻温情的漠视，但这篇小说通过志愿军战士对两个篮子、两床破炕席等朝鲜"妇女们的这些零碎的日用的东西"的重视、珍惜，通过对朝鲜小孩子的细微的亲昵的爱，恰恰突出、强调了这些。这种在个体生命的生存论、存在论意义上的突出、强调，在其时是被湮没在志愿军战士对朝鲜人民的爱这样的一般性的社会学意义之中的，作品也因此在其时未受到如《洼地上的战役》那样严酷的批判。但在今天，也仍然因未能得到前述准确的到位的解读，因而未能受到应有的重视。

如果我们把《洼地上的战役》与石言创作发表于1950年的《柳堡的故事》①做一个对比也是很能引人思索的。《柳堡的故事》的前半部分，写新四军战士李进与住地女孩子田学英为部队纪律所不允许的爱情，这与《洼地上的战役》有着相似之处，都是写个体的爱情与部队的纪律之间的矛盾，而且这种矛盾在《柳堡的故事》中更为尖锐，因为如果李进舍弃与田学英的感情，田学英则要落入其仇人之手为仇人所蹂躏，从而将个体爱情与部队纪律的矛盾、张力推向极致。但是，作为汲取根据地文化资源成长起来的作家，石言却通过革命的迅速发展，通过田学英的参加革命而轻易地解决了这种不可解决的二律背反的矛盾，从而圆了一个因革命而使个体获得幸福的梦，这是与工农兵文学思潮在历史、社会的进步与个体生命的解放之间，做线性的同形同步的等同是相一致的。但梦毕竟是美好的理想体现而非严峻的现实，相比之下，路翎的《洼地上的战役》以王应洪在战场上的死亡，给个体爱情与部队纪律二者之间的矛盾以一个悲剧性的结局，就使得这二者之间的矛盾、张力显得更为尖锐、饱满，意义更为深刻、丰富。两个作家在处理这一矛盾、张力中的差异，体现了两种文

---

① 《中国新文艺大系（1949—1966年），短篇小说集》下，中国文联出版公司1989年版。

学思潮的差异性，正是这种差异，使路翎的小说在当时被一体化的文学淘汰出局，《柳堡的故事》则在改编成电影后扬名一时。也正是这种差异，构成了路翎小说在这段文学史中的不能为他人取代的独特存在。

汪曾祺是沈从文小说风格的崇拜者与延续者。沈从文的小说以建立"人性的小庙"并以此对社会现实法则做全面的价值拒绝而成为五四文学价值命脉中的一道重要支脉。这道支脉在"十七年"文学中，由于沈从文文学创作的终止而处于一种潜隐状态，汪曾祺发表于1962年的《羊舍一夕》①则是这潜隐中的一道轻波。这篇小说以四个健康纯净的少年作为作品的主人公，作者以散文笔法浓墨重彩所渲染的，其实并不是那表面上的新的社会形态的建设生活，或者说新的社会形态的建设生活只是其能指，其作品的深层、其所指则是生命、人性的健康纯净，所以，作者写了果园的美丽、羊群的可爱、火车的生机、孩子们对生活向往的纯净。在这篇小说中，分明可以看到《边城》对其作品的影响，也分明地可以看到在新时期之初，让汪曾祺暴得大名的《受戒》②的前承。如是，汪曾祺的《羊舍一夕》就如同一条极细极细的线香，让五四沈从文"人性的小庙"的香火，经过"十七年"而终于在新时期又引来了无数朝拜的香客。

---

① 《中国新文艺大系（1949—1966年）·短篇小说集》下，中国文联出版公司1989年版。

② 《受戒》发表于1980年，发表后即引起极大的轰动，后又被称之为："五四文学传统与当代小说创作的唯一沟通者""中国最后一个士大夫文人"等。"有人能大段大段地背诵他的小说；有人用毛笔把他的小说抄了一遍又一遍。"参见朱大可等《十作家批判书》，陕西师范大学出版社1999年版，第208页；吴秀明主编《中国当代文学史写真》，浙江大学出版社2002年版，第700页。

第四节　走近赵树理

在中国的现当代文学中，赵树理是一个奇特的存在。对他可以说是时褒时贬。但你不论怎样褒贬，都无法不面对他，以至于对他的研究史本身也已经具有了非常丰富的史的意义。洪子诚在他的那本惜墨如金并不太厚的《中国当代文学史》中，就不惜专辟一节《赵树理的接受史》。本节则只是从个体生命在民间的表现形态这一视角对赵树理的小说做重新的解读。

与不对构成工农兵文学运动、思潮的三种主要力量、资源做出区分而笼统地将工农兵文学运动、思潮视为一个单一的整体，从而以前述工农兵文学运动的主潮范式来概括孙犁的小说，因而导致对孙犁小说的误读一样，在对赵树理小说的解读中，也长期地存在着这样的一种误读，并曾长期在工农兵文学运动主潮范式的内在矛盾中寻求赵树理小说创作轨迹沉浮的原因。直到陈思和提出"庙堂""广场""民间"三分天下的概念，并将赵树理作为"民间"立场的代表，才为赵树理小说的解读开辟出一条新的更为准确的通道。只是通道虽已开通，但沿此行进的速度并不令人满意。

对赵树理的"民间"立场，可以从以下三个方面展开论述：赵树理"民间"立场的自身形态、赵树理与"庙堂"的冲突、赵树理与"广场"的冲突。

赵树理"民间"立场的自身形态，可以从其创作最突出的特征中得到鲜明的印证。

赵树理创作的价值基点是，现实生活中的农民的个体性生存需求第一，现实存在至上，特别是农民个体性的物质需求与情感需求，而不是党在变革农村时，所希望带来的农村经济、政治、人际关系、伦理标准的变化；赵树理的服务于政治，赵树理的密切关注社会现实生活，不是服务于政治本身，也不是关注社会现实生活本身的发展，而是服务于、关注于这政治影响下的、这社会现实生活发展中的农民的个体性的日常生活。这就是赵树理与赵树理方向的本质性区别，一为"民间"立场，一为"庙堂"立场。在赵树理的文学创作中，突出地表现在他作品中的主题与人物形象塑造上，这就是为人们耳熟能详的"问题小说"与"中间人物"。

赵树理多次称自己的小说是"问题小说"，被广为引用的他的一段名言是："我在做群众工作的过程中，遇到了非解决不可而又不是轻易能解决了的问题，往往就变成所要写的主题。"①事实也是这样，譬如他称自己的《李有才板话》是配合减租斗争的，《李家庄的变迁》是为了动员人民参加上党战役的，《登记》是为着配合宣传婚姻法的，《三里湾》是反映农业合作化运动的等。中华民族在严酷的生存环境中，形成了强烈的忧患意识，对现实的实际生存状态、对迫切的切身问题有着格外的敏感与关注。这样的一种文化心理特征就构筑了中国历代作家的现实情怀，"子不语怪力乱神"，白居易提倡"文章合为时而著，歌诗合为事而作"、梁启超作《小说与群治之关系》都是显明的例证。赵树理正是延续这一传统而来，并适应着那一时代社会政治对文学的需求而将这一传统予以光大。由于一个时代的社会问题，总是直接关系着大多数人的直接利益，成为公众情感的凝聚中心，同时，又是社会前进中各种矛盾的集中体现，所以，写社会问题往往可以形成强烈的轰动效应。赵树理的小说如《小二黑结婚》在发表后，虽然还没有受到延安方面的高度肯定，却已经在太行山区被改编为各种戏曲形式广为传唱；《登记》《三里湾》在发表后迅即传遍大江南北，原因亦在于此。

但对赵树理"问题小说"之"问题"却有着加以认真辨析的必要。过去学界有一种认识，认为赵树理"问题小说"中的"问题"，是在贯彻落实党的某一项政策时所遇到的困难与"问题"。赵树理自己也多次说过类似这样的话：他的小说，是要"产生指导现实的意义"②，这指导现实，又多是指直接推动具体的工作。如他看到"有些很热心的青年同事，不了解农村中的实际情况，为表面的工作成绩所迷惑"，便写《李有才板话》。农村习惯上认为出租土地也不纯是剥削，便写《地板》。③类似这样的话，被研究者所反复引用，更让人们确定认为：赵树理所写的"问题"，就是贯彻落实党的某一项政策时所遇到的"问题"。

---

① 《也算经验》，载《赵树理全集》第4卷，北岳文艺出版社1990年版。
② 《赵树理文集》，工人出版社1980年版，第1398页。
③ 同上。

但是，如果结合赵树理写作的"民间"立场，对赵树理"问题小说"中的"问题"做仔细的辨析，我们就会发现，赵树理"问题小说"中的"问题"，是农村急剧变革中、农民生存中所遇到的"问题"，或者说是党在推进农村变革中农民生存所遇到的"问题"。这一"问题"，当党的利益与农民的利益一致时，与党所推行的政策中遇到的"问题"就是一致的，这特别表现在党与农民关系的蜜月期及相应地赵树理的成名期、盛名期，把赵树理小说创作中的农民生存的"问题"，与党在一个阶段所推行的政策中所遇到的"问题"混为一谈，盖由于此。但如果现实生活中，农民生存中所遇到的问题与党在推行政策中所遇到的问题不一致时，赵树理小说中的"问题"就是前者，并且因之在形式上远离其时的政治。在这种分歧中，我们能够鲜明地看到赵树理小说中所表现的"问题"的实质。前者如《李有才板话》《地板》《登记》等，后者如《锻炼锻炼》《实干家潘永福》《套不住的手》等。譬如《实干家潘永福》《套不住的手》均写于20世纪60年代初期，其时，山西乃至全国写劳模成风，并在按党的意愿形塑、拔高劳模时，终将劳模作为党的意愿在劳动者之中的代言人。赵树理却通过《实干家潘永福》《套不住的手》写出，真正的劳模应该是那些在生活中，就本性而言，热爱劳动的人，实事求是讲求劳动实际效果的劳动者，而不是那些为着体现某种"观念"而形塑、拔高的劳动者。诚如原山西省委书记王谦所说："马烽和赵树理不一样。马烽是为党而写农民，赵树理是为农民而写农民。所以，当党和农民利益一致的时候，他们俩人似乎没有什么差别。而当党和农民的利益不一致时，马烽是站在党的一边，赵树理是站在农民的一边。"[①]赵树理"问题小说"中的"问题"也是这样。

学界公认，赵树理小说中写得最为成功的人物形象当为"中间人物"，他的成名作、代表作虽作品题名为《小二黑结婚》，主人公似乎是小二黑、小芹，也是写小二黑与小芹结婚，但给读者印象最深的却是"三仙姑""二诸葛"；他的中期的代表作虽作品题名为《登记》，主人公似乎是去结婚登记的艾艾、小晚，但给读者印象最深的却是"小飞娥"；他的晚期创作的代表作虽作品题名为《锻炼锻炼》，主人公似乎是应该在工作中加以锻炼的王聚海、杨小四，但给读者印象最深的却是"小腿疼""吃不饱"。赵树理不是不想写先进人物，他确曾真心实意地花了大力气想把先进人物写好，但结果却总是"中

---

① 转引自陈为人《插错"搭子"的一张牌》，广东人民出版社2011年版，第97页。

间人物"写得气韵饱满、栩栩如生，成为他小说创作中的代表性标志。

对于赵树理笔下中间人物塑造成功的原因，学界做出了许多卓有成效的探讨，诸如，认为其是小说理论家福斯特所说的"圆形人物"，是体现了恩格斯所说的"总的合力""平行四边形"作用下的产物，且构成这"总的合力"中的每一种"力"我们都无法对其给予明确的理性的概括与说明，由此构成了赵树理笔下中间人物性格的丰富性，等等。与之相关，认为赵树理笔下的人物虽然是以社会本质属性作为其性格核心，但这一本质属性，由于是"总的合力"作用而成，因之，就不是某种单一的社会力量本质的代表，而是各种社会力量所共同构成的"系统质"，这一"系统质"在"总的合力"的"平行四边形"的作用下，则体现出了各个不同的独特性，等等。但如果我们从赵树理"民间"写作立场这一角度考察，也许还会有一些新的理解。

赵树理的"民间"写作立场，决定了他是站在现实生活中既定的农民个体性日常生存利益特别是物质生存利益的立场上，来应对时代社会的种种变化，并且体现在这种种变化中的人生滋味的甜酸苦辣，体现在这种种变化中的农民在原有生存形态上形成的价值观念的变迁，这种变化、滋味、变迁，最为集中、实际地凝聚在"中间人物"身上。我们所说的"先进人物""中间人物"，是从"庙堂"的价值尺度来加以判定与命名的，如果从农民自身的个体性日常生存利益、物质生存利益的立场出发，从农民在原有生存形态上形成的价值观念的体现者的立场出发，所谓的"中间人物"，则恰恰是这一方面的典型代表。

赵树理写作立场上的"民间"立场与"庙堂""广场"的区别，还表现在农民的情感意愿性实现的真实与"发展中的现实""真实的现实"的关系上，表现在民间伦理与政治伦理启蒙伦理的关系上。

所谓"发展中的现实"，是与赵树理成名或者盛名时，同时在中国的根据地、共和国出现的苏联的社会主义现实主义创作方法中的一个核心概念，那就是认为，作品所写应该是体现社会的发展规律，根据这一发展规律，虽然在现实中还没有实现的但是在发展中可以实现的现实生活，这就是"发展中的现实""明天的现实"。其实质，是认为这一现实，是一种客观的真实存在。"发展中的现实"是"庙堂"体现自身改变客观世界力量的现实。

所谓"真实的现实"，是五四文学在中国从传统向现代转型之初，放弃中国传统文学的意象造型观，汲取西方的批判现实主义创作资源，力图写出客观世界真实的创作追求，特别是力图写出中国民众生存的残酷与精神的愚昧的社会现状，它更多地立足于对社会现实、对人性残缺的直面与批判。

中国传统文学创作是意象造型观，是人在与客观世界的不平衡中，在面对残酷的现实的同时，最后退回内心世界求平衡，是用主观意愿的满足，来获得心理的安宁、情感的慰藉，作品因此所写的结局，是主观情感的真实，而不是客观的真实实现或者真实存在。赵树理文学创作的"民间"立场，决定了他在民族化、通俗化、大众化的追求中，汲取了中国传统文学的这一创作特点。所以，他的小说中，一方面，扎根于农民的生存实际，如实地写出了农民个体性的生存现状；另一方面，又多是大团圆的结局，但这大团圆的结局，在实质上，是为了满足大众的情感意愿性的满足，而不是所谓的"发展中的现实"。

由于在根据地时代，农民的许多的情感愿望，在实际的农村变革中得以实现，所以，阐释者就把赵树理笔下的农民情感意愿性实现的这一主观真实，与所谓的"发展中的现实"这一客观真实混同为一体了。这二者的实质不同，在其后农民的情感意愿与"发展中的现实"日益脱节的情况下，如公社化时代，在赵树理笔下对这"发展中的现实"的回避与对抗中，看得尤为鲜明。再如，在《三里湾》之后，赵树理笔下的结局与党的中心工作的实现的差距是越来越远了。所以，在这之后，赵树理创作开始步入下滑期。

中国农民情感意愿的真实与五四文学所倡导的真实的现实，也有很多的不一致之处，最为典型的就是赵树理在他的成名作《小二黑结婚》中，将原来的生活中男主人公惨死的悲剧，改写成了喜剧，以求得获取读者情感意愿性的满足，也试图与其时"庙堂"所倡导的"发展中的现实"保持一致。但这无疑与五四文学"敢于直面惨淡的人生，敢于正视淋漓的鲜血"的追求相去甚远。

民间伦理，是在近乎千年的不断调节中的社会结构中形成的，又是在不断变动的历史中，非常缓慢地有所改动的；政治伦理，则是在一个时代中为着改变社会现状形成的。启蒙伦理，是五四时代在中国从传统向现代转型时所构建的伦理标准。赵树理文学创作的民间立场，决定了他对民间伦理的固守，并形成了与政治伦理、启蒙伦理之间的张力。

在赵树理的小说中，我们看到，当政治革命与农民利益一致时，赵树理总是力图把政治伦理融合、化入、落实到民间伦理之中，并以此显示政治伦理的合理性、现实意义及民间伦理在历史发展中的进步与变革。譬如在《福贵》中所体现的对"人"的认识，在《登记》中所体现的新的性爱关系、性爱观念，在《三里湾》中所体现的新的家庭关系、家庭观念。而当政治革命与农民利益不一致时，当政治伦理以此构成对农民的伤害时，赵树理就以对民间伦理的坚守，来构成对农民利益的维护。譬如在《实干家潘永福》《套不住的手》中，对农民劳动本色的坚守并在坚守中对政治话语改造农民劳动本色的拒绝。如在20世纪60年代之后，政治伦理更多地强调的是对个人物质生活的牺牲，是对超凡的英雄品质的提倡。但赵树理的小说中，却更多地强调"实利"，如《实干家潘永福》中潘永福的中心词汇、他的口头禅，就是"实利"二字；是平凡普通人的品德，如《套不住的手》的主人公；是对总想用空洞的语言超越平凡普通人生的厌弃，如在《卖烟叶》《互相鉴定》中对幻想用文学写作脱离农村劳动的文学写作者的尖刻批评。

对民间伦理的坚守，对民间伦理变动、变革速度的准确把握，而不是盲目地无限度地认同启蒙伦理，在民间伦理与启蒙伦理的差距中，不是盲目地无限度地一味地站在启蒙伦理一方，也有效地使赵树理的作品能够坚实地立足于中国农村大地。譬如《锻炼锻炼》中的"小腿疼""吃不饱"，许多论者更多地愿意肯定赵树理的现代意识，所以，不惜将这一人物"过度阐释"为赵树理用曲笔、用反讽的手法，为农民在集体化过程中的命运鸣冤叫屈而批评其时的农业政策。[①]但从赵树理以农民的民间伦理为价值本位的创作本意看，赵树理对"小腿疼""吃不饱"并没有多少同情之处，而更多的是嘲讽之意，如写"小腿疼"支使儿媳妇，写"小腿疼"的"腿"时疼时不疼；写"吃不饱"把丈夫作为"过渡时期"的丈夫，写"吃不饱"在家里偷偷吃面条；等等。赵树理之所以对她们持嘲讽态度，是因为这样的人物，在当时的农村民众中，以农民的民间伦理标准衡量，也仍然是不受欢迎的。再如对《三里湾》中王玉生与马有翼、满喜与灵芝、玉梅与小俊三对青年人婚爱的描写，曾经被学界批评为是"没有爱情的爱情描写"[②]。如果从现代情爱价值观念看，这三对青年人的婚爱，对当事人来说，其中确实是更多了些实际的清醒的理性计算，少了些爱

---

① 如陈思和主编的《中国当代文学史教程》（复旦大学出版社1999年版，第47页）认为：作品写出了当时的农村"干部就是这样横行霸道地欺侮农民，农民就是这样消极怠工和自私自利，农业社'大跃进'并没有提高农民的劳动积极性，只能用强制性的手段对付农民"。

② 赵树理：《关于〈三里湾〉的爱情描写》，载《赵树林全集》，大众文艺出版社2006年版，第489页。在这篇文章中，赵树理写道："像你们所说的这种'没有爱情的爱情描写'，目的是想看到'有爱情的爱情描写'，这种写法，目前我还写不了。"

情的冲动与激情，①但从其时的农村农民的民间伦理标准看，却又是非常真实的。再如，在《小二黑结婚》中，赵树理对"三仙姑"是持嘲讽态度的，而不是如启蒙伦理那样，将"三仙姑"塑造成中国的安娜·卡列尼娜；到了《登记》时，赵树理对类似于"三仙姑"的"小飞娥"，就持一种同情、温情的态度了。赵树理笔下的民间伦理，是随着农民切实的生活水准，是随着历史进步给农民带来的实际变化，同步地发生着变化的。赵树理正是凭依着其对写作中"民间"立场的坚守，真实地表现了一个历史时代农民的真实的生存现状、情感现状，直观事物本质，并给了后人以无尽阐释的可能与空间。

　　赵树理之所以能够做到这一点，与他的写作身份是密不可分的。

　　现在学界公认赵树理的写作身份由三部分组成：农民、知识分子、党的干部。这样的判断是到位的、准确的，在这三重身份中，农民的身份，对赵树理说来，是生命本体性的。

　　你只要打开回忆、怀念赵树理的文字或者阅读任何一本有关赵树理的传记文字，都可以看到赵树理对农村生活方式、情趣的执着，对此的回忆、描写文字可谓比比皆是，也为后人所津津乐道。但说到底，外在的服饰风貌、生活习惯、人生方式，只是一种"形似"，真正的"神似"，则在于内在的审美取向、审美趣味、情感形态的一致。正是在这一点上，赵树理有着其他作家所不及的深刻独到之处。赵树理是诞生孕育于民间的文化土壤之中而又接受着"五四"新文化的雨露生长起来的，不是从新文化形态或某种政治形态试图渗透于民间的农民文化之中生长起来的；他与农民是"形似""神似"的"形神统一"，而不是"形神"在某种程度上的脱节；他对民间农民文化的亲近是生命层面的，是感情上的，血缘上的，而不仅仅是理性上的，姻缘上的。所谓血缘上的，是指一种天生的、与生俱来的亲近，而姻缘上的，则是后天性的、基于一种相互需要的结合。看到这样的一种差别，我们也才能更准确、更深刻地理解赵树理其人。康濯对此曾有过真切的体会："老赵和我下农村……有个最根本的区别，即我去农村总是还是'下乡'，是从'上面'去'下面'，赵树理却毫无什么上下之分，只是'回乡''回家'。"②一个"回乡"一个

---

　　①　参见《赵树理全集》第316、321—325、348—350页关于灵芝对玉生的思考，有翼对玉梅、玉梅对有翼的思考，小俊对满喜、满喜对小俊的思考。

　　②　康濯：《根深土厚》，载《赵树理研究资料》，北岳文艺出版社1985年版。

"下乡"，再真切不过地说出了赵树理与康濯们的区别，说出了后者不及前者之所在。一个是由内而外的，一个则是由外而内的。由内而外，其创作是基于生命的冲动，由外而内，其创作是基于政治或伦理的冲动。由内而外，是以作家真实的生命感受为依据衡量时代生活的对错是非；由外而内，则是以所信奉的社会政治标准来理解诠释时代生活。在表现农村生活时，由内而外，是对农村生活"形似""神似"的"形神统一"；由外而内，则有可能会落入"形似""神不似"的陷阱。基于生命创作冲动的"由内而外"的赵树理的文学创作，与基于政治或者伦理创作冲动的"由外而内"的许多作家的创作，是"十七年"文学创作尤其是农村题材小说创作中的一个重要的文学现象，一个重要的创作区别。构成这一现象、这一区别，赵树理个人的生活形态、生命形态是一个重要的因素。如果说赵树理的作品是一个时代时代精神的标志的话，那么，他的生命形态、人生方式、命运变换，他的酸甜苦辣的人生滋味，也同样因为时代风云际会而给我们以无尽解说的可能。当打开赵树理的生活形态、生命形态之门时，我们也将从中看到许多熟悉的作家面孔，这是赵树理个人生活形态、生命形态的重要意义之所在，也是我们对赵树理个人生活形态、生命形态需要给予特别重视、予以研究之所在。

如前所述，在赵树理生命的成型过程中，农民的生活态度、趣味、生活习惯等，已经化为他的生命形态，成为他生命中的血肉。但是，对农民的有缺陷的物质生活状态、精神状态，赵树理是不满意、更不满足的。在农村，在农民自身，他是找不到改变农村、农民现状、命运的精神资源与社会力量的。于是，在他的人生成长道路上，势必会走出农村，去寻求新的生活，寻求新的精神滋养，这就是他外出求学的动机。他在山西省立师范学校，与五四新文化运动的精神相遇，使他得以在原有的来自农村、农民的思想、精神的无出路的苦闷中，找到了思想、精神解放的途径，并且给予了自觉的接受、自觉的精神构建，从而使他在思想、精神上，走出了农村，不再是农民，而成了知识分子的一员。

但是，知识分子在思想领域的精神力量，对于社会的变革，远远不及先进政党领导下的以广大民众为主要力量的政治革命更为有力，所以，赵树理在改变自身及农民的命运中，在屡经坎坷饱尝失败之后，会自觉地投身于共产党领导下的政治革命，并在社会身份上，成为共产党的干部。这样的三重身份，是赵树理的人生形态，也具体地体现在他的创作与作品中，构成了他的写作身份。同时，也可以看到，赵树理出发的起点与寻求的终点都是农民，对于先进文化资源的汲取，对于投身于先进的政治力量，他都是为着改变农民的物质及精神的生存状态的。

如果用一个形象的比喻，那么，农民的生活、利益、情感、思想、情趣等，是赵树理及其作品中的"血肉"；党在一个时代的政治立场，是赵树理及其作品中的"骨骼"；现代知识分子的精神，则是赵树理及其作品中的"魂"。

这样的三重身份，表现在赵树理的创作及其效果中，有时是一致的，有时则是相互冲突的。这种一致或者冲突，直接影响着赵树理的创作的数量与质量。

当三者一致时，赵树理的创作就显得得心应手。譬如1943年到1955年间，这三者在赵树理的创作中，基本上是一致的，赵树理创作的高潮期也出现在此时。

当农民身份与党的干部身份发生矛盾时，赵树理的创作就显得左右失据，矛盾重重。譬如1955年之后，赵树理的创作数量与质量明显下滑；1958年，在当时的文艺"大跃进"的氛围中，虽然也曾想努力在创作上获得丰收，但终于近乎交了白卷。赵树理晚年对创作的厌倦，对自己创作的失去信心，其勉为其难地让他备受矛盾折磨的《十里店》，均来自他的农民身份与党的干部身份的矛盾与冲突。

当农民身份与知识分子身份发生矛盾时，赵树理的创作就远离了时代的现代性的潮头。譬如1956年的"百花"时代及1957年的对知识分子的整肃运动，其中都没有赵树理的影子。

这样的三重身份，表现在赵树理创作时的运思形态上，就出现了理性、情感、直觉三者的一致或者相互之间的"张力"。相对说来，理性更多地体现他的党的干部的写作身份，情感更多地体现他的农民的写作身份，而直觉则更多地体现他的知识分子的写作身份。在三者一致时，譬如《登记》的创作，接到规定的写作任务后，一夜之间，一气呵成。在三者不一致时，就可以看到，在赵树理的理性上，他特别重视对先进人物的塑造，但直觉不给他以创作的冲动。在他情感上，对文学创作感到厌倦时，理性却强迫着他仍然强自作之，如他晚年对《十里店》《焦裕禄》的写作。这样三者之间的"张力"，也影响着他的作品中人、事的价值形态的指向与呈现方式。譬如，在《小二黑结婚》中，他在理性上对"三仙姑"是批判的；在情感上，对她是厌恶的；但在直觉上，又让她体现出了命运对其的不公及她对命运扭曲的反抗的意义。譬如《锻炼锻炼》中，他在理性上对"小腿疼""吃不饱"是批判的；在情感上，对她们是厌恶的；但在直觉上，又让她们体现出了生产关系变革对农民生产积极性的挫伤，体现出了农民物质上受剥夺与人身不自由的不幸命运。

这样的三重身份，体现在作品中，就出现了主题、结构与场面、细节描写及与价值指向之间的一致或"张力"。相对说来，党的干部的身份，更多地影响着作品的主题的设置与情节性结构的安排；农民的身份，则更多地体现在了场面、细节的描写上；知识分子的身份，则潜在地影响着场面、细节描写中的价值导向。当三重身份一致时，前述三个方面在作品中就相应地也是一致的。如《登记》小说的主题、情节的设置，细节、场面的描写，所有这些体现出的价值指向，都是对农村新的情爱婚姻关系的倡导，既符合党贯彻婚姻法的要求，又符合农村青年新的情爱愿望。对传统农民眼中作风不正的艾艾的肯定性评价，则体现了赵树理超越农民的知识分子所具有价值指向。但三重写作身份的不一致或者三者关系之间轻重分量的过于悬殊，则使前述作品中的三个方面，呈现出了复杂的"张力"关系。譬如在《三里湾》中，农民写作身份力量的强大与党的干部写作身份的相对弱小，虽然也在倡导、拥护合作化运动的党的领导、青年农民，对合作化运动徘徊、怀疑的中农，对抗合作化运动的党内的既得利益者，这些体现合作化运动中各种社会力量代表人物的设计、相互的冲突及情节安排上，体现了当时党的干部对农村的认识，但最终由于农民及知识分子写作身份导致的场面、细节描写上的成功，使这部作品，较之其后的《创业史》《艳阳天》之类，更少了概念化的弊端，更多了生动形象的生活画面所赋予的作品的意义的丰富性。

赵树理写作时的"民间"立场，决定了他的创作与以工农兵文学主潮为代表的"庙堂"的关系。

发生自1915年的五四新文化运动，是资本经济模式瓦解老中国传统的社会结构之后，适应着这一模式的形成，在文化思想领域的以文化形态为载体的对新的社会价值体系、人生价值体系的启蒙与建构。其后，其左翼部分，以上海为中心，发展为在这一资本经济模式内的对这一资本经济所带来的社会危机的对抗与制衡。当中国北方的根据地社会形态日益强大起来之后，这一社会形态，就迫切地需要构建适合自身发展的文化思想形态并以此对抗资本经济所形成的文化思想形态。为这一新的文化思想形态构建所召唤，在对抗、制衡资本经济上迫切地需要新的发展路向的左翼文学，其纷纷投向根据地社会形态的中心——延安，就是大势所趋了。

但是，自上海而来的左翼文学的代表者，如王实味、丁玲、萧军等，他们的文化思想形态及其资源，主要是产生于资本经济模式内部的危机之中，并不是在根据地社会形态基础上形成的。举例来说，那种建立在私有财产神圣不可侵犯的商业经济基础之上的个性的张扬，就与根据地社会形态所强调的高度的集体主义精神不相吻合。由是，有了在以延安为中心发生的自上海而来的左翼文化思想与根据地文化思想的激烈冲突，有了延安的文艺整风运动，有了毛泽东的《在延安文艺座谈会上的讲话》（以下简称《讲话》）。这一《讲话》的核心就是，在与资本经济模式的社会形态做生死斗争时，文学创作要为根据地社会形态服务，为支持这一社会形态的主要力量工农兵服务。突出的表述就是，文艺为政治服务，文艺为工农兵服务。由此，就带来了文学创作的民族化、通俗化、大众化的问题，带来了自上海而来的左翼作家的立场、情感的改造问题，带来了歌颂与暴露、写真实与文艺的功利主义的关系问题、写英雄人物还是写普通人的问题，带来了普及与提高的问题，带来了建立在个人基础上的人性与建立在集体基础上的阶级性之间的关系等一系列的问题。毛泽东的《讲话》则代表了根据地文化思想形态与自上海而来的左翼文化思想形态在激烈冲突中及冲突之后，根据地社会形态对根据地文化思想形态的构建标准与要求，只是这一讲话，更多的是在理论层面的系统性表述。

符合根据地社会形态的根据地文学，在当时根据地的中心延安还暂时没有产生成熟作品的可能。这是因为，从上海来的富有经验的作家，如丁玲、周立波、萧军等人，他们对根据地生活的熟悉及他们的立场、情感的转变，他们对根据地文化思想形态对文学创作的要求的汲取，都还需要一个相当长的时间；而在延安本土的文化人，由于上海来的新文化人在延安力量的强大，无疑在无形中对他们构成了一种压力与影响，这种压力的影响，也妨碍了他们按照根据地文化思想形态所进行的创作。

历史把这样的契机给了赵树理，赵树理占据了天时、地利、人和，成了独一无二的存在。

从地利上说，山西当时是除延安之外最重要、最强大的根据地。相对说来，上海来的新文化的势力，还不具有如延安那样的绝对的优势，这就给赵树理的创作以相当广阔的自由的发展空间。从人和说，赵树理来自农村，又汲取了五四新文化关于文艺大众化的文化思想资源，自己已经在这方面有了长期的、自觉的准备与努力，并且已经写出了适应根据地文化思想需求的、相当成熟的作品，如中篇小说《再生录》。从天时来说，根据地文化思想形态，不是人为地提出的，而是根据地社会形态在发展到相对成熟之后，对产生与之相适应的文化思想形态的必然要求。如是，赵树理的文学创作不是响应、遵从毛泽东《讲话》的结果，而是历史发展到一定阶段的必然产物。毛泽东的《讲话》是对此理论上的系统的表述，赵树理的创作则是对此在创作实绩上的展示。有了成熟的理论体系，有了成熟的作品实践，二者的出现，标志着工农兵文学的兴起。

但是，作为一个运动、思潮的规模，兴起并不等同于成熟，赵树理则是以自己的成熟参与到这一运动与思潮的构建之中。从二者的发展形态看，赵树理一开始就是站在了这一运动、思潮的潮头位置。

也正因为如此，在"工农兵文学"兴起之际，赵树理是作为"工农兵文学"的标志、学习的样板而受到推崇的。这就是其时根据地文化思想形态的权威人物的纷纷著文予以倡导，如作为根据地文化思想形态代言人的周扬的文章，如作为在资本经济统治区的对抗资本经济文化思想的代言人的郭沫若的文章，特别是陈荒煤代表根据地政治领域文化思想领域提出的"赵树理方向"，更是把赵树理的文学创作放到了根据地文学发展的"方向"高度。①

但是，赵树理的文学创作与"赵树理方向"是既有联系又有区别的，二者是不能予以简单的等同的。赵树理的文学创作，是赵树理文学创作的实际与实践活动，"赵树理方向"则是根据地政治领域、文化思想领域对赵树理文学创作的阐释，是阐释中的赵树理。如前所述，从根本上说，或许可以这样认为，赵树理的创作是以农民利益为立足点的，是站在"民间"立场上的写作，"赵树理方向"是以根据地社会形态为立足点的，是站在"庙堂"立场上的写作。二者在农民利益与根据地社会形态的基本一致，形成了从1943年到1948年赵树理的文学创作与"赵树理方向"、赵树理的文学创作与根据地文化思想形态的蜜月期。这一蜜月期，也是赵树理文学创作的优质高产期，赵树理以自己的优质高产，为工农兵文学的奠基，贡献出了坚实厚重的基石。

---

① 参见黄修己主编《赵树理研究资料》（北岳文艺出版社1985年版）中周扬《论赵树理的创作》、郭沫若《板话及其它》《读了李家庄的变迁》、陈荒煤《向赵树理的方向迈进》等文章。

但是，赵树理是以自己农民、知识分子、党的干部这样三重的写作身份进行创作的，其创作的思想资源也来自这三个方面。根据地文化思想形态所要求的根据地文学，是为着根据地的社会结构形态服务的，是产生于根据地社会结构形态的文学产物。这是与赵树理的文学构成有着很大区别的。举例来说，立足于农民利益，还是立足于根据地社会的整体利益，这二者即使在其一致的时候，在轻重的侧重点上，也还是有很大区别的。

考察工农兵文学的形成与兴起的过程，可以看到，在最初形成与兴起时，赵树理的文学创作及"赵树理方向"的提出，是工农兵文学的主要部分，但随着根据地文化思想形态对从上海来到延安的五四新文化代表作家的成功规训与收编，根据地开始出现了完全符合根据地社会形态要求的成熟的根据地文学，这就是丁玲的《太阳照在桑干河上》、周立波的《暴风骤雨》及根据地按自身要求在本土培养出来的一批作家的作品，如贺敬之等人的《白毛女》，这些作家作品成了"工农兵文学"的正宗、主流，居于根据地的"庙堂"位置，你只要看看是这些作品被根据地送往苏联评选并获得了被当时根据地所认为的标志成功的最高的文学奖——斯大林文学奖，即可对此有所领会。而赵树理的文学创作，相形之下，则转而处于"民间"的位置。

1949年共和国的诞生，标志着根据地社会形态转向了共和国社会形态。从表面上看，共和国社会形态只是根据地社会形态的扩大，其实完全不然。根据地社会形态的主要矛盾来自于对资本经济社会形态的对抗与制衡，其存在的积极意义也在这里；共和国社会形态的主要矛盾，则来自于自身的内在矛盾，其积极意义则在于如何调整自身的内在矛盾。相应地，随着社会、时代基本矛盾的转换，毛泽东《讲话》中所提出的工农兵文学所面临的问题与矛盾，也需要着得到转换与调整。举个例子，在共和国自身的内在矛盾成为主要矛盾时，对于这些矛盾及这些矛盾所形成的问题，要不要暴露与批判？再如，在一个和平建设的年代，普通人的日常生活的价值性是不是应该得到高度的重视与肯定？如此等等。

共和国内在的自身矛盾的形态、类型各种各样。举个例子，如果说根据地时代的主要矛盾，来自于根据地这一"整体"与资本经济社会形态这一"整体"之间的矛盾，是"整体"与"整体"之间的对抗与矛盾；那么，在共和国时代，个人与国家这一"整体"之间的矛盾，就成为共和国内在矛盾的主要表现形式之一。

伴随着1955年前后国家这一"整体"在经济、政治上对农村、城市、媒体、教育私有化的改造与收编，在文化思想领域，对"个人"的改造也同步进行。于是，"工农兵文学"首先整肃、清算了外在于"工农兵文学"的来自于资本经济社会的坚持五四式个人主义的胡风的文艺思想体系；接着主要以五四"个人"思想形态为自身创作思想资源的孙犁，也因为不能得到畅快的表达，身体郁积成病，由精神受阻的身体之病而被"工农兵文学"挤对出了文坛。1957年，"工农兵文学"又整肃、清算了伴随着共和国内在矛盾的激化，在共和国内部出现的以强调"人性"为特征及以强调批判官僚特权为特征的试图调整个人与国家关系内在矛盾的以宗璞《红豆》、王蒙《组织部来了个年轻人》等为代表的"百花文学"及其理论上的代表秦兆阳的《现实主义——广阔的道路》、钱谷融的《论"文学是人学"》。

伴随着对这些或来自于外或来自于内的试图调整共和国新出现的内在矛盾的各种文学力量与思潮的整肃与清算，也伴随着在时间延续中的沉淀与积累，"工农兵文学"在共和国的社会形态中，开始把根据地文学形态渐渐地发展到了高潮，并试图作为另一方的力量来解决共和国的内在矛盾。从1948年到1955年，可以视为工农兵文学的发展期，1959年前后，则可以视为工农兵文学的高潮期。其代表性的标志，就是以"三红"（《红日》《红岩》《红旗谱》）"一创"（《创业史》）、山（《山乡巨变》）青（《青春之歌》）保（《保卫延安》）林（《林海雪原》）为代表的长篇小说，以杨朔为代表的歌颂性抒情散文，以贺敬之、郭小川为代表的长篇政治抒情诗的出现。这些作品，基本体现的都是牺牲个人献身"整体"并为此具有超乎常人的非凡的种种表现的品格与精神特征，如对苦难的承受，完全献身的无私，克服困难的毅力，对物质的极度鄙弃，对纯净精神的极度追求，并且基本上都是以歌颂"整体"的业绩、歌颂这些人的上述的品格与精神特征为主。

赵树理的作品显然不是这样。在共和国个人与整体的内在矛盾面前，他反而越发地站在了农民个体利益一方，并以此来评判时代的变化、社会的变迁。新中国成立之后不久，他就受到了共产党主管意识形态的主要负责人胡乔木的批评："写的东西不大（没有接触重大题材），不深，写不出振奋人心的作品来。"[①]胡乔木是立足于国家这一"整体"的立场来看立足于农民个体利益立场

---

① 《赵树理全集》第6卷，大众文艺出版社2006年版，第468页。

上的赵树理的文学创作的，那自然会得出"不大""不深""不振奋人心"的结论来。

也确实如此。相比"三红一创、山青保林"及杨朔、贺敬之、郭小川笔下的站在国家立场上所抒发的豪情壮志、所表现的非凡业绩，赵树理站在农民个体利益上，斤斤计较于农民个体日常生活中斤斤两两的得失，确实"不大""不深""不振奋人心"，两相比较，几近天壤之别。

如是，我们或许会明白，赵树理在这期间的文学创作，虽然与胡风的文艺理论、与孙犁的小说创作形态、与"百花文学"似乎完全不同，也全然不在一个文艺思想、思潮谱系，但他们在与共和国的主潮文学的对抗性上，却有着相近的一致之处：在共和国社会形态中、在个人与国家这一"整体"的相互关系中，均站在"个人"的立场上，从而有着深层的精神脉系的相连。之所以在这一时期，赵树理的文学创作还没有如胡风、"百花文学"那样受到整肃与清算，没有如孙犁那样在被冷落中沉寂，是因为在共和国社会形态的内在矛盾的冲突中，"工农兵文学"主潮与外在于工农兵文学的胡风文艺思想的冲突更明显，更具有分歧的历史渊源。与孙犁所代表的五四文化思想形态更难以兼容。与"百花文学"的冲突，更具有现实的敏锐性。而与赵树理所代表的农民的个体利益的冲突，还没有尖锐到无法合作的程度，也与赵树理党的干部的写作身份形成的对"工农兵文学"主潮的价值指向有一定程度的认可与妥协有关。

因此，当1955年共和国社会形态完全取代了根据地社会形态，当根据地的新民主主义的社会形态完全转入了社会主义的社会形态，当在这种社会形态的根本转型中，新生了"个人"与国家的矛盾且在这一矛盾中，开始了国家这一"整体"对"个人"的整肃、规训、收编时，站在农民个体利益的民间立场的赵树理的文学创作的高峰也就到顶了。所以，在《三里湾》之后，赵树理就进入了自己文学创作的下滑期，这一下滑期，以1958年的在个人与国家关系上表现异常困惑、矛盾的《锻炼锻炼》为标志，下滑到了谷底。

从工农兵文学及赵树理文学创作发展演化的轨迹考察，赵树理的文学创作高峰以1955年发表的《三里湾》为标志宣告结束，并退出了工农兵文学的主流；以1958年的《锻炼锻炼》为标志，宣告下滑到了谷底。而恰恰是在这个时间节点上，工农兵文学在1948年步入发展期后，开始进入自己的高潮期。来自根据地文学或者共和国文学自己培养的作家，大多在这一时段开始成名或者走向成熟。"三红一创、山青保林"的创作或者发表时期，大致都属于这个时段；杨朔散文的转型来自于他在1956年所写的《香山红叶》；郭小川也是在1955年发表了其成名作《致青年公民》；作为工农兵文学主潮的重要组成部分的"山药蛋派"的骨干作家西戎、李束为、马烽、胡正、孙谦等，其创作高峰期，也是始于此时，如此等等。在赵树理文学创作与工农兵文学发展演化的落差中，其实深隐、潜藏着这一文学运动、思潮内在矛盾之"力"在起着作用，赵树理所遇到的困惑、矛盾，工农兵文学主潮很快就会因为无法调整自身的内在矛盾同样会遇到，只是时间上有先后罢了。

1959年到1961年，中国民众经历了三年的国民经济困难时期，严峻的形势，终于使中国社会各界开始正视共和国自身的内在矛盾，文学界也不例外。1962年，中国作协在大连召开了短篇小说座谈会，在这个座谈会上，大家普遍对赵树理近些年的创作姿态、小说创作做了高度的肯定。譬如，中国作协领导人邵荃麟说：这个会上，对赵树理同志谈得很多，有人认为前两年对他评价低了，这次要给予翻案。为什么称赞老赵？因为他写了长期性、艰苦性。现在看来，他是看得更深刻些。这是现实主义的胜利。①在这个会上赵树理被誉为描写中国农村的"铁笔""圣手"。这个会有三点特别值得注意：第一，是对赵树理写"中间人物"的肯定。这绝非仅仅是对赵树理小说创作中的一种人物的肯定，其实质是强调在共和国社会形态下，在个人与国家的相互关系上，对个人的物质性的日常生活的价值性的肯定。因为对个人的物质性的日常生活的重视，在中间人物身上体现得最为突出。第二，是工农兵文学在一度疏离了赵树理之后，重新肯定了赵树理的作用与意义，要给赵树理"翻案"并试图在此意义上检讨工农兵文学在这之前的偏颇，回到赵树理的创作方位，调整工农兵文学内在的自身矛盾。第三，这种反省是工农兵文学主潮自身主动做出的。邵荃麟是工农兵文学主潮的理论家、代言人，工农兵文学主潮在拒绝了胡风以工农兵文学主潮之外的异质思想资源来调整工农兵文学的内在矛盾之后，在拒绝了工农兵文学自身内部新生的"百花文学"的创作与理论对自身内在矛盾的调整之后，终于在农民这个与工农兵文学最为亲近、最有血缘关系的群体上，在这个内在矛盾的最后的底线上，开始从领导层面主动试图来对这一矛盾进行积极性的调整。这是工农兵文学调整自身内在矛盾的最后的一次努力，也是赵树理

---

① 参见陈为人《插错"搭子"的一张牌》，广东人民出版社2011年版，第156页。

文学创作的回光返照，是"赵树理文学"与"工农兵文学"主潮关系的回光返照。之所以这么说，是因为在这次会议不久，随着"千万不要忘记阶级斗争"口号的提出，对大连会议肯定赵树理的文学创作，对大连会议所提出的"中间人物论""现实主义深化论"的批判就开始了。

在大连会议上的回光返照之后，赵树理的创作就进入了衰退消亡期，工农兵文学主潮也开始步入下滑衰退期。在这一时期，"工农兵文学"主潮的创作重点，在形式上，转入了戏剧创作，几次大规模的全国性的戏剧调演就是其标志。之所以在创作形式上转入戏剧创作，是因为在其时，戏剧创作有着更能为大众所接受的普及性，"工农兵文学"主潮正是试图以此来体现文艺创作对大众的思想教育的功能。在思想内容上，"工农兵文学"主潮的重点，是对个人的物质性的日常生活价值性的否定与批判，是将对个人物质生活的鄙弃与对忠于集体的精神的纯净的赞扬上升到了极致，并将之上升到阶级斗争的高度，上升到争夺领导权的高度。这在三个当时红极一时的话剧《霓虹灯下的哨兵》《年青的一代》《千万不要忘记》中，有着集中与突出的体现。譬如《霓虹灯下的哨兵》中的陈喜扔掉了粗布袜子，《年青的一代》中的林育生留恋上海的都市生活，《千万不要忘记》中的丁少纯追求毛料衣服，等等。作者宣扬的就是西方资本经济社会模式，就是试图以此来使中国的革命者，特别是革命者的后一代，接受西方资本经济社会模式所鼓吹、所推行的价值观念，从而让中国的红色江山改变颜色。

赵树理在这一时期前后的创作则截然不同，他仍然对个人的物质性的日常生活的价值性予以高度认可。在《张来兴》这篇为纪念毛泽东《讲话》发表20周年而创作的小说中，赵树理甚至少有地以一个厨师作为小说的主人公，小说的主要内容，也少有地是写人民代表们怎么从不会吃鱼到对吃鱼津津有味并对能做出美味的鱼的厨师张来兴表示出了极大的尊敬。

在这一时期，"工农兵文学"主潮更愿意宣传那些体现了国家意志的超凡的先进人物，写这些人物先进事迹的报告文学风行一时，譬如《县委书记的好榜样——焦裕禄》《大寨英雄谱》《小丫扛大旗》等。但赵树理更愿意去鼓吹那些基于个人本性的热爱劳动的普通的劳动者，并且认为他们才是真正的劳动模范。譬如那篇《套不住的手》。

在这一时期，适应着对那些脱离个人物质生活并对精神性表示出极度热情的时代英雄的歌颂，"工农兵文学"主潮在文风中体现出了一种对精神性的激情、狂热与造作。在贺敬之、郭小川那些煽动性极强的抒情诗里，在杨朔虽然写的是散文却偏偏要用诗一样的语言进行的表述中，在《艳阳天》的主人公于日常生活里却用政治报告的语言来讲的话中，在其时全国性的戏剧调演的革命现代戏那些激昂慷慨的唱词里，我们都或多或少地可以看到这一点。

赵树理对此在心里一定是厌恶的，所以，他才要在他后期的几部小说如《互作鉴定》《卖烟叶》中，对农村青年热衷于脱离农村的实际劳动而投身于文学创作表示出了那么反常的厌恶。相比较他在1957年对热衷于文学创作的文学青年的忠告，这一厌恶就更显得醒目与突出。

对政权权力的危机意识，那种认为有相当多的政权权力被那些被推翻的反动阶级勾结党内的既得利益者所掌控，是工农兵文学主潮在这一时期所反复表现的，最为典型的代表作就是《夺印》。赵树理自1955年之后的创作，大部分是半自动写的，他最后的作品《十里店》却是他少有的自动写的其中的一篇，而且，他对此篇特别看重："自以为重新体会到政治脉搏，接触到了重要主题。"①在《夺印》中，赵树理从主观上，也试图写出在其时"夺印"的重要性，写出被推翻的地富勾结党内既得利益者试图变天，并在其中写出自己一向写不成功的英雄人物，但两相比较，还是可以看出工农兵文学主潮的代表性作品《夺印》中的重点是权力掌握在谁的手里，这从"庙堂"的视角看，最为重要的，其立足点是"庙堂"。而《十里店》从表面看，斗争也是围绕着权力掌握在谁的手里来展开的，表面上是对其时批判党内走资派、农村阶级斗争日益激烈的一个时代农村路线的反映，但一到了具体的情节展开与场面描写，我们就看到干群矛盾、权力者与普通民众之间的矛盾，对农民个体性日常生存利益的维护才是作者所最关心的，才是作品的重点，其实质仍是对危害农民日常生存利益的农村中有权势的恶人的批判，这一批判，与赵树理的小说多写农村中欺负农民的恶人，特别是有权势的恶人，或者是不明农村实际情况而在客观上帮助了农村恶人的共产党的农村干部的写作传统是一脉相承的。作者的立足点，也还是在"民间"，虽然作者在理性上努力在向"庙堂"靠拢，但二者的分歧在此时已经难以弥合，这也是赵树理《十里店》的写作陷入死胡同、走进绝路的主要原因。②

---

① 《赵树理全集》第6卷，大众文艺出版社2006年版，第473—474页。
② 同上书，第482页。

蛮有意思的是，赵树理最后的创作《十里店》也是采用了与"工农兵文学"主潮在这一时期所特别看重、推崇的文艺形式——戏剧的形式。

《十里店》的写作，标志着赵树理文学创作的结束、消亡，而在此时，也正是工农兵文学主潮开始走向结束、消亡的起点。其代表性的标志，在理论上，是《林彪委托江青同志在部队文艺工作座谈会上的讲话》；在创作实践创作体现上，则是八部革命样板戏。在以八部革命样板戏唱了十年独角戏之后，工农兵文学终于落下了自己的历史帷幕。

梳理了工农兵文学与赵树理文学创作演化的历程之后，可以比较清楚地看到二者之间在发展过程中的关系：赵树理创作的成熟期的显著标志是《小二黑结婚》，他是以成熟之作构建了"工农兵文学"的兴起，并在这一兴起中占据了主要位置。工农兵文学的成熟期、奠基期，以40年代后期丁玲的《太阳照在桑干河上》、周立波的《暴风骤雨》、贺敬之的《白毛女》获斯大林文学奖为标志，而这时正是赵树理文学创作的顶峰期。1955年，"工农兵文学"开始步入高潮期，而这时正是赵树理文学创作高潮期的结束。1959年，"工农兵文学"达到了创作高峰，而这时正是赵树理文学创作进入了下滑期。1962年大连会议之后，赵树理的文学创作进入了衰落消亡期，而这时正是"工农兵文学"开始步入下滑期。1966年，是赵树理文学创作的结束，而这时工农兵文学站在了走向自身结束、消亡的起点上。

在每一个发展的节点上，赵树理都要比"工农兵文学"主潮先行一步，然后，"工农兵文学"主潮按照赵树理文学创作的发展趋向、发展逻辑、发展节奏走下去。赵树理的文学创作是"工农兵文学"的重要组成部分，且一直站在"工农兵文学"发展的潮头，其间潜藏、深隐的内在的逻辑关联尚待研讨。

赵树理写作时的"民间"立场，也决定了他与"广场"的关系。

赵树理的"民间"立场与"广场"意识的冲突主要发生在20世纪80年代中期。其时中国文化思想界又在一个新的历史螺旋上回到了"五四"的思想启蒙层面，"广场"意识成为文化思想界的主潮，从"广场"立场重新反观赵树理的小说创作，自然会得出不同于以往的结论。[1]

从"广场"立场对赵树理小说的批判主要体现在两个方面，第一，因为将

---

① 这方面的代表作如戴光宗《关于"赵树理方向"的再认识》，《上海文论》1988年第4期；郑波光《赵树理艺术迁就的悲剧》，《文学评论》1988年第5期。

前述工农兵文学主潮范式与赵树理的小说创作混同，将赵树理的小说创作与建立在对赵树理小说误读基础上的"赵树理方向"混同，所以，将对"工农兵文学"主潮范式、将对"赵树理方向"的批判强加于赵树理的身上并等同于对赵树理的批判。这一批判上的失误，因为前述工农兵文学主潮范式与赵树理小说创作上的形同神异，所以，可以作为一个伪问题置之不论。

第二，从"广场"意识出发，赵树理的小说在描塑人物上，确实似乎存在着诸多的不足之处，譬如对"三仙姑"的描塑，就较少看到其作为个体感性生命，在历史的行进中，以扭曲的方式所体现出来的追求性爱的合理性；对"能不够"的描塑，就较少看到其在物质贫困、精神贫困的生存环境下，在家庭生活中，为了自身生存而显示出的聪明才智及对此的浪费的悲剧性；对"小腿疼"的描塑，就较少肯定其追求自身经济利益的现实性。譬如在将小二黑、小芹生活原型的悲剧结局在作品中改为喜剧结尾时，就因之减少了对愚昧的国民性的批判力度，抚平了精神奴役的创伤，也因之将繁复的人的解放历程过于简单化了。譬如在《三里湾》中，对三对青年男女基于现实条件考虑的没有爱情的爱情的描写等。但是，如果从"民间"立场的角度考察，从五四时代"人的文学"与民间的关系考察，则可能又会有新的发现。

五四时代的文学旗帜是"人的文学"。周作人在其作为五四文学理论标帜的《人的文学》一文中，对此有着旗帜鲜明的表述："乃是一种个人主义的人间本位主义……人为了所爱的人，或所信的主义，能够有献身的行为。若是割肉饲鹰，投身给饿虎吃，那是超人间的道德，不是人所能为的了。"这"人的文学"中"分量最多，也最重要"的，是"写人的平常生活，或非人的生活"①。几千年的传统的"老中国"，是群体伦理为价值本位，是君君臣臣、父父子子，个人并无独立存在的价值属性，或为臣，或为父，或为夫，或为友，等等，只是群体伦理网络中的一个"符码"，而其人生价值的实现，则体现在群体对其的认可程度上，所谓修身齐家治国平天下是也。"割肉饲鹰，投身给饿虎"的程度越高，其被社会认可的程度越高，而"个人主义的人间本位主义"则只存在于未入主流的边缘与民间，如《木兰辞》中所表现的个人性生

---

① 周作人：《人的文学》，载王运熙主编《中国文论选》（上），江苏文艺出版社1996年版，第107—108页。

活及对此生活的价值性认可。①所以，周作人会说，其所提倡的"个人主义的人间本位主义"是"辟人荒"，所以，他的哥哥鲁迅用小说的形式发出两千年的老中国是一个以"仁义道德""吃人"的历史的"呐喊"。这里的根本的分野在于，是以"个人"作价值本位，还是以"群体"作价值本位，"个人"是以"人的平常生活"为价值本位，还是以对"群体""非凡的献身"为价值本位。五四时代之后，由于阶级斗争成为国内社会冲突的主要形式，"阶级"成为新的"群体"标识。在革命文学及部分左翼文学中，"个人"成为"阶级"的"符码""典型"，茅盾的《子夜》是其滥觞及代表作。延安时期，伴随"民族化"口号的提出，传统文化中的群体伦理至上与革命文化中的阶级伦理至上合二而一，用阶级观念赋予作品中的人物以意义，成为风尚。于是，赵树理小说中的人物、主题，其所大声疾呼的"问题"，都在其时占据主导位置的对其作品的阐释系统中，被赋予了"阶级""整体"的含义，成为"方向"，却遮蔽了赵树理作品中继承、延续五四"人的文学""个人主义的人间本位主义"的更为根本的一面。

如果我们不是从既定的观念出发，而是回到赵树理作品本身，那么，在赵树理的作品中，给我们印象最深的是他笔下人物的言谈举止、行为动作，无不与其当下的个人生存、当下的个人利益密切相关。小二黑、小芹的反抗，"三仙姑"的风流，"二诸葛"的占卜是如此，李有才的"板话"是如此，"小腿疼"的"腿疼"、"吃不饱"的"吃不饱"是如此，甚至最具浪漫色彩的爱情也是如此——这就是被人称之为"没有爱情的爱情描写"的《三里湾》中三对男女的爱情婚姻。赵树理对他们的或褒或贬，都是站在维护"个体""日常生存""平常生活"的价值立场上做出的，而不是站在牺牲"个体""日常生存""平常生活"献身"阶级""割肉饲鹰，投身给饿虎"的价值立场上做出的。读赵树理的小说，你会时时地吃惊于一向以白描著称，反对静止刻画风景、人物心理的赵树理，一旦关涉其笔下人物的个人利益，会不厌其烦地大段

---

① 如在《木兰辞》中，木兰从军打仗并非为了国家，而是替父从军。从军后虽然战功显赫，"赏赐百千强"，却对此不屑一顾，"脱我战时袍""木兰不用尚书郎"追求的是"开我东阁门，坐我西阁床""著我女儿装"的个人性小女儿生活。如柳永《定风波》中，对社会功名也是不屑一顾，与年少时光，为着社会功名，珍惜时光，"闻鸡起舞"的传统功名观完全不同，鼓吹的也是"向鸡窗，只与蛮笺象管，拘束教吟课。镇相随，莫抛躲，针线闲拈伴伊坐。和我，免使年少，光阴虚过"。

大段地把账一笔一笔罗列得清清楚楚，较之他反对的西方的大段大段的静止的心理刻画、风景描写，真真是有过之而无不及。譬如《三里湾》中何科长与农民在菜园算收入账："何科长问起园里收入的情况，张信说：'按原来的预算是一千五百万，现在听说超过，可不知道超过了多少。'又问王兴老汉说：'大概可能卖到两千万吧？'王兴老汉说：'在造预算时候我就说过对园里的估计不正确。现在已经卖够一千五百万了，将来连萝卜白菜卖完了，至少也还卖一千五百万！'何科长说：'这是几亩？'王兴老汉说：'一共二十亩还有二亩种的是谷子。园地不费地盘，就是误的人工多。常说一亩园十亩田哩！'何科长说：'照现在这样是不是能抵住十亩田？'王兴老汉说：'按现在增了产的田算抵不住，要按从前的老产量说可以抵住。像这地，从前的产量是两石谷子，二十亩是四十石，按现在的谷价合，八万一石，四八合三百二十万。现在光种菜这十八亩就能卖三千万，粗说一亩还是抵十亩的收入吗？'何科长说：'那二亩为什么不也种菜？'张信说：'那二亩是社的试验地，由玉生掌握，一会咱们可以去看看！'老梁问：'你们的社扩大以后，是不是可以种它五十亩呢？'王兴说：'不行！这里离镇上远一点，只能卖到东西山上没有水地的山庄上，再多种就卖不出去了。'"你看，账算得如此之细，以前如何折算，现在又如何折算，为什么不能多种，等等。这里有的是对农民切身物质利益的高度关心，也潜在地有着对不谙下情、用权力瞎指挥而伤害农民切身利益的高度警惕。[1]在《孟祥英翻身》中，关于孟祥英的各种账目，在文中比比皆是：如对孟祥英与婆婆分家后的描写："分开家以后，除分了二斤萝卜条以外，只凭野菜度时光，过年时候没有一颗粮，借了合作社二斤米，五斤麦子，一斤盐。"如写孟祥英带领妇女从事生产劳动："春天领导妇女锄麦子二百九十三亩，刨平地十二亩，坡地四十六亩。夏天打蝗虫，光割烧蝗虫的草，妇女们就割了一万八千斤。"[2]《实干家潘永福》则通篇几乎都是由细致的算账构成的。类似这种计算的文字多了，难免给一些读者以沉闷之感，但赵树理却恰恰是津津乐道于此。他在《实干家潘永福》一文的文末说：潘永福的所作所为"看来好像也平常，不过是个实利主义，其实经营生产最基本的目的就

---

① 参见《赵树理全集》第4卷，大众文艺出版社2006年版，第227页。

② 《赵树理全集》第2卷，大众文艺出版社2006年版，第389、390页。

是'实'利，最要不得的作风是只摆花样让人看而不顾'实'利"①。读赵树理小说中大段大段的关于农民日常生活、个人利益账目性的描写，很容易让人想到巴尔扎克笔下类似对伏盖公寓的大段大段的静止的环境描写，对生活细节的真实再现。恩格斯曾对巴尔扎克的这些描写大加称赞，说巴尔扎克"在《人间喜剧》里给我们提供了一部法国社会特别是巴黎上流社会的卓越的现实主义历史，他用编年史的方式几乎逐年地把上升的资产阶级在1816年至1848年这一时期对贵族社会日甚一日的冲击描写出来……在这幅中心图画的四周，他汇集了法国社会的全部历史"。恩格斯说在巴尔扎克的小说中，他"甚至在经济细节方面所学到的东西，也要比从当时所有职业的历史学家、经济学家和统计学家那里学到的东西还要多"②。恩格斯是偏重于从对社会认知的角度来如此评价巴尔扎克的。套用恩格斯对巴尔扎克的评价，可以说，从赵树理的笔下，通过赵树理对中国农民个体日常生活细节的真实揭示，我们看到了中国农民生存形态的变动历史，并以此看到了比当时中国社会各种关于农民文献多得多的中国农民生活的真实，矫治了我们从当时中国社会各种关于农民文献中得出的观念上的偏颇，在一定程度上，抗拒了中国社会在时代性变迁中对五四时代发出的关于人的解放的改写。

赵树理的小说相较于五四时代"人的文学"，还是有着许多的根本性的差异，其最为突出一点就是五四时代"人的文学"更多地是从精神层面写农民人生的愚昧与麻木，更多地着眼于人的内在精神世界。因为农民占中国人口的绝大多数，所以，往往以农民为载体来剖析国民精神的痼疾，鲁迅就是其中最杰出的代表。在鲁迅所写的农村生活小说中，农民物质上的贫困往往并不占有多么重要、鲜明的位置，作者着意的、给读者影响最深刻的，是农民精神上的贫困。《阿Q正传》中，令人心酸的不是阿Q的以萝卜充饥、将棉袄当去的缺吃少穿，而是那著名的自欺欺人的精神胜利法，是阿Q身上所体现的不能泯灭的精神苦闷与潜藏着的反叛；《故乡》中最大的悲剧也不在于闰土的"总也吃不够"，而是那一声叫的分明的"老爷"；鲁四老爷并没有克扣祥林嫂的工钱，也没有在肉体上侮辱祥林嫂，导致祥林嫂死亡的，是封建思想对她的戕害。这

---

① 《赵树理全集》第2卷，大众文艺出版社2006年版，第462页。

② ［德］恩格斯：《致玛·哈克奈斯》，《马克思恩格斯选集》第4卷，人民出版社1995年版，第685页。

种写法，在1942年之后有了明显的改变。《太阳照在桑干河上》《暴风骤雨》写农民终于获得了土地；《三里湾》《山乡巨变》《创业史》写农民通过互助合作运动，经济上由贫穷走向了富裕。作家们更多地是从农民物质上的翻身、政治上的解放这一层面上去写农民，更多地着眼于人与客观世界的外部冲突。赵树理在这方面，虽然较其同时代的作家，较多地重视了物质翻身、政治解放的同时，不可避免地在揭示农民精神世界方面，也受这一时代性的影响，而与五四时代的"人的文学"的文学范型有别。就以赵树理在揭示农民物质世界与精神世界关系方面较为成功的《福贵》为例吧。

赵树理这篇小说的深刻之处，在于延续了五四时代"人的文学"的价值流向，从物质与精神两个层面及这两个层面的相互关系中，写出了人的解放的主题。小说的结尾，将这一主题最后落实在福贵对人的精神世界的满足与实现上，落实在对自身存在价值的确证上。所以，最后福贵并不要求老万包赔自己的物质损失，而只是要在众人面前洗清自己的"污名"还自己一个本来的面目，并使自己获得一种对象化的实现与认可。在物质需求的实现与人的生存方式的实现关系上，赵树理的深刻之处，在于写出了物质层面的贫困导致了人的生存方式的残损，是物质层面的极端贫困造成了人的生存方式上的堕落，而这物质层面的极端贫困则是由于社会制度的极端不公、极端不合理造成的。旧的社会制度在造成物质层面的极端不公的同时，也就相应地造成了在精神层面的极端不公，所以，剥削他人、损害他人的老万被这一旧的社会公认为"好人"，而被不公地剥削与损害的"好人"福贵反而沦落为"坏蛋"。如此，赵树理就从物质与精神两个层面，展开了对旧社会的批判与深入的追问。赵树理的可贵之处还在于，他看到了物质层面与精神层面解放的不平衡性，所以，作者在小说一开始就说，"直到好多的受苦受难的正派人翻身以后，区干部才慢慢打听出他（福贵）的详细来历"。所以，即使福贵已经改邪归正了，作者在小说的结尾，仍借福贵的口说道："看见大家也不知道怕我偷他们，也不知道是怕沾上我这个王八气，总是不敢跟我说句话。"

相较五四时代的小说，赵树理在写人的物质世界与精神世界时，还是更多地把写作的重点、描写的笔墨放在了对人的物质世界的描写上；在写物质世界与精神世界二者的关系上，赵树理还是较多地对二者做了简单的对应性的描写，而没有看到二者之间关系的复杂性——那就是，物质世界的变化并不马上地带来精神世界的变化。即如《福贵》这篇小说，作者也没有能够写出福贵在物质世界的极端贫困下，精神世界的被残缺、被损害——福贵虽然在行为上、在生存方式上堕落，如赌博、偷人等，但在行为上、生存方式的堕落中，赵树理并没有写出其精神的堕落。行为上、生存方式上的堕落与精神的堕落，在福贵身上是绝缘的、脱节的。①如此一来，福贵在物质世界翻身之后，很自然地就即刻导致了他精神上的解放。如此一来，赵树理对人的物质世界与精神世界的关系的揭示，就过于简约了。②赵树理的这一局限，与根据地及新中国成立之后在政治上革命成功并导致大众物质上翻身之后，没有相应地重视思想上的进一步启蒙、精神世界的建设，并因此导致时代性的整体性的精神贫困是有着深刻的关联性的，也是赵树理这一局限的时代性意义所在。

　　人生活在物质世界与精神世界里。物质世界的满足，是人的肉体得以生存的基本条件，精神上的满足才真正使人的本质得以体现。动物的满足就是它的生存条件的满足，人之所以为人，就在于仅仅生存条件的满足是不够的，人还要追求更多的东西。我们常常看到，身居高位腰缠万贯的人，一旦失去信仰而导致精神世界的崩溃，则往往以自杀结束自己的生命；身无分文心怀天下的人，即使在雪山草地以树皮草根充饥，依然斗志昂扬。所以，人的最大痛苦，并不在于饥寒交迫、缺吃少穿，而在于精神失去归宿；所以，人在精神世界里的解放标志着人的真正解放。如此，物质世界的解放与精神世界的解放，是人得以解放的两个不同层次。文学是人学，文学性的核心就是写人达到了什么样的程度，着眼于从哪个层面上写人。不是说不应该去写农民的物质上的翻身解放，也不是说物质上的解放与精神上的解放毫不相干；相反地，在物质生活得不到基本保障的时候，人的精神世界往往是依附于物质世界之中的。但是，当作品更多地满足于反映农民物质上、政治上翻身的喜悦，忽视了对农民在这同时发生的变动中的精神世界的剖析、透视时，作品写人的深度就不能不受到影响，作品的文学性就不能不有所减弱。

----

　　① 有兴趣的读者可以将赵树理笔下的福贵与老舍笔下的骆驼祥子做一个比较。骆驼祥子在行为上、在生存方式上堕落的同时，也是其精神堕落的开始，二者是相互依存的。

　　② 这样的简约，在赵树理创作之初就显示得非常明显，如在《小二黑结婚》中，"二诸葛"与"三仙姑"的最后的转变就是如此。导致赵树理在自己的创作中，对物质状况的变化与精神转变做这样简约的处理的原因，与中国传统社会中，下层民众在生存中，更多地为物质贫困所压迫，因之，更多地注重物质世界轻视精神世界有关，也与赵树理的文学创作更多地汲取中国传统文化有关。

而且，社会、历史处于不断的变动、运行之中，在多大的容量、程度上能够反映社会、历史的形态、变动，无疑也是作品厚薄轻重的一个标志。物质世界变动的速度可以是很快的，可以在短时间内奏效。革命在一昼夜间可以使一个村庄改变颜色，可以给无地贫困的农民分得土地，这确实不失为一种翻天覆地的变化。但它所涵盖的毕竟是一段较短的历史时空，是短时态的。人的精神世界则是长期的历史积淀而成，人在今天表现出来的各种观念，形成于、扎根于长久的历史之中，其中凝聚着历史中社会构成的各个因素。因此，写某一代人的精神世界，就不仅仅写出了某一代人所存在着的社会形态，而且，也于其中写出了历史。因此，某一代人的精神世界的改变，就不单单是那一时代社会力量线性作用下的结果，而是那一时代社会各个因素与历史中社会各个因素相互撞击的结果。要而言之，人的精神变动的速度不是很快的，也不可能在短时间内奏效，但在这变动中，却无疑蕴含着比物质世界的变动更广阔、更久远的社会、历史的内容，也因此可使作品的内容显得异常丰富厚重。

　　赵树理的小说为赵树理着重于写其时对农民来说最为关键的农民个体性的物质生存所限，因之，在上述两点上，就不免均有很大的不足，也因此赵树理的小说中那些对个体农民具体的物质生活形态、生活的描写，就因为缺少跨越时代的精神性含量，不免让读者感到沉闷、无趣；也因为他的小说，更多地局限在了对农民具体物质生活形态的平面性、共时性的变化的描写，缺少了揭示农民精神层面的历时性的纵深感、负重感，从而让读者感到不够深刻。

　　要而言之，在延续、发展五四时代"人的文学"的主题时，赵树理更多地侧重于从物质翻身、政治解放的层面写人的物质世界与精神世界的关系。其间，他写出了历史发展的时代性的必然，但也对潜在的历史发展中时代性的缺陷缺少应有警惕，从而有别于五四时代的文学，形成了自己这一时代的特点。这有着主客两个方面的原因。就客观方面说，赵树理所处的时代，思想革命为更为迫切的政治革命所取代，所谓救亡压倒启蒙。就主观方面来说，五四时代的鲁迅这一代人，在"五四"之前，由于大多曾留学国外，特别是留学日本，受日本脱亚入欧时代日本对日本国民性的反思、批判、否定浪潮的影响，也由于当时时代的风气、时代的需求，他们更多地站在科学、民主、文明的角度，更多地伤感于中国国民精神世界的愚昧，痛感于这种愚昧所造成的中国社会革命的失败，所以，"五四"一代文学世界"人的主题"中，更多表现为、着重于批判笔下人物从旧世界遗留下来的精神性的病毒基因，使全文透射出浓重的批判的强光。赵树理这一代人，出身农家，对农民更为迫切的物质世界的贫困、翻身，有着更为直接、切肤的感受，又为时代的政治性召唤所影响，所以，赵树理一代文学世界"人的主题"中，更多地表现为、着重于描写、讴歌笔下人物通过"个人"的"日常物质生活"来体现物质翻身、政治解放所带来的人物社会身份的变化。为上述这时代的主客观原因所决定，在"人的文学"的表现形态上，赵树理小说有别于五四时代的小说也就不足为奇了。

学界公认赵树理笔下"中间人物"塑造得最为成功，这其中最重要的原因就是"写人的平常生活"的"个人主义的人间本位主义"在那个时代的"中间人物"身上体现得最为突出。赵树理又常常说自己的小说是"问题小说"，学界也公认赵树理小说最为突出的一个特征就是"问题小说"。但我们常常没有仔细地辨析一下，赵树理所说的"问题"，是农民在"个体""日常生存""平常生活"中所遇到的"问题"，学界所说的赵树理"问题小说"中的"问题"，却是"阶级"作为"整体"贯彻自身意志中所遇到的"问题"，二者有时是一致的，有时则是不一致的，但二者的价值立场，却是不能混淆的。上述两点，我在前面论述赵树理"中间人物""问题小说"相关章节中，曾给以论述，在此仅从赵树理延续、发展五四时代"个人主义的人间本位主义"的"人的文学"的价值向度上，聊备一格，留此存照。

正是因为延续、发展着五四时代文学"人的文学"中"个人主义的人间本位主义"，所以，赵树理的作品有着以个体日常生存来解构国家、民族、阶级、集体这一类"整体"神话的特点，这也是为学界所常常忽视的，从而成为赵树理研究中的一个"盲区"。赵树理作品的这一特点，有三个方面令人印象深刻。

第一，在他的作品中，不管是怎样的体现"整体"意志的流行的政治导向：婚姻解放、土地改革、合作化运动、"大跃进"运动、"四清"与社会主义教育运动等，赵树理都要将其落实在具体的普通农民个人的利益上。譬如，《三里湾》中，合作化运动的带头人王金生记载合作化运动工作小本子中的"高大好剥拆，公畜欠配合"十个字中，哪个字不是对三里湾当下某一类具体人、事实际状况的概括呢？"'高'是土改时候得利过高的户，'大'是好几股头的大家庭，'好'是土地质量特别好的户，'剥'是还有点轻微剥削的户……'公'是公积金，'畜'是新社员的牲口入社问题，'欠'是社里欠外债的问题，'配'是分配问题，'合'是社内外合伙搞建设的问题。"还是在

《三里湾》中，赵树理写农民马多寿之所以入社，是因为："要是入社的话，自己的养老地连儿子有余的一份地，一共二十九亩，平均按两石产量计算，土地分红可得二十二石四斗；他和有余算一个半劳力，做三百个工，可得四十五石，共可得六十七石四斗。要是不入社的话，一共也不过收上五十八石粮，比入社要少得九石四斗；要是因为入社的关系能叫（儿子）有翼不坚持分家，收入的粮食就更要多了。"类似这样体现"整体"与"个人"关系的例子，在赵树理的作品中，举不胜举。

　　但如果这些体现"整体"意志的流行的政治导向，不能实际地体现于具体的农民个人的利益上，赵树理就要用"悬搁"的方式，对其加以拒绝。譬如，在政治空话、大话的"左"风盛行之际，赵树理就会只写《套不住的手》《实干家潘永福》《张来兴》这样远离其时政治主题的作品，并以此对当时的政治导向做一种默默的抗拒与批判。赵树理在"文革"初期特定的政治环境里所写的回顾自己一生的《回忆历史，认识自己》一文中，曾用当时流行的语言对此述说道："这八年中（公社化前后八年）我的最大错误是思想跟不上政治的主流，没有把我们的国家在反帝、反修、反右倾的一系列严重斗争中，用自力更生的精神在生产建设上所取得的不可想象的伟大成绩反映在自己的创作中……检查我自己这几年的世界观，就是小天小地钻在农村找一些问题叽叽喳喳以为是什么塌天大事，而对我们国家采取自力更生的办法，突破帝国主义、修正主义对我们的物质封锁、技术封锁创作出我们前所未有的东西（包括核武器）这样震动世界的大事，反而注意不够。这是从前的个体农民小手工业者眼光短浅、不识大体的思想意识的表现。作为一个专业作家是有愧于时代的。"中国社会中，"整体"与"个体"脱节的突出转向节点是1958年前后，剥离开"文革"初期的特定的语言外衣，在赵树理上述的述说中看到，正是在这一节点上，赵树理仍然坚定地站在维护"个体"一方，将"个体"被"整体"疏离视为"塌天大事"并为了维护"个体"的利益，"叽叽喳喳"不休，而对于疏离于"个体"而被"整体"视为惊天动地的"大事"，则"反而注意不够"。所谓"眼光短浅"换一种说法，就是坚定地执着于对被"整体"弃之不顾的"个体"的关注；所谓"不识大体"，换一种说法，就是对疏离于"个体"的"整体"的丰功伟绩，不予重视。所谓"从前"，就是指"真实的集体"与"有个性的个人"的时代；所谓"有愧于时代"，换一个说法，就是标明了赵树理与那样一个"虚构的集体""偶然的个人"的时代的疏离。因之，赵树理的小说在20世纪40年代，当其时的"整体"与农民的"个体"的利益相一致时，赵树理的小说创作就量多质高且被誉为其时的"方向""旗帜"；50年代中期之后，当其时的"整体"与农民的"个体"利益相矛盾时，赵树理的小说创作就量少质低且被其时主流文坛日渐疏远并最终剔除于主流文坛之外。

第二，读赵树理的小说，虽然总是大团圆的结局，且导致这大团圆结局的总是由于更高一层权力者的介入，但这更高一层权力者的面目总是虚虚的，让你留不下任何印象，譬如《小二黑结婚》中的区长、《登记》中的区分委书记等。陈为人在《插错"搭子"的一张牌》中曾经统计过："赵树理从《邪不压正》开始，在十几年写作的作品里，一共塑造过九个支部书记的形象。除去一笔带过的《互作鉴定》和没有姓名的《表明态度》有七个支部书记形象赵树理都着墨比较多的去刻画：他们是《邪不压正》中的元孩，《三里湾》中的王金生，《求雨》中的于长水，《开渠》中的潘永年，《锻炼锻炼》中的王镇海，《老定额》中的李占奎，以及《十里店》中的王瑞。在这众多支书形象中，除于长水略有气魄外，其余基本上都是一种类型，属于'王金生型'，好像同一个人出现在不同的场合。人物苍白僵化。播撒的是'竹林七贤'，收获的却是'七个小矮人'。"[①]赵树理小说中，能够给你留下深刻印象的，总是作者所重点着力揭示的，那直接、具体地损害农民个人日常生存的混入政权中的坏人，从他的成名作《小二黑结婚》中的金旺、兴旺兄弟，《李有才板话》中的陈小元，到他最后一部作品《十里店》中的"党内走资派"莫不如此。即如《锻炼锻炼》中的杨小四，虽然作者并没有把他作为混入政权中的坏人来写，但他身上所体现的权力者整治群众的可怕，也仍然会让读者留下深刻的印象。类似这种坏人形象，体现了赵树理对国家、民族、阶级、集体神话的高度警惕。

第三，面对各种"集体"神话及"集体"神话叙述的现实与自己的艺术观念及自己眼中的现实的巨大落差，赵树理更相信的是自己的眼睛所看到的真实，并因此而坚守着自己个人的价值站位，无论是面对文化形态上的"集体"神话，还是政治形态上的"集体"神话，莫不如此。在这两方面，我们可以举出一些其具有典型性的阶段性大要者。

就文化形态而言。抗战初期，无论是在延安，还是因为以上海新文化为主的西战团数次来山西而对山西文坛发生的影响，都市形态的五四新文化在各

---

① 陈为人：《插错"搭子"的一张牌》，广东人民出版社2011年版，第197—198页。

个根据地被视为艺术水准高且基本上占据着主流位置，五四新文化进入乡村后形成的民间文化则被视为"下里巴人"而不被认可。1939年赵树理在长治所办的《黄河日报》的《山地》副刊，虽然广为大众读者所欢迎，但仍然被从大城市来的文化人批评为"太土气、没有艺术性"并因此将赵树理调离报纸打发到厨房去当事务长，即是一例。在此种情形下，赵树理却仍然坚守着自己文艺通俗化、大众化的艺术主张与艺术实践，且在1941年太行区召开的文化人座谈会上，为之大声疾呼。关于这次文化人座谈会上赵树理的表现，其穿戴的"土"，发言的"土"，所拿作品的"土"，一向为后来的文学史叙述所津津乐道，但笔者于其中看到了赵树理不为流行时风所动的坚守个人的立场的精神。新中国成立初，共产党意识形态的领导人胡乔木曾批评赵树理"写的东西不大（没有接触重大题材）不深，写不出振奋人心的作品来，要我（赵树理）读一些借鉴性作品，并亲自为我（赵树理）选定了苏联及其他国家的作品五六本，要我（赵树理）解除一切工作尽心来读"①。胡乔木对赵树理的批评，可以视为当时新的国家成立后，国家利益与农民个人利益初现裂痕后，以学习苏联为主的国家文化对赵树理的期待与收编。但赵树理不为之所动，依然我行我素，并对其时盛行一时的苏联文学颇有微词，如批评其时如日中天的肖洛霍夫《静静的顿河》中的自然景色的描写过于烦冗、沉闷，如对中国文学缺乏悲剧的指责叫板说：为什么西方不懂中国的大团圆。赵树理对民族形式的过于执着的艺术主张是可以商榷的，但赵树理在以"整体"面目出现的文化时潮面前对个人艺术立场的坚守，在那个"整体"吞没"个人"的时代却是非常难得的。

就政治文化形态而言。据陈为人在《插错"搭子"的一张牌》中透露的原山西省副省长霍泛提供的细节：早在1951年，"中央要起草一份关于农业合作化的决议文件，毛泽东特别要陈伯达听听赵树理的意见，因为毛泽东知道赵树理非常了解农村情况。开会时，陈伯达专门让赵树理第一个发言。赵树理也就有些'二杆子'地'顺着杆子爬了上来'。他俨然以一个农业权威的口吻坦言说：农民还是愿意单干。农民并不愿意走合作化道路。结果被陈伯达斥为右倾言论"②。在50年代末全党全国一片"大跃进"的热浪声中，赵树理却致信中国作协党组领导人邵荃麟，又给当时负责党中央理论刊物的陈伯达连写两封信，

① 《赵树理全集》第6卷，大众文艺出版社2006年版，第468页。

② 陈为人：《插错"搭子"的一张牌》，广东人民出版社2011年版，第110页。

并给当时党中央的理论刊物《红旗》杂志写了《公社应该如何领导农业生产之我见》的万字长文，对当时众口一词、炙热到了极点的"大跃进"公社化时风提出了批评。在其后而来的中国作协对他长达数月的批判这样的集体话语中，他也仍然没有放弃自己的观点。据康濯回忆："开批判会时，他（赵树理）既不记录，也不出声，一个劲地摇头。"于是"又批判他的态度，搞了一两个月"[①]。其后许多与会者对赵树理在此次长达数月的批判会上的表现的回忆文字，也可作为康濯回忆的佐证。虽然赵树理最后被迫为此做出了言不由衷的检查，但终不掩其对"大跃进"公社化的批判之声，成为那一时代的空谷足音。

上述赵树理的这种"五四"式的"我是我自己的"对"个人"的坚守，对"集体"神话的拒绝，在新中国成立后一段相当长的时间内，可谓凤毛麟角。在一个相当长的历史时段，有多少优秀、杰出的人物，党的高层干部，学识渊博的知识分子，都在各种各样的"集体"的名义下，放弃了自己，放弃了"个人"，并且为了放弃"个人"的不彻底，反复做了认真的、严酷的批评与自我批评。"我要把太阳吃了"的"天狗"郭沫若是这样，个性飞扬的"莎菲女士"丁玲是这样，大儒冯友兰、学者吴晗是这样，坚定的众多革命家也是这样。这是一份长长的名单，这是那一个时代最为典型的悲剧形态。赵树理却是那一时代少有的没有堕入这一形态之人。

赵树理出身农家，又执着、成功地以农民喜闻乐见的语言、风格状写农民的生活，因之，我们常常将赵树理称之为乡村作家、农村作家，或将之称为乡村文化的代言人或者农民的文化代言人，这自然是有其道理的。但五四时代"辟人荒"之后的乡村文学、农村文学与"人的文学"的关系是什么，却是我们未能予以认真研究的。或者说在五四时代之后，是否存在着一种继承了五四时代"人的文学"精神的乡村文学、农村文学，也存在着其他的疏离了五四时代"人的文学"精神的乡村文学、农村文学？我们对二者是否缺少必要的辨析与区分，并在这种缺失中，将继承了五四时代"人的文学"精神的赵树理与那些疏离了"人的文学"精神的乡村作家、农村作家大而化之地、笼统地绑缚在了一起，混淆在了一起。在做这种辨析与区分的工作中，周作人在《平民文学》中对平民文学的划分、认定方法，可能不无启示意义。

周作人在《平民文学》一文中说："我们说贵族的平民的，并非说这种

---

① 陈为人：《插错"搭子"的一张牌》，广东人民出版社2011年版，第145页。

131

第二章 「五四」与「民间」在「十七年」小说中的一个侧影

文学为是专做给贵族，或平民看，专讲贵族或平民的生活，或是贵族或平民自己做的。"①就是说，是不是平民自己写的，是不是写平民的，是不是为平民写的，这些都不是认定平民文学的根本标准，而我们常常仅仅因为作者出身农家，在作品中专讲农民的生活，其作品用农民喜闻乐见的形式专做给农民看，就将这些作家、作品视为是同一类型、性质、形态的乡村文学、农民文学的作家与作品。

那么，怎样区分这其中的区别呢？周作人认为：区别在于"文学的精神的区别，指他普遍与否，真挚与否的区别"②。所谓"普遍与否"，在周作人看来，就是"以普通的文体，记普遍的思想与事情。我们不必记英雄豪杰的事业，才子佳人的幸福，只应记载世间普通男女的悲欢成败。因为英雄豪杰才子佳人，是世上不常见的人。普通男女是大多数，我们也便是其中的一人，所以其事更为普遍，也更为切己"③。这与周作人在《人的文学》中所说"个人主义的人间本位主义"的思想是极其一致的。如前所说，在赵树理的笔下，特别是在他所着重描写的"中间人物"中，我们看到的正是"普遍的思想与事情"，是"世间普通男女的悲欢成败"。在"十七年"的文学中，我们常常看到，在许多出身农家、专讲农民的生活、专做给农民看的作品中，其塑造的主人公常常是那些"世上不常见的人"，他们有着脱离了具体的个人利益的为着一个远大目标的大公无私的高大行为、英雄壮举、不凡行动，是"割肉饲鹰，投身给饿虎吃"，这些作品中的农民是意识形态化了的农民，这些作品中的乡村生活、农村生活是意识形态化了的乡村生活、农村生活。如是，虽然他们的作品中也运用了农民所喜闻乐见的语言、故事形式，虽然在他们的作品中也有着许多鲜活的乡村生活的细节，但他们的作品与赵树理的作品有着本质性的区别。最为典型的即是浩然的《艳阳天》《金光大道》。无论是萧长春，还是高大泉，他们的行为均与其个人性的生活无关，而只是"割肉饲鹰，投身给饿虎吃"的理念的外化。其作品中诸多的生活细节，亦是为体现既定理念所服务的。类似《艳阳天》《金光大道》这类作品，虽然在外表上与赵树理的作品有

① 周作人：《平民文学》，载王运熙主编《中国文论选》（上），江苏文艺出版社1996年版，第117页。

② 同上。

③ 同上书，第118页。

许多相似之处，但却是有"形"无"神"，"形似"而"神不似"了。恰如周作人所说："譬如古铜铸的钟鼎，现在久已不适实用……我们日用的器具要用磁的盘碗了。但……倘如将可以做碗的磁，烧成了二三尺高的五彩花瓶，或做了一座纯白的观世音，那时，我们也只能将他同钟鼎一样珍重收藏，却不能同盘碗一样适用。"[①]可以说，赵树理的作品是"磁的盘碗"，而类如《艳阳天》《金光大道》这类作品则是瓷做的"五彩花瓶""纯白的观世音"。

综上，赵树理的作品，确实在某种程度上，体现了以周作人为代表的五四时代"人的文学"的思想，但这一点前人却少有论及。何故？五四时代之后，政治革命风起云涌，阶级斗争、民族斗争成为时代主潮，"整体"的"话语"压倒了"个人"的"诉说"，"个人"在投身"整体"的斗争中，既获得了自身的解放，也使自身受到了局限与消损，这其中复杂的"张力"关系，构成了一个历史时段最具魅力的历史景观。在知识分子写作中，这种"张力"关系，得到了学界相当程度的重视，但在农村题材的写作中，此点却付之阙如。何故？

原因之一，学界似乎认为"个人"与乡村、与农村无缘，学界仅仅把"个人"局限在了知识分子纯粹精神层面的"个性"解放上，而没有把农民建筑在个人切身物质利益上的"个人"立场、"个人"诉求，也置入到"个性"解放"个人"立场的范畴中。原因之二，学界似乎把五四时代的"我是我自己的"对"个人"的坚守，仅仅局限在了对个人利益、个人权力、个人生存形态做价值认可的坚守上，而没有把对个人价值立场的坚守也置入到对"个人"的坚守上。在如此漠视的视野盲区中，赵树理作品中对五四时代"人的文学"精神的继承，并将这种继承融于一个历史时段的政治革命阶级斗争的时代大潮中，融于中国最为广阔的农村天地中的巨大的历史功绩；赵树理在一个"整体"淹没"个人"的时代大潮中，在面对时代、社会之时，在自身的创作中，对"个人"立场的坚守；赵树理以对"个人"的坚守来解构以国家、阶级名义出现的"整体"神话；赵树理对"人的文学"脉系中新的乡村文学的建立之功；就均未能得到有力的肯定与彰显。

而当我们把赵树理的这一特点置入新文学发展史中加以考察，还会发现其

---

① 周作人：《平民文学》，载王运熙主编《中国文论选》（上），江苏文艺出版社1996年版，第117页。

在文学史上的意义与价值。

就文学的发展与格局构建来说，在五四时代，鲁迅、周作人、胡适、郭沫若等在理论上提出并在创作上成功地实践了"人的文学"之后，在中国新文学史上，有三位作家在不同的题材领域、表现形态及质素构成上，对此做了成功的延续、发展、丰富和深化，共同完成了中国新文学中的一种格局、一道景观。这三位作家是张爱玲、老舍、赵树理。

张爱玲以女性题材，通过写女性的衣食住行、情感、趣味，写出了"个人"生命形态、欲求的鲜活性、瞬间性、滋润性的至高无上，写出了"个人"无法摆脱的孤独感、漂泊感，写出了"个人"对以国家、阶级、民族名义出现的"整体"的解构。譬如在其人生末年总结、叙写自己一生的长篇小说《小团圆》的开头与结尾，都用了相同的一段话："大考的早晨，那惨淡的心情大概只在军队作战前的黎明可比拟……"那就是说，个体的日常性生存与群体的生死存亡是同等重要的，甚至是更为重要的。所以，在其笔下时时处处可以看到的、作家重笔浓墨细细书写的，是在血肉横飞的战争之中，作家所认为最有价值的，也仍然是女孩子们的日常性的生存需要、日常性趣味，并因之给了这些以最高的价值性认可。相比之下，虽然小说主人公生活、学习在香港，但面对日本对其时英殖民地香港的轰炸与进攻，主人公却因为令学生头疼的考试因了轰炸暂停而窃喜"国家主义是二十世纪的一个普遍的宗教，她不信教"。也因此，当女主人公在深夜睡梦中，被庆祝日本投降的鞭炮声所惊醒时，在知道了真相后，会"一翻身又睡着了"。

老舍以城市下层民众题材，通过写他们的有缺陷的人生，给这样的人生以生存、存在的价值性认可，给以各种名义出现的"整体"剥夺、改造这些人生以质询与拒绝。这绝非简单、肤浅的人道主义同情，而是对有着诸多人生缺陷、局限、有限性的普通的小人物及这些小人物日常生活，在生存论层面与存在论层面的肯定。这就是他笔下的人力车夫骆驼祥子、妓女月牙儿等。所以，在《茶馆》中，他不仅同情曾经为国出力的常四爷；也同情以汉奸名分出现的秦二爷，更同情只要自己有窝窝头吃，哪怕别人花天酒地或者惨受伤害的王利发。在穷困潦倒的松二爷对自己所养之鸟的呵护上，我们看到了老舍对有缺陷的普通的小人物日常生活价值的高度肯定。相比之下，老舍用三个朝代的存亡兴替下这些小人物愈益不幸的人生境遇，对国家神话做了不亚于张爱玲的最为彻底的解构。

赵树理则是以农村底层农民题材，写出了"个人"物质生活、精神生活，特别是物质生活对个人生存、存在的重要性，这在本章中已多有论析，在此不再赘述。但相较张爱玲与老舍，赵树理在写"个人"时，更多地将"个人"与时代的政治变迁，与一时代的主流话语做有机的关联，这是赵树理与张爱玲、老舍的一个重大的不同之处。与常常将老舍笔下的"个人"与底层民众这一"整体"相混同，学界或读者也常常将赵树理笔下的"个人"与"农民"这一"整体"相混同，从而忽视了他们延续、发展了五四时代"人的文学"的一面，这是殊为遗憾的。

　　就赵树理对五四时代"人的文学"流变、发展的贡献来说，他扩大了五四时代"人的文学"的"人"的内涵，也让"个人"的解放与社会解放做了有机的融合，丰富、厚重了"人的文学"的内容，深化了"人的文学"的意义，成为一个历史阶段"人的文学"的重要的组成部分及代表性人物。

　　赵树理是"十七年"文学中的一个具有丰富含量的"历史扭结"，是一个貌似"老土"但却让人言说不尽的存在。汪曾祺说："赵树理最可赞处，是他脱出了所有人给他规范的赵树理模式，而自得其乐地活出一份好情趣。"①或许我们可以走近赵树理，却永远不可能走进赵树理。

---

　　① 《赵树理研究文集》（上），中国文联出版公司1996年版，第255页。

第五节　革命英雄传奇与武侠文化传统

　　"十七年"小说中的"革命英雄传奇"①是指以《林海雪原》《烈火金刚》《铁道游击队》等为代表的一类小说。这类小说由于其以战争生活作为写作背景，以通俗的写法作为叙述手段，以传奇作为作品特色，所以，又常常被称之为"革命通俗小说""战争传奇"或者用"新的替代"这样一种模糊的因而有较大阐释空间的命名来指认。②这类小说在发表之时，虽然因为用单一的体现社会本质表现历史前进规律的批评标准作为衡量作品价值的唯一尺度而曾受到文学批评界的批评，但其家喻户晓、广为流传的作品效果却一直是文学研究者所无法回避的。③在今天的学界，则多从通俗小说的流变角度及通俗小说对大众的影响这一角度来对这类小说的价值进行阐释。④笔者认为，通俗与民间、传统、大众有着不可分割的亲缘性，这其中的核心是民间，唯其体现了民间的精神趣味、价值指向及相应的表现形式，才能为大众所乐意接受，才能形成一种比较稳定的文化传统，并由此构成通俗文学"通俗"的实质。因之，在论述"革命英雄传奇"小说时，引入民间隐形结构这一概念是十分必要的。民间隐形结构这一概念在本章第一节中已经有所说明，此处不再重复。就"革命英雄传奇"小说而言，其显形文本结构是力图适应其时的"时代共名"、表现革命战争历

---

　　①　用"革命英雄传奇"来命名这类小说，最早可见于王燎荧《我的印象和感想》，《文学研究》1958年第2期。

　　②　如蓝爱国的《解构十七年》、陈思和的《中国当代文学史教程》、洪子诚的《中国当代文学史》等。

　　③　如《林海雪原》发表后，《北京日报》曾开辟专栏围绕着作品的真实性、少剑波的形象塑造展开了为时三个月的争论，但争论双方都是以现实主义作为自己立论的依据的。参见张学正等主编《1949—1999年文学争鸣档案》，南开大学出版社2002年版，第287—289页。

　　④　参见洪子诚《中国当代文学史》、蓝爱国《解构十七年》、李杨《〈林海雪原〉与传统小说》等。

程及体现于其中的革命英雄主义精神，其民间隐形结构则是民间文化传统中的武侠文化及民间英雄传奇。需要在这里略加说明的是，"十七年"小说中的民间文化形态的表现形态主要有两种：一种是赵树理式的基于民间生存形态的写实性的，另一种是在革命英雄传奇中的民间隐形结构中所体现出来的基于民间精神理想的浪漫性的。蓝爱国在《解构十七年》中对此所作的初步区分是颇有见地的，只是他更多地是从通俗文学的角度立论且将写实性的通俗文学归结为"启蒙"这未必妥当。[①]如果再作更为深入细致的区分，那么，前者是下层民众生存、精神、情感的直接体现，后者则往往融入了传统文人的人生情怀，但相对于"庙堂"与现代知识分子而言，他们都属于"民间"这一大的范畴。

武侠文化更多强调的是个人恩仇，其中的主人公是孤独的个人英雄，如《射雕英雄传》中的郭靖、《天龙八部》中的乔峰、《神雕侠侣》中的杨过等。民间英雄传奇则更多强调的是集团、民族、国家的恩仇，其中的主人公是为集团、民族、国家建功立业的武将，如《三国演义》中的五虎将，如杨家将、岳家军等。[②]武侠文化与民间英雄传奇虽然区分比较明显，但由于过去的战争主要冷兵器作战，强调、突出的是个人的作战能力、武功高下，所以，在体现个体方面，二者还是有交叉点的。就革命英雄传奇小说而言，其民间隐形结构中的民间文化形态、武侠文化的特点体现得更为明显，更具外在性，民间英雄传奇的特点则更多地体现在主人公行动的质的规定性上，如是为了集团、民族、国家而战斗，其特点体现更为深隐，更具一种内在性。在本节中，更多地从个体生命的存在形态这一角度，论述革命英雄传奇与武侠文化的关系，从而试图说明个体生命是怎样借助于民间文化形态，通过革命英雄传奇小说中的民间隐形结构而存在于"十七年"小说中的。

诚如陈平原所指出的："中国文人理想的人生境界可以如下公式表示：少年游侠—中年游宦—晚年游仙……这种人生理想，千百年来为中国文人所梦寐以求……就改变历史进程而言，游侠即便有作用，也是微乎其微。游侠的价值在于精神的感召，它使得千百年来不少仁人志士向往并追求那种崇高但'不切实际'的人生境界"[③]。何以"少年游侠"会成为"有其独立价值……在人生

---

① 参见蓝爱国《解构十七年》，华东师范大学出版社2003年版，第47—48页。

② 参见陈平原《千古文人侠客梦》，新世界出版社2002年版，第125页。

③ 同上书，第210页。

某一阶段可以说是不可缺少的······一课"呢？侠的精神特征是不为社会现实规范所束缚，或者说只有在打破社会现实规范中才能显现、体现出来的个体主体意识、主体精神的极度高扬，如"其狂放不羁的意气，纵横六合的豪情"等。所以，陈平原认为："武侠小说本质上带有浓厚的个人英雄主义色彩。"他认可倪匡对武侠小说的意见："个体的形象越是突出，就越能接受。"①这样的一种只有在打破社会现实规范中才能显现、体现出来的个体意识、个体精神的极度张扬，与人在少年时期，在作为个体生命最初进入社会时，不愿为社会现实规范所束缚而极力要体现个体意识、个体精神的少年形态是有着本质上的契合的，所以，少年当游侠。中年呢？任何个体，都不可能脱离社会现实而独立生存，随着个体介入社会的深入，对社会现实规范的深刻认识、纯熟把握、积极适应就成为个体在社会现实中体现个体价值的必要阶段。宦海是社会现实规范达于极致的场所，所以，中年当游宦。到了晚年，到了生命的尽头，超越了个体生命与社会现实，所以，晚年当游仙。这里的少年、中年、晚年，既是生理意义上的，更是社会、文化意义上的。个体在社会现实中，无论其社会地位高低，其社会价值大小，但都时时为社会现实规范的束缚所苦，时时有着打破这种规范而实现自己意志、情感的冲动，所以，即使在生理上进入了晚年，但在社会、文化意义上，也时时有着少年的冲动。所以，即使身居高位，或者卑贱不如猪狗，却都有着打破社会现实规范、实现自己主体意志的精神渴望。如此，武侠文化中所体现的少年游侠的精神作为一种"精神的感召"，才具有了如此广泛的社会效应与久远的历史承传。笔者很认可吴思通过对金庸小说的评价所表达的对武侠文化的意见："金庸对武侠的想象色彩缤纷，但是最核心的一点，就是拥有一种超常的能力······这种拥有匡扶正义的地位，凭借暴力获得立法和执法权威的社会角色，在中国历史上只有一个，那就是皇帝。皇帝的生活，乃是中国人所能想象的尘世间最幸福的生活。不过金庸又替我们想象了一个比皇上还幸福的角色，也就是大侠······武侠梦就是中国男人的改良皇帝梦。"②所谓的"改良皇帝梦"，也就是能使个体的主体意识、主体精神君临于社会现实规范之上的梦想，在这一点上来说，"改良皇帝梦"与"少年游侠"在实质上是有其相通之处的。要而言

---

① 陈平原：《千古文人侠客梦》，新世界出版社2002年版，第127页。

② 吴思：《血酬定律：中国历史中的生存游戏》，中国工人出版社2003年版，第227页。

之，武侠文化更多地体现了个体在精神上超越社会现实规范束缚、实现自己主体意识、主体精神的浪漫想象。

"十七年"文学一向被视为个体主体意识缺失的文学，从革命英雄传奇小说的显形文本看，革命英雄传奇小说仍然是力图在工农兵文学主潮范式的范围内，再现革命战争的胜利进程，表现集团性的革命英雄主义精神，人物仍然是作为集团的代码而出现。譬如《林海雪原》就会被评价为：表现了东北剿匪战斗的胜利，少剑波、杨子荣是我军指战员的光辉形象，在他们身上体现了我军的革命英雄主义精神等。个体在其中是缺失的。但如果从革命英雄传奇小说的民间隐形结构看，从这一民间隐形结构所蕴含的武侠文化、民间英雄传奇的因素考察，个体在对革命战争的叙事中，仍然鲜活地存在于"少年游侠""改良皇帝梦"的作为民间文化形态的武侠文化之中。只有认识到这一点，笔者下面所要考察的革命英雄传奇小说中的民间隐形结构中的武侠文化、民间英雄传奇的因素才具有了深刻的个体生命存在的意义，而不仅仅将其归结为"通俗性"。同时，也才能从个体生命存在这一更深的层次来理解，为什么在革命英雄传奇小说中，对人物的塑造，总是以个体的超常的方式进行。

革命英雄传奇小说中的民间隐形结构中的武侠文化、民间英雄传奇因素主要体现在下列一些方面。需要补充一句的是，这里主要是从体现个体存在的角度对此进行一定的深入与展开。

第一，武侠小说中的偿还血债、快意恩仇、伸张正义、斩妖除魔、解除苦难、义气至上等基本要素在革命英雄传奇小说中，都有着鲜明的淋漓尽致的体现：《林海雪原》一开始就从"血洗夹皮沟"展开故事，牺牲者中的鞠县长是作为剿匪主要领导人的少剑波的姐姐，而作为从小抚养少剑波长大的姐姐这样的一个角色，实际上是代行着父亲的职能，因而《林海雪原》一开始，就已经将武侠小说中作为"原型"出现的"为父复仇"的元素引到了作品之中。[①]类似于这样的场面，在作品后半部分的谢文东、马希山匪徒血洗绥芬甸子中又再次出现。在《烈火金刚》中，解救被日寇掠走的妇女，可以说是解除苦难的具体的形象的体现。在《铁道游击队》中，老洪最初是靠着义气而将队员们组织在一起并赢得队员们的爱戴与信任的。而无论是《林海雪原》中的匪徒，还是《铁道游击队》《烈火金刚》中的日寇，都是作为妖魔的化身而出现的。你只

---

① 参见李杨《〈林海雪原〉与传统小说》，《中国现代文学研究丛刊》2001年第4期。

要看看作者给他们起的绰号、对他们动物化的描写即可了然，如座山雕、猪头小队长、毛驴太君、猫眼司令等。如对匪首许大马棒的描写是"膀宽腰粗，满身黑毛，光秃头，扫帚眉，络腮胡子，大厚嘴唇"，俨然是一头凶恶的黑熊形象。这样的一种妖魔化写法，在蓝爱国、李杨他们的文章中，都有着比较出色的论析。①

笔者在这里所着意要强调指出的则是，所有这些要素，都是通过具体的个体对象及个体行为来实现的。血债、恩仇、正义、妖魔、苦难、义气都有着作为个体存在的具体所指，如血债是许大马棒等欠下的，妖魔是猪头小队长等。对血债的偿还，对妖魔的铲除，也是通过个体与个体的厮杀方式来完成的，如刀劈蝴蝶迷、手刃猪头小队长等。如此一来，也就使得人物的行动，虽然是阶级仇、民族恨，但这阶级仇、民族恨却是以具体的个体与个体之间的行为来完成的，从而与武侠小说中的个人恩仇的方式有了相似之处。关于这一点，我们只要比较一下革命英雄传奇小说与革命战争小说如《保卫延安》《红日》中对战斗场面的描写即可了然。在后者，厮杀的对象是抽象的阶级敌人。譬如，在《红日》中，与张华峰拼死拼小插子的是一个没有具体个人内涵的国民党军士兵，是一个作为敌人的符码。在前者，则是有着具体所指的活生生的个人。譬如，与史更新拼刺刀的是作恶多端的有着具体作恶事实的猪头小队长。明乎此，我们也就会明白，为什么革命英雄传奇小说中的敌我双方都是以小部队的形式出现，如在《林海雪原》中，是三十六人的小分队；在《铁道游击队》中，是只有二三十人的短枪队；在《烈火金刚》中，是以被打散了的个别军人及一个村子的民兵作为基本队伍的。相应地，作为敌对一方，也只是小股的匪帮、人数不多的特务队，或者是只有小队、中队规模的敌对武装。因为只有以小部队的形式出现，才便于使厮杀在个体与个体之间进行。

第二，仗剑行侠是武侠小说中侠士行侠的主要手段，打斗能力与打斗场面是武侠小说重点描写的对象。打斗能力不仅是指勇气与技艺的"外力"，还指由智慧与修养形成的"内力"。剑在武侠小说中作为一个重要意象意义非凡，它不仅作为实战的武器，更作为武侠的象征、作为侠的风度的体现而存在于武侠小说之中。对剑的功能的描写、对剑的喜爱之情在武侠小说的字里行间比比

① 参见蓝爱国《解构十七年》、李杨《〈林海雪原〉与传统小说》中的相关论述。

皆是。①所有这些，在革命英雄传奇小说中，都有着充分的展示。与剑的便于携带相类似，在革命英雄传奇小说中，主人公进行战斗的武器也主要是便于个体携带的短武器，如驳壳枪、小手枪，最多是带着刺刀的步枪、能背在背后的大砍刀之类。《铁道游击队》中的短枪队显尽威风，长枪队则不给读者留下什么印象；《林海雪原》中的小分队，所有武器都可以轻便地随身携带，重武器在作品中几乎不曾出现；在《烈火金刚》中，时时出现对驳壳枪的漂亮描写，对短枪功能的详细介绍及在描写、介绍中体现出其喜爱之情。②这些短武器在革命英雄传奇小说中，也如同武侠小说中的剑一样，不仅仅是作为实战的武器，更作为一种个体的品格的象征、风度的体现而出现。凡是读过这些作品的人，谁能忘记肖飞身佩一支驳壳一支手枪出入敌营如入无人之境的潇洒呢？在《铁道游击队》中，老洪在飞驰的火车上，迎风挺立，一手抓着火车的扶手，一手举着驳壳枪对天鸣号，简直可以视为一尊英姿的雕塑。

对打斗能力与打斗场面的描写在革命英雄传奇小说中，也是极为充分、极为精彩的。在《烈火金刚》中，对史更新与猪头小队长刺刀拼杀场面的描写，对肖飞买药险象环生的描写，丝毫不逊于任何武侠小说中精彩的打斗场面，这样精彩的打斗场面在这类小说中可谓比比皆是。③即使是群体的拼杀，作者所刻意描写的，也仍然是一个个体的具体的打斗能力。在《烈火金刚》中，作者写了一场史更新带领的区小队与日寇的拼杀场面，在生动的拼杀场面的描写中，作者将史更新、丁尚武等人的拼杀技术做了淋漓尽致的展现。④如同武侠小

---

① 参见陈平原《千古文人侠客梦》中第五章《仗剑行侠》中的相关论述。

② 譬如肖飞在庄稼地里与何大拿父子相斗一场中，写肖飞对盒子枪的喜爱："这支枪可真是好枪：是德国造的长苗儿大净面儿，还是胶把、线抓、通天档、满带烧蓝，足有八成新。一扣机儿，里头乒儿乒儿响。不用看，这是闷机儿——连发。"写肖飞身佩两支短枪："凡是带盒子又带撸子的人，他这撸子就起保护盒子的作用。"正是因为如此，当何志武父子与肖飞拼抢盒子枪时，肖飞才能用撸子威胁住何志武父子。参见《烈火金刚》（中国青年出版社1958年版，第357—360页）中的描写。

③ 譬如写丁尚武的一个场面："他抬头一看，看见三个鬼子端着明晃晃的刺刀冲上前来……当他看到后边的两个敌人向着他把枪一举，他就知道是要向他射击。离着没有十几步远，还能打不着他？所以他急忙一个后仰躺在了地下。就在他一躺的时候，敌人的枪响了，所以看起来像是被打倒的一样。其实这正是他做杀敌的准备。"参见《烈火金钢》，中国青年出版社1958年版，第314页。

④ 参见《烈火金钢》（中国青年出版社1958年版）第536—540页的描写。

说一样，革命英雄传奇小说对打斗能力的描写，也不仅仅局限于"外力"，对"内力"的描写也同样是非常出色的。在《烈火金刚》中，作者写赵保中带领队伍消灭了抢先占领了山头的敌人后，马上又命令已经占领了山头的队伍撤下山头，那是因为他知道敌人马上就要对山头用重炮进行轰击。在《林海雪原》中，杨子荣舌战小炉匠、少剑波智斗妖道等，都可以视为是依靠"内力"胜出的精彩描写。革命英雄传奇小说对打斗能力、打斗场面的精彩描写之所以吸引了读者，如同武侠小说一样，其"惊险"只是一个表面的因素，实质则是在其中体现了个体的力量、智慧、品格、风度，使读者作为一个个体，在阅读中获得了一种对象化实现的满足。

第三，只有明了了革命英雄传奇小说在其民间隐形结构中主要借鉴了武侠小说的要素，其对人物的塑造，主要是为了体现个体的力量、智慧、品格、风姿，是为了体现个体超越社会现实的浪漫的理想与愿望，我们对革命英雄传奇小说中种种的作品构成才能有着更为准确到位的理解。譬如，武侠小说往往选取悬崖山洞、大漠荒原作为其展开活动的"典型场景"，其作用是通过悬崖山洞这种诡异性地形，将人物置于绝境之中，从而体现人物能够死里求生的超常能力，是通过大漠荒原这种雄奇、悲凉、壮阔、苍茫之景来辉映人物的精神风姿。①这样的一种选取"典型场景"的原则，也体现在革命英雄传奇小说之中。在革命英雄传奇小说中，人物活动的"典型场景"是茫茫的雪原，是常人无法飞攀的奔驰的火车，是平原上茂密的青纱帐，以此辉映人物的精神风姿；是敌兵的重重包围，是被困四边不着陆的湖中，是被困洞口已经被封死的地道，以此来体现人物不同于常人的超常的能力。对这样的"典型场景"，你最好不要用客观写实再现的标准去衡量，其真正的作用是为了体现人物而设置。对人物关系的设置也是如此。譬如，《林海雪原》中对白茹这一人物的设置及其与少剑波爱情关系的描写，从五四文学再现社会历史情境及写实性的对人物的描写的标准评判，无论如何会是败笔。②但你若从体现个体超越社会现实的浪漫的理想与愿望这一标准出发，这一设置及其描写则是再好不过的了。有哪一个个体生命不要求有情爱的美好实现呢？再如，革命英雄传奇小说在人物配置上，多次沿用了《三国演义》中的"五虎将"模式，如《林海雪原》中的少剑波、杨

---

① 参见陈平原《千古文人侠客梦》第七章第三小节。

② 如陈思和《中国当代文学史教程》第65页即持此观点。

子荣、刘勋苍、栾超家、孙达得，《烈火金刚》中的史更新、丁尚武、肖飞、孙定邦、孙振邦，《铁道游击队》中的刘洪、王强、林忠、鲁汉、小坡。你如果从塑造"典型环境中的典型人物"，从"人是一切社会关系的总和"这些经典性的现实主义作品塑造人物的要求来衡量，就不会觉得这种模式在塑造人物上有多么深刻，它们在性格核心的内在质的规定性上并没有根本性的区别。但如果你从主观愿望中的超越社会现实规范束缚的个体形态的多样性的要求来衡量，这一模式的出现就是非常合理与适当的了。少于五个，会让人觉得个体形态不够多样；多于五个，则又会让人在主观上有一种接受上的繁杂的困难。当然，这里的五个，只是一个约数而并非一个绝对数值，它是相对于读者的接受心理而言的。对此理解的关键之处在于，这些人物是为作为主体的个体的对象化实现的主观愿望而设置的产物，并非是对客观史实的概括。

由于对武侠文化及民间英雄传奇因素的大量汲取，革命英雄传奇小说作为一个粗具雏形的小说类型，与写实性的以革命历史为题材的现实主义小说是不同的两种类型的小说，但在过去，学界对此一直缺乏将之做类型学意义上的区分。导致将其混为一谈的原因有三个："与写作者反复声明他们所写的都是真实的有关，与历史中存在的把革命通俗文学当成是现实主义作品研究看待的理论历史有关，也与意识形态机构通过通俗文学的虚构叙事神化革命有关。"[1]就第一个原因而言，《林海雪原》的作者曲波曾经有着亲率小分队进入雪原剿匪的经历，他自己也自称写这部小说，是为了献给在剿匪斗争中牺牲了的战友杨子荣、高波同志。[2]《铁道游击队》的作者知侠作为记者曾经与活跃在铁道线上的一支游击队生活、战斗在一起，他在小说中写的人物，在现实生活中，都有着具体的原型。[3]如此，读者将此类小说作为写实性的甚至是纪实性的现实主义小说来读，似乎就是顺理成章、不应再置疑之事了。但如果从文学创作的规律对此予以考察，结论则不然。这些作者都坦承他们在创作中主要受到的是中国传统的通俗小说的影响，如曲波就说过："我读过《钢铁是怎样炼成的》等文学名著……但叫我讲给别人听，我只能讲个大概，讲个精神，或者只能意会不能言传。可是叫我讲《三国演义》《水浒》《说岳全传》，我就可以像说评

---

① 蓝爱国：《解构十七年》，华东师范大学出版社2003年版，第53页。

② 参见《林海雪原》中曲波所写的《关于〈林海雪原〉》，人民文学出版社1964年版。

③ 参见《铁道游击队》中知侠所写的《〈铁道游击队〉创作经过》，花山出版社1995年版。

词一样地讲出来，甚至最好的章节我还可以背诵。"①这样的文学承传、文学营养，形成了作者的文化心理结构。经过对这一文化心理结构的筛选、淘汰、改造，进入文本的现实生活，早已成为传统文化的因素了。

陈平原曾指出："通俗文学中最有价值的并非作家已经说出来的政治见解或宗教观念，而是其中所表露的那些作家尚未意识到或已经朦胧意识到但无法准确表达的情绪、心理和感觉。研究者的最大兴趣在于发现这种'无意识内容'，以便加深我们对一个民族的文化精神的理解。"②对革命英雄传奇小说的解读也正是这样。作品的真正内容、意义、价值不在于作者在意识层面已经说出来的创作理念，而在于浸透在作者无意识之中并在作品中真正体现的"无意识内容"。这一创作理念就是作者对自己过去战斗经历的忆念，这一"无意识内容"，就是作者在接受中国传统通俗小说的文学承传、文学营养中所形成的，如笔者在前面所具体分析过的中国传统通俗小说中的种种因素。③就第二个原因而言，"十七年"文学的理论一向独尊现实主义，且缺少小说类型学的研究，在这一单一的文学理论的误导下，自然导致了对革命英雄传奇小说的误读。就第三个原因而言，正是因为未能对前两个原因做深入仔细的辨析，在革命胜利后所自然形成的对革命的怀念、歌颂中，将在虚幻的情境中，满足个体主体力量的对象化实现的浪漫愿望的通俗叙事与对革命历程中人与事的客观呈现的写实文学混为一谈也就是不可避免的了。如此地将两种不同类型的小说混为一谈，造成了两个不良后果：第一，就作品的社会效果而言，使作品的阅读者将对革命的虚幻叙事视为真实的革命本身，"对革命形成了非常浪漫化、理想化、简单化的想法"，使作品的阅读者特别是青少年读者，将阅读革命英雄传奇小说中所形成的个体对象化实现的"少年游侠"情怀，误置于自己所自以为是的革命之中，从而"用虚构的革命改造生活，于是出现和革命正相反的荒诞局面——文化大革命"④。第二，就对"十七年"文

---

①　曲波：《关于〈林海雪原〉》，人民文学出版社1964年版。

②　陈平原：《千古文人侠客梦》，新世界出版社2002年版，第207页。

③　董之林有一篇论述此类小说的论文，其标题即为《"新英雄"与"老故事"》，虽然作者在文章中论述的观点及侧重点与笔者不尽一致，但这一标题倒是很形象地概括了此类小说中所写人物与其故事内容之间的关系、特点。该文收入陈思和等编著的《无名时代的文学批评》（广西师范大学出版社2004年版）一书。

④　蓝爱国：《解构十七年》，华东师范大学出版社2003年版，第53页。

学史的研究而言，则是因为用现实主义小说的标准来衡量、要求革命英雄传奇小说，所以，认为个体生命在其中并未能得到成功的体现，而无视、忽略了个体生命在不同类型小说中的不同的存在、显现方式，无视、忽略了个体生命在"十七年"小说中的另一种存在、显现方式。这样的两种不良后果，在今天也仍有强调指出的必要。

第三章

"细读"短篇小说世界中的个体生命"碎片"

　　面对着破灭与宿命，王蒙通过林震与刘世吾的形象塑造，写出了两种价值指向：一种以林震为代表。王蒙对林震的价值评判与价值指向是双重的。一方面，他否定了林震将生活理想化；另一方面，对林震对理想境界的追求精神，对林震后来明知其努力的艰难、无望，却仍然要顽强地追求下去的精神，在小说的字里行间给予了充分的肯定与赞扬，并通过这种肯定与赞扬，构成了对林震必然地要成为刘世吾的人生轨迹的拒绝，构成了对社会现实生存法则必然要消损个体生命的拒绝。小说结尾林震"坚决地、迫不及待地"敲门声，正是作者所肯定的林震对追求这种拒绝的形象叩问。

　　短篇小说在"十七年"小说世界中占有着十分重要的位置。诚如王蒙所说："在我们国家，短篇小说常常成为文坛的晴雨表与风向标，成为文学事业的最热门的话题，成为得风气之先的报春的燕子，或者在情况严重的时刻令人知天下之秋至的第一片飘零落下的树叶。"①黄子平也说过："短篇小说在中国现、当代文学史上多次成为思想——艺术突破的尖兵。它在现实敏感性方面堪与新诗匹敌，在现实生活中却取得比新诗较大的成就。"②如果说"十七年"文学主潮是以反映社会本质表现历史前进规律为文学本位的日益一体化的文学，"十七年"主潮小说其发展变化虽然在短篇小说中率先有所体现，但其主要的成就则因其小说范式的沉积、成熟而体现在长篇小说之中，那么，与这一"一体化"表现出了某种程度"疏离"与"异端"的"缝隙""碎片"，虽然在长篇小说部分描写中也有所体现，却主要地体现在短篇小说之中。这是与短篇小说对于新的思想、情感的敏感、及时、易于在短时间内制作等文体特征分不开的，也是与"十七年"对短篇小说的重视的时风分不开的。③所以，"十七年"短篇小说世界是我们打捞"十七年"小说世界中个体生命碎片的主要的范畴之一。时下的当代文学史著作，在论述"十七年"短篇小说创作时，多是以题材、作家的代际划分或类型划分、在其时文学格局中所占位置、主题类型而给予分门别类的论述。在这样的一种论述中，对个体生命的展示，本来是可以作为一个题材范畴，或主题类型，或作为其时文学格局中的一隅而给予其一定的位置的，但就目下而言，这还是一个未能引起学界注意的问题，这就使得某些作家的短篇小说创作，虽然得以进入文学史，却是以一种与其作品真正意义未必吻合的形态在文学史中出现的。如茹志鹃的《百合花》就是作为"对战争形态的别一种叙述形式"出现的。而有的作品则在文学史中，因为不易归类而很难得到充分的肯定，如韦君宜的《月夜清歌》。本章通过对"十七年"短篇小

---

① 王蒙：《感受昨天》，载《中国新文学大系》第3卷，上海文艺出版社1997年版，第9页。

② 黄子平：《论中国当代短篇小说的艺术发展》，载《二十世纪中国文学史论》第3卷，东方出版中心1997年版，第81页。

③ 黄子平在《论中国当代短篇小说的艺术发展》中，在谈及"十七年"对短篇小说的重视程度后认为：短篇小说"是当代较为'得宠'的艺术形式之一"。他还说："根据卢卡契的研究，一般说来，短篇小说是长篇小说等宏大形式的尖兵和后卫……作为尖兵，它表现新的生活方式的预兆、萌芽、序幕；作为后卫，它表现业已逝去的历史时期中最具光彩的碎片、插曲、尾声。"

说世界中个体生命碎片的"细读"，既想打捞出"十七年"短篇小说世界中个体生命的碎片，也想给这些碎片在"十七年"文学史中争得一个得以集中展示的范畴与名分。

第一节　时代社会主题外表下的
个体生命"碎片"

"十七年"的短篇小说创作，受其时现实主义反映论的影响，大都在外表上有着一个能与其时时代主流意识形态相吻合的社会性主题。①但在那些真正具有艺术魅力的短篇小说中，往往在其时代社会主题的外表下，深隐着个体生命的血肉之躯。这也是这些小说，虽然其外表的时代社会性主题在今天已经成为过去，并且这些时代社会性主题不再为今天的读者感兴趣后，仍然为今天及今后的读者所喜爱的原因所在。因为文学毕竟是人学，而不是社会学、政治学、历史学……虽然人及作为人学的文学与这些学科有着密不可分的不解之缘。对这种作品，笔者分成三类分别给以论述，即在当时受到争议的作品，如《百合花》；在当时受到批判的作品，如《组织部来了个年轻人》；在当时受到好评的作品，如《李双双小传》。

先从《百合花》开始。

《百合花》在刊发之前，就因不合当时的文学模式而屡遭退稿。刊发之后，则因其风韵的独特而不为人解。所谓表现了军民鱼水关系，所谓"撷取一朵浪花写时代长河"，实是用被庸俗化了的文学反映社会历史本质的观念，用其时流行的政治概念来套析作品的结果。②新时期以来，随着学界对人在文学

---

①　即如昙花一现的"百花文学"，其对现实生活的批判，对人性丰富性的揭示，也是与其时曾短暂出现的思想解放的社会文化思潮主流分不开的。

②　参见吴秀明《中国当代文学史写真》(上)（浙江大学出版社2002年版）中所收录的当时关于《百合花》的评论文章。

中位置的重新确立，对《百合花》也就有了写了"人性美""人情美""异性美"的重新阐释，只是仍然是以社会历史为本体并将人置入这一本体的框架而给予意义的展开，未能揭示出作品意义的真正深刻之处。[①]人们只需问一句，较之略后于《百合花》的另一部歌颂"军民鱼水情"、体现"人性美""人情美""异性美"的《红嫂》中红嫂亲解肤裳用乳汁救活子弟兵伤员的经典细节，《百合花》何以会以一床"百合花的被子"而更显深刻呢？《百合花》以什么进入文学史而《红嫂》却只能一度流行而后则少为人知呢？在这样的问询面前，解读者原有的对作品的答案就未免显出空泛化的苍白了。

《百合花》对细节的成功描写与反复渲染，自茅盾始，是为评论者所常常津津乐道的。但评论者们恰恰因未能真正明了作品意义的深刻，导致直至近年，学界实际上仍然是从现代小说文体形式的层面而未能从现代意义的层面来看取作品细节描写的成功。[②]评论者恰恰不去深入追究作品何以不去渲染那小通讯员救民工的壮举而却念念不忘于那百合花的被子、枪筒上的小花、衣服上的破洞及那两个干馒头呢？评论者们也恰恰不去深入追究当这些细节当"青翠水绿，珠烁晶莹"被置入战争的背景下的时候，意义何在呢？

《百合花》意义的真正深刻之处，在于以个体生命为本位，站在个体生命的价值立场上，对社会、历史消损个体生命的合理性及因为认可这合理性而导致的人心的荒漠化提出了充满内在力度与锋芒的质询。

无论古今，抑或中外，生存、存在，对于人的更高的生存、存在欲求而言，永远是严酷甚至是残酷的。战争呢？则是人之生存、存在严酷甚至残酷的典型所在。在一般的生存、存在境遇中，误解、不公、等级制对人的平等要求的折磨等，无不因符合现实社会生存法则而获取、成为合理性的存在。战争呢？则将此种属性推向了极端。要知道，即使是一次胜利的战役，其中一次偶然的指挥上的小小失误，也会以成百上千的青春生命的丧失作为代价。但在战争中，这成为一种天经地义的合理存在，更何况还有"胜败乃兵家常事"之

---

① 我们只要看看许多教材都是把这一小说归于写另一类战争题材的小说中论述，对此即可了然。

② 参见洪子诚《中国当代文学史》（第85—86页）。作者认为：茅盾等人"更多地标举19世纪以来西方现实主义小说艺术经验……试图以这种经验，来推动中国小说观念和技巧的'现代化'，他们的'严格'的短篇概念的提出，实际上是想扭转40年代以来，延安文学在小说艺术上更偏重于对'民间传统'的汲取，对通俗化和故事性的重视的趋向"。

说。于是，在严酷甚至残酷的生存、存在环境中，在历史运行规律、现实社会法则的制约下，我们认可了为了历史的进步而对人的牺牲，认可了社会现实对于人的种种不合理性并将之合理化。在这种认可中，我们作为人的血肉之心因为渐渐被社会现实生存法则所同化而慢慢地变得像石头一样坚硬。在这样的坚硬中，我们丧失了对人对事物的最细微、敏锐、丰富的感受与同情，心灵、情感的沙漠化由此而生。我们又把这样的一种坚硬视为成熟、视为刚强，所谓要经得起锻炼，要百炼成钢，而将不能承受委屈、误解甚至打击视为脆弱。在最能显示"十七年"小说成就的写民主革命斗争、写农业集体化的长篇小说中，这样的描写可谓多矣。譬如《红旗谱》中对春兰灿烂生命衰退的描写，譬如《创业史》中对梁生宝舍弃改霞的描写等。这样的一种价值认可，是将社会、历史的进步看得高于人的生命尤其是个体生命的存在的。

《百合花》却对此提出了质询。为了后面行文的合理，我们首先要对大家习以为常的对作品的一个误读进行辨析，那就是作品中的新媳妇为什么没有借给小通讯员被子。作者的意见及流行的说法是新媳妇最初舍不得借，而后来却在默默中自己改正了自己的错误。[①]但是，文本客观显示给我们的意义却并非如此。作品开头即做了铺垫，小通讯员是个与异性交往十分腼腆羞涩的小伙子，即使与自己的女战友同行、说话也要一前一后拉开距离，也会"出这一头大汗"。与自己的女战友尚且如此，那单独面对一个刚结了婚，有了男女之事经历的、满心洋溢着喜悦之情的新媳妇会是怎样的一种局促状态也就可想而知了。新媳妇面对这样的一个小伙子而感到好笑并给予善意的调侃、捉弄也就是情理之中的事了。谓予不信，还有后面的描述可以印证：作为女战士的"我"与小通讯员再去新媳妇那里借被子，新媳妇不是并未怒气相向而是"尽咬着嘴唇笑""忍了一肚子的笑料没笑完"吗？不是"好像是在故意气通讯员"而把被子塞给手中已"捧满了被子"的女战士而就是不给小通讯员吗？那言外之意分明在说，我不是不借被子而就是要开开玩笑逗逗你。小通讯员不是也不服气地对女战士说："我刚才也是说的这几句话，她就是不借，你看怪吧。"其实怪什么呢？新媳妇只是跟小通讯员开了一个善意的玩笑罢了。搞清楚了凝聚着作品深层意蕴的这样的一个核心细节、场面，我们才能更准确地解

---

① 参见茹志鹃《我写百合花的经过》，载《茹志鹃研究专集》，浙江人民出版社1982年版。

读作品的深意。真的，相较于战争中成百上千青春生命的丧失，新媳妇对小通讯员开的一个善意的玩笑算得了什么呢？江南中秋节的晚上并不是太冷，肩膀上的一个破洞，对于一个健壮的年轻小伙子来说又算得了什么呢？而且这样的一个破洞，不仅是通过新媳妇，而且还是通过女战士，用这两个人的眼睛来给予关注的。还有，少吃两个馒头，暂时饿一下肚子，也实在不算什么呵。当我们把在战争中成百上千的青春生命的牺牲都视为合理、视为天经地义的时候，在我们对现实生存法则的认可中，我们早已把一个善意的玩笑造成的误解，把一个无关大局的衣服上的破洞、两个干馒头这些小事、这些生活的美好排除出自己的视野之外了。但是，《百合花》的作者却以战争这样的一种典型的残酷的存在环境为背景，并在这一背景的映衬下，通过"青翠水绿，珠烁晶莹"的美好，通过上述细节描写及对这些细节的反复渲染，一次次地提醒我们，不能看不到这些，不能不关注这些，并以此一次次地试图复苏我们那被社会历史运行合理性打磨得已经坚硬如石的血肉之心。在作者看来，一个善意的玩笑所可能给对方带来的伤害及因此而发生的歉疚之情，对一个衣服上破洞的关注、两个馒头的关怀，这样的一种以个体生命为本位，对历史运行、社会现实生存法则消损人的个体生命的合理性及因之而发生的人的心灵、情感的荒漠化的合理性的全面的价值拒绝，是丝毫不逊于在战场上为历史进步而献身的。在作者看来，在象征着死亡的枪口上，插上几朵小花，正隐喻着在任何残酷的环境下，也不能丧失对细微的美好的珍惜之情，也不能将对细微的美好的忽视合理化，越是在细微之处时时的沟通、吻合，才越能衡量出人与人之间关系的密切、吻合的程度。在残酷的生存环境下，尤为如此。这正是作者虚写小通讯员在战场上的英勇牺牲而反复实写、渲染上述细节的根本原因之所在，这正是细节不细的根本原因之所在。这是百年历史中少有的个体生命之声。笔者很认可刘小枫在《拯救与逍遥》中对冰心的评价，虽然刘小枫在此书修订本中删除了这一评价："让那些伟男子感到难堪，甚至因难堪而感愤怒的是，弱女子竟然有比他们更苦涩的信念，有在任何悲惨和丑恶的处境中都不愿抛弃的神圣情怀……一位弱女子竟然拼命要求告那被中国历史判为不可能的然而却是神圣的东西，要拼命与'人间正道是沧桑'的历史法则抗争，拒不承认它的绝对力量的精神意向。"[1]在笔者看来，《百合花》在价值指向上与冰心作品的价值指向是有

① 刘小枫：《拯救与逍遥》，上海人民出版社1988年版，第523、526页。

着一致之处，有着内在的关联，虽然这一价值命脉在20世纪的中国是十分微弱的，但终于自"五四"以来，在"五四"控诉传统社会"吃人"而告别传统，在"五四"以"人"为大旗而迈向现代的历史进程中，不绝如缕。而《百合花》，就是这一价值命脉在中国50年代的潜隐延伸。

明了了这一点，我们就会明白，茅盾对《百合花》"清新、俊逸"的经典评价，实在仍然是站在社会历史本位而非个体生命本位做出的，因而，这"清新、俊逸"总是与不是黄钟大吕、总是与社会分量不够厚重相联系的，这与茅盾当年对冰心的评价是十分一致的。①但如果我们以个体生命为本位来评价《百合花》就会发现，作品在全面拒绝社会现实生存法则及历史运行对个体生命的消损中所体现出来的力度及作品因之而体现的深刻、厚重，是那些再现、模仿再广阔的现实的作品也无法与之比肩的，是那些以揭示社会本质历史规律为己任而偏偏忽视了个体生命的存在、个体生命的意义的作品所无法比肩的。

明白了这一点，我们也就会明白，正因为作者拒绝了其时以社会历史为本位而设置的创作中的理性规范，直接从自己的个体生命感受出发进行创作，②正因为作者作为女性本能地看重个体生命的感受，才能在潜在中、在不自觉中与百年中的个体生命的价值命脉相吻合，这也正是《百合花》的创作秘密之所在。

《组织部来了个年轻人》与《百合花》有异曲同工之妙，都是写在时代社会主题的外表下，在社会历史理性的铠甲下，包裹着个体生命的血肉之躯。

作品在发表之初及发表之后的一个很长的历史时段，被视为是一篇反对官僚主义的小说，也曾因此而获罪名与声名。近来，虽有论者认为作品"是一篇以个人体验和感受为出发点，通过个人的理想激情与现实环境的冲突，表现叙述人心路历程的成长小说"③，但此论却终于未能深入、穷究这种冲突、历程、成长的真正实质是什么。而在笔者看来，其真正实质，作品的深刻之处，就在

---

① 参见刘小枫《拯救与逍遥》第522页。作者援引了当年茅盾对冰心的评价：冰心是"处处以自我为起点去解释社会人生，她从自己小我生活的美满，推想到人生之所以有丑恶全是为的不知道爱；她从自己小我生活的和谐，推论到凡世间人都能够互相爱。她这'天真'，这'好心肠'，何尝不美，何尝不值得称赞，然而用以解释社会人生却是一无是处"。作者对此批评说"这位伟男子不相信神圣的东西，只相信现实的力量"。

② 参见茹志鹃《我写百合花的经过》，载《茹志鹃研究专集》，浙江人民出版社1982年版。

③ 陈思和：《中国当代文学史教程》，复旦大学出版社1999年版，第98页。

于王蒙表现了个体人生与社会政治相互缠绕下的个体人生的两种价值指向，这就是林震与刘世吾。

林震最大的特点是用一种理想化的态度看待人生与社会，这种理想化是因为是从个体的成长需求中的美好愿望出发及未能深谙社会、人生的复杂而发生的。前者体现了一种生命的活力，后者则体现了一种幼稚的不成熟，这在年轻人身上体现得最为明显。王蒙正是要通过林震的形象塑造来体现这种"年轻性"，这在他坚持将作品命名为"年轻人"而非"青年人"，坚持用"来了个"而非"新来的"①，可以见出他此意识的自觉与明确。王蒙对此种"年轻性"是持双重态度的：一方面，他肯定了这其中所蕴含的追求理想的生命的活力；另一方面，他否定了那种未能深谙社会、人生的复杂而对社会、人生的理想化态度。就后者而言，在林震的形象塑造上，是通过下列四个方面而给予最为鲜明的体现的：

第一，通过林震眼中的现实与其心中理想的落差，这一落差又是通过工作与生活这一人生中两个最主要的方面给予体现的。在工作方面，我们看到，林震是以一种理想化的态度满腔热情地投身于新的社会生活、政治生活的，这一新的社会生活、政治生活在作品中是以执政党的心脏机关——组织部这一意象来体现的。正因为林震是将新的社会生活、政治生活理想化了，所以，才有了他的种种失望：他看到了组织部神圣崇高后面的卑琐平庸——"他们在办公时间聊天，看报纸，大胆地拿林震认为最严肃的题目开玩笑"；弄虚作假——韩常新对麻袋厂建党情况的汇报；麻木不仁——组织部对麻袋厂的问题只停留在没有实效的口头议论上；干部队伍的现状不能令人满意：韩常新"金玉其外"却"俨然成了少壮有为的干部"而且果然得到了升迁；刘世吾的口头语是"就那么回事"；李宗秦"做组织部长只是挂名"；而最为严重、最为本质的则是，所有这些"就像灰尘散布在美好的空气中，你嗅得出来，但抓不住，这正是难办的地方"，"一个缺点，仿佛黏在了从上到下的一系列的缘故上"，让你无从下手。你想与之进行斗争，但你与之进行斗争的对象却是一种无形的

---

① 关于作品标题的前后修改情况，参见谢冕《重读组织部来了个年轻人》中洪子诚、毕光明的相关论述。《人大复印资料·中国现代当代文学研究》1997年第12期。在这里，笔者想指出的是："年轻人"更多地具有一种幼稚、不成熟的含义，"青年人"则更多地具有了"新生"对"旧有"的批判含义。"来了个"是中性词，"新来的"在当时以新为革命为先进，以"旧"为落后为保守的年代，则明显地具有了积极的褒义。

存在，它无时无处不在却又无时无处地似乎没有存在。犹如进入了鲁迅所说的"无物之阵"①。在生活方面，情爱是最能体现个体生命对象化实现的部分，也凝聚着个体生命最为美好的追求。林震眼中所看到的是怎样的一种情爱形态呢？是赵慧文生活中情爱与婚姻的分离以及给赵慧文所带来的痛苦，是通过刘世吾而体现的人们对这种分离及给当事人带来的痛苦的认可与漠视。作品写了韩常新的热闹的婚礼，并以此写了现实生活中人们心目中的理想的婚爱；但作品又通过对韩常新工作中所体现的庸俗，让读者想到其婚爱的庸俗；又通过林震对这一婚礼的逃避，写了林震对这一庸俗婚爱的拒绝，也就是对现实生活中人们心目中的理想婚爱形态的拒绝。如是，社会生活与个人生活就都以其残酷的一面，撕碎了林震那将社会、人生理想化了的幻影。

第二，通过林震工作理想的失败。林震是带着一本《拖拉机站站长和总农艺师》的小说走上工作岗位的，那就是说，他是以一种娜斯嘉式的理想主义，或者说是以一种浪漫的文学的姿态进入工作的，而娜斯嘉的理想主义则是当时"团中央推荐给你们青年"的。但林震以此来工作的结果如何呢？麻袋厂的问题是得到了解决，但不是由林震解决的，而是由他所批评的对象刘世吾"很出色"地解决的。林震对工作的带有根本性的批评意见没有得到丝毫的反响：被批评的对象"找他一齐出去散步，就像根本没理会他对他们的不满意"。于是，通过林震工作理想的失败，王蒙不仅否定了个人所持的对社会、人生的理想化，也否定了当时对每个人都产生极大影响的主流意识形态的对社会的理想化色彩。

第三，林震个人生活的失败。林震与赵慧文在美好的共同的合作与融洽的人与人的交流中，却产生了合情却不合理的美好却不现实的感情，这一感情给林震带来的是失落的痛苦。工作与个人生活的失败，宣布了林震将社会、人生理想化的失败。

第四，对将社会、人生理想化的否定，还深刻地体现在林震—赵慧文—刘世吾这一人物链、人生链上。此链是说，年轻的林震长大几年后就会成为赵慧文，再长大几年后就会从赵慧文成为刘世吾。或者说，刘世吾的昨天是赵慧文，刘世吾的前天是林震。赵慧文不是对林震说过："当初我也这样"吗？刘世吾不是也和林震说过："那时候……我是多么热情，多么年轻呵。"王蒙在

---

① 鲁迅：《这样的战士》，载鲁迅散文诗集《野草》。

作品中颇有用心地设计了刘世吾与韩常新这样两个领导干部形象，又通过刘世吾懂得文学，也就是说追求对现实生活的超越，而韩常新不懂得文学，也就是说是完全认可现实生活，从而将二人在根本上加以区分，并以此显示了刘世吾与林震的同质性，显示了刘世吾比林震超越现实的愿望更强烈——林震只是在读小册子《拖拉机站站长和总农艺师》，而刘世吾读的则是皇皇巨著《静静的顿河》呵。但是最终如何呢？赵慧文后来不是变得不再过问与己无关之事吗？刘世吾最终不是也变得对一切都丧失了热情，"一切就那么回事"吗？不要忘了，刘世吾在年轻时，可是比林震还要充满青年人的朝气呵，他的腿就是在与蒋介石的王牌青年军做斗争时被打伤的，这可是林震所望尘莫及的。不要忘了，刘世吾在内心深处是常常怀念自己的年轻时代是常常沉浸在超越现实生活的文学世界中的呵。如果连比林震强百倍的刘世吾都不能挣脱从林震到赵慧文再到刘世吾这样的一条人生链，这样的一条人生轨迹，你又怎么能指望林震能挣脱这条链子、这条轨迹呢？这是个体生命对历史进程与社会现实法则的臣服，也是个体生命在历史进程与社会现实法则面前的命定。这种臣服与命定，在中国传统的父子文化中得以最清楚、最鲜明的昭示：儿子最初总是反抗父亲，但最终又皈依父亲，且对自己的少不更事颇多悔意。朱自清的《背影》是这样，《组织部来了个年轻人》中的刘世吾与林震之间其实也暗含了这样的一种关系。当林震成为刘世吾是一种最终的必然时，以林震为代表的将社会、人生理想化的破灭也就实在是必然的了。

那么，又是什么样的原因或者说又是什么力量如此强大而使林震、赵慧文、刘世吾们必得行走在这样的一条人生轨迹上呢？这就是王蒙之所以将社会、人生理想化给予否定所依据的最终的价值支点，那就是王蒙强调现实缺陷之所以能够存在的历史合理性与现实合理性，那就是王蒙因此而对现实生存法则的认同。譬如林震与赵慧文的关系。就个体生命而言，林震与赵慧文的关系是更为纯净、更为融洽的，赵慧文与其丈夫之间在感情上却是有着裂痕的。然而，赵慧文与其丈夫的关系却是在历史中形成且成为现实既定，因之，从社会现实生存法则看，却具有了更多的合理性。这种现实缺陷之所以能够存在的历史及现实合理性，还特别地表现在王清泉身上：王清泉为什么会有着官僚习气呢？王清泉在战争年代曾"是个呱呱叫的情报人员"，是党把他"派到国民党军队里工作的，他做过国民党军的副团长……他是去瓦解敌人的，但是他自己也染上了国民党军官的一些习气"。历史的吊诡正在于，如果王清泉不能深入到敌人内部并升至副团长的位置而只是一个普通士兵，那么他就不能更有力地瓦解敌人。而他如果要做到副团长的位置，他的身上就势必要有着某些国民党军的因素从而为国民党军所认可。正是因为这样的一种吊诡，新的社会在批判旧的社会从旧的社会中脱胎而出时，才会不可避免地有着旧的时代的痕迹，并从而使得现实缺陷具有了历史合理性与现实合理性。现实缺陷之所以具有历史合理性与现实合理性，还因为历史与现实的状况是为经济、政治等社会因素的发展规律所决定而并不是为了个体生命的发展愿望所设定的，这种发展规律的外在表现形式就是现实生存法则。个体生命面对这一规律、这一现实生存法则是非常渺小、无力的，只有认识、适应这一规律、这一现实生存法则，才能在社会现实中更好地生存。个体生命的不断的成长过程，就是一个认识、适应这一规律、法则的过程，如是，在这一成长过程中，个体生命终于被这一规律、法则所同化了，这似乎是个体生命不可逃避的宿命。

面对着上述的破灭与宿命，王蒙通过林震与刘世吾的形象塑造，写出了两种价值指向。一种以林震为代表。王蒙对林震的价值评判与价值指向是双重的。一方面，他否定了林震将生活理想化；另一方面，对林震对理想境界的追求精神，对林震后来明知其努力的艰难、无望，却仍然要顽强地追求下去的精神，却在小说的字里行间给予了充分的肯定与赞扬，并通过这种肯定与赞扬，构成了对林震必然地要成为刘世吾的人生轨迹的拒绝，构成了对社会现实生存法则必然要消损个体生命的拒绝。小说结尾林震"坚决地、迫不及待地"敲门声，正是作者所肯定的林震对追求这种拒绝的形象叩问。

另一种价值指向以刘世吾为代表。如上所述，当王蒙在作品中通过四个方面否定了林震对生活的理想化，这时林震的发展、成长指向就必然地指向刘世吾。刘世吾在经验了、悟透了将社会、人生理想化的失败后，在经验了、悟透了人的存在的"荒诞性"及人所付出的努力的价值依托的失去后，其所持立场的价值指向有四：第一，他仍然怀念着那种"年轻"的热情，这主要表现在他将林震与韩常新加以区别并对林震给予肯定与爱惜："你这个干部好，比韩常新强"；表现在他对超越现实生活的文学世界的热爱；表现在他对自己年轻时代的怀念。第二，对社会、人生复杂性的深刻的洞察力。刘世吾对韩常新的工作作风，对林震、赵慧文尚处于萌芽的情感世界的潜在危机，可以说是轻易地一目了然。他对非个人能力所能改变的社会的机制性缺陷——自然也包括官僚主义的生成机制，有着深刻明白的体察，并因了这种体察而力争尽力不浪费自己的生命，不浪费自己的人生精力："某些传阅文件刘世吾拿过来看看题目和结尾就签上名叫送走，也有的不到三千字的指示他看上一下午，密密麻麻的画上各种符号。"那正是因为他知道哪些文件是有用的，哪些文件只是类似于韩常新所炮制的无价值的文件，他不愿意在这些无价值的文件中浪费自己的生命，浪费自己的人生精力，宁愿放弃这种"忙"而让自己沉浸在文学世界之中。在这个意义上，刘世吾的"就那么回事"，实在是对这种无价值的官僚作风、对种种无价值的工作的最好的嘲讽，也是力争使自己的生命、精力不至于无谓地浪费的一种最好的自我保护。①第三，基于他对社会、人生的上述的"经验"与"悟透"，基于在这"经验"与"悟透"之后而来的对个人在面对外部世界时的不定、无助、无奈、渺小，刘世吾放弃了改造外部环境的雄心，而只要求努力做好自己认为自己分内应该做好的事：当麻袋厂的问题上级未予追究时，他无动于衷，而一旦需要他来处理时，"就可以把工作做得很出色"。其中，我们是可以看见赵慧文做好自己的工作，"给自己制定一个竞赛的办法"的影子的。第四，也正是基于这种"经验"与"悟透"，才有了刘世吾的"就那么回事"的"可怕的冷漠"。刘世吾在深刻地洞察了社会、人生的复杂后，不但丧失了对无价值工作的盲目的热情，也因意识到了个人在面对外部世界的不定、无助、无奈、渺小，而对所有的有价值的存在，譬如爱情、譬如对世界的积极的改造，也丧失了热情：他对赵慧文的婚爱生活、对韩常新的工作作风都因之而采取了一种听之任之的态度。但相比较而言，这样的一种"可怕的冷漠"，较之林震那建立在对社会、人生的理想化的热情，还是要胜出一筹的，那是对社会、人生更深入地进入时所发生的问题。王蒙对刘世吾的价值评判也是双重的：一方面，他看到、认可了刘世吾现实存在的深刻性、合理性，甚至对刘世吾对社会、人生的深刻的洞察力及相应的人生态度，有着某种程度的赞赏，这些都是林震所不可企及的。另一方面，他对刘世吾在"可怕的冷漠"中丧失了生命的活力，丧失了对现实锐意进取的批判精神，对刘世吾对现实生存法则的完全认同，对刘世吾对个体生命被社会现实生存法则所消损的认同，又是予以否定的。而这种活力与批判精神，这种对个体生命被社会现实生存法则所消损的拒绝，又是体现在林震身上的。

---

① 关于此点，还可以参见杨新敏、郝吉环《论刘世吾等形象的生成机制》，《人大复印资料·中国现代当代文学研究》1996年第8期。

如此，在对林震、刘世吾各自的双重的肯定与否定的缠绕中，在看到林震、刘世吾在价值指向上、事实上的一分为二而又希望在价值追求中将二人合二而一中，王蒙表现了自己所认可、倡导的个体人生的价值指向。这表现在两个层面上：一个层面是行走在社会历史之路上的个体生命。对个体生命意义存在的追问，是在社会现实维度上做出的，其价值指向就是王蒙借刘世吾的口所说出的"经验要丰富，但心要单纯"。所谓"经验要丰富"，就是要对社会、人生具有深刻的洞察力与相应的现实的应对能力。所谓"心要单纯"，就是要保持生命的纯真、鲜活，保持对人生的热爱之心、进取之心。相应地，对既有存在上的现实合理性又有其不合理性的社会现实，就应该既肯定其合理性又批判其不合理性，在这种既肯定又批判的辩证关系中，个体生命在社会历史之路上的前景是一种社会性的实然存在，"有确指的经验性目标"①，并因之指向于社会历史的光明前景。这就是为什么林震最终要满怀信心地去叩区委书记的门，但这种"叩问"是在社会现实的经验层面上进行的。这样的一种"叩问"，曾经典型地体现在丁玲的《在医院中》，王蒙的《组织部来了个年轻人》在这一点上，可视为是《在医院中》这一价值脉系上的延续。②

另一个层面是行走在个体生命之路上的个体生命。对个体生命意义存在的追问，是在生命本体这一维度上做出的，是指向个体生命的本体的，在这一点上，《组织部来了个年轻人》是对鲁迅与五四时代价值脉系的一种延续。这主要体现在前述林震—赵慧文—刘世吾这一人物链的设置上。在鲁迅的《阿Q正传》中，鲁迅看到了"狂人"最终沦为"候补"的悲剧，也就是反抗社会规范者最终将必不可免地被社会规范所"规范"的悲剧。在《雷雨》中，也有一条清晰的人物链，那就是周冲—周萍—周朴园。周冲的明天、后天就是周

① 参见王乾坤《鲁迅的生命哲学》（人民文学出版社1997年版）中第四章《自律与他律》中关于《过客》的相关论述。在其中，王乾坤反复强调：《过客》所行之路的"前面不可能有任何确指的经验性目标"，"过客"之"走""行"，"只是把人的这种自由自律的生存动姿写了出来"。将"过客"所追求的人生目标与林震所追求的人生目标做一比较，是很有意思的，在下面的行文中，还会略有论及。对此的深入论述则因笔者笔力不及，只能留待以后了。

② 如洪子诚认为：《组织部来了个年轻人》的"主题、情节模式，与丁玲在延安写的《在医院中》颇为近似"。参见洪子诚《中国当代文学史》，北京大学出版社1999年版，第142—143页。

萍、周朴园，周朴园的昨天、前天也就是周萍、周冲。在人生的长河中，在人生的成长过程中，人性终于被社会现实法则所同化并因此成为一个被社会所认可的好人、"成熟"的人，要知道，周朴园可是一个在当时社会被公认的好人呵。这就是周冲—周萍—周朴园这一人物链所告诉我们的。《组织部来了个年轻人》在这一点上，同鲁迅、曹禺一样，都表现出了一种个体生命悲剧的不可避免。在这种悲剧中，林震式的青春的激情，刘世吾对外部世界、对自身的嘲弄，都只是针对个体生命自身而发生，而产生意义。于是，林震式的注定无望但也仍然要对社会现实生存法则消损个体生命所做的价值拒绝，就有了与"过客""自由自律的生存动姿"的近似之处。于是，刘世吾对外部世界、对自身的嘲弄，就有了与周作人那种因为看到了目的的虚无而"平和冲淡"的近似之处。①

《李双双小传》与《百合花》《组织部来了个年轻人》有所不同。这篇小说在"十七年"没有受到上述两篇小说那样的争议、批判，而是一直受到好评，特别是在改编为电影之后，更是在社会上、在广大读者中产生了极大的反响。可以说，在某种程度上，这篇小说体现了其时的某种"共名"式的精神性特征，因之，对其的解读就有了别一种意义。

时至今日，对这篇小说所做的最新的研究成果，主要体现在陈思和主编的《中国当代文学史教程》中。《教程》中将小说《李双双小传》与据此小说改编成电影的《李双双》区别开来，认为二者"虽然是同一个作家所创作，也同样的带有歌颂农村'大跃进'中新人新事的主观意图，但前者只是一部没有生命力的应时的宣传读物，后者却超越了时代的局限，成为艺术生命长远的一部优秀喜剧片"②。笔者认为，从小说发表到改编成电影，为时不到两年，作者的艺术观念并无实质的变化；③从作品的主要内容看，也都是以李双双与喜旺的二人冲突为主；而且作者及《教程》也均认为小说中的"办食堂"及电影中的"评工记分"等主要情节都"只是外在的时代符号，或者说是一件披在作品上的外衣，于艺术的真精神无关紧要"，"把这两个人换到什么地方都可以"④。

① 刘世吾的这一特点，在王蒙的新时期小说中得到了突出的体现。如读他在新时期的代表作之一的《杂色》，就总会让人想到周作人的《乌篷船》。关于这一点，请参阅拙作《个体人生与社会政治的亲密拥抱》（《海南师范学院学报》2004年第2期）中的相关论述。

② 陈思和：《中国当代文学史教程》，复旦大学出版社1999年版，第51页。

③ 李准艺术观念的变化主要体现在从电影《大河奔流》到长篇小说《黄河东流去》的创作之中。参见陈美兰《中国当代长篇小说创作论》第二章第四节中的相关论述。

④ 陈思和：《中国当代文学史教程》，复旦大学出版社1999年版，第49页、第48页。

那么，小说与电影应该没有实质性的区别，对电影的分析也应该同样适应于小说。①

《教程》认为电影《李双双》的艺术力量来自于作品中的隐形结构，即"民间表演艺术中的'二人'模式""这男女二人不论表演什么故事内容，都是'旦'起高，'丑'走矮"，在《李双双》中则是"喜旺（丑）低而李双双（旦）高"②。应该说，《教程》对《李双双》中的隐形结构的揭示是十分精辟的，但笔者认为，还应该进一步追问的是，在《李双双》这一作品中的"二人模式"中所蕴含的精神特点是什么？其意义的深刻处又在哪里？为什么这一精神特点在当时及现在都还给读者以审美的愉悦？如果说这"二人模式"是作品中隐形结构的表现形式，那么，其所蕴含的精神特点则是这一隐形结构的深层内容，对这一深层内容的追问，或许是我们深挖作品意义的更为重要的向度。

细读作品，你会觉得，虽然作品也写了李双双、喜旺与孙有、金樵等人的矛盾，但所有的矛盾其实无不是围绕着、服务于李双双与喜旺二人的矛盾而展开的。在李双双与喜旺的矛盾中，喜旺表现了在现实生存规则面前世俗的一面：喜欢表现自己，在妻子面前逞能、显摆自己能干；这种逞能、显摆自己，又是为了赢得妻子对自己的佩服，于其中又潜藏着对妻子的喜爱之情；出于保护自己及家庭的胆小、怕事；与他人相处时的重情面无原则；作为平常之人所难免的自私之心；等等。你看他见到李双双贴出了大字报，先是感到紧张，及至看到罗书记夸奖这大字报，则又在埋怨中对李双双给予炫耀；你看他摆大丈夫架子，让双双给他做饭吃，及至双双真和他闹起来，则又先溜之大吉；你看他因为众人的夸奖，在食堂做了饭回来，在双双面前又是表功又是吹牛，但真要是遇到了大的矛盾，如孙有让他用集体的东西给孙有做了五个大菜，引起大家的不满，他又胆小害怕不知所以；等等。李双双则表现出了超越现实生存规

---

① 《中国当代文学名教程》认为电影《李双双》体现了农村"大跃进"这一乌托邦运动中所蕴含的那个时代的浪漫主义精神，那么，这一评价应该同样适应于小说《李双双小传》。如果如《教程》所说，小说因写了"办食堂"，所以"渲染错误的左倾的政策精神""站在损害农民利益的错误路线上歌功颂德"，那么，电影中的"评工记分"也未尝不是"左"倾政策下的产物，对小说的评价也就同样适用于电影。而《教程》所认为的电影中所体现的"歌颂的是普通老百姓中间的美好人性，提倡的是敢于与社会上的自私行为，特别是干部的自私自利做斗争"，其实也是适用于对小说的评价的。

② 陈思和：《中国当代文学史教程》，复旦大学出版社1999年版，第50页。

则的一面，她的在家学文化，上水利工地，敢于出头为集体主持公道，敢于出头做别人不曾做过的对大家有好处的事，都是如此。双双并因此而赢得了大家的肯定与拥戴，并在这种众人的肯定与拥戴中，使个人的存在价值得以一种对象化实现。每一个生活在现实生活中的个体，都为现实生存规则所限而又有着超越现实生存规则实现自己主体意志的愿望，喜旺与双双正是因为体现了这样的两个方面，才为当时及今天乃至今后的读者所喜爱。这样的两个方面，在每一个生活在现实生活中的平凡的个体生命中都是同时存在的，且有着一种血肉相连的相互依存的亲缘关系，所以，在作品中，这样的一种关系，在一种相互喜爱相恋的夫妻关系中，得以最为恰当的体现。在这种体现中，被"十七年"价值规范所否定的世俗人生的一面得以存留，被"十七年"价值规范所神化了的精神指向，因与世俗人生的亲缘性而回到了现实的人间。

上述的两个方面，在中国的民间文化中，有着久远的体现。就拿家喻户晓的《西游记》来说吧。其中最为引人注目的形象有四个：一个是以绝对真理形象出现的唐僧，一个是以能够超越现实束缚形象出现的孙悟空，一个是世俗色彩浓厚的猪八戒，一个是形形色色的妖魔鬼怪共同呈现的敌对形象。在这四个形象中，孙悟空与猪八戒的冲突是最具有喜剧性的，之所以最具有喜剧性，与我们前述的喜旺与双双的冲突是有着内在的一致性的，都是体现了现实生活中，平凡的个体生命既为现实生存规则所束缚，因而表现出了世俗性的一面，又体现了其力图超越现实生存规则实现自己主体意志的愿望。而这两者，则又被置于绝对真理与这绝对真理相对抗的敌对力量所形成的对抗之"场"中，得以最为充分的体现。这绝对真理及与之相对抗的敌对力量，在《西游记》中，如前所说，是唐僧与形形色色的妖魔鬼怪；在《李双双小传》中，则是集体经济与这集体经济所希望消除的私有心理。如是，诚如原型批评所说：一个故事，只有一个故事，真真值得你反复地讲述。如是，在《李双双小传》的隐形结构中呈现的"二人模式"中的"真精神"，既不是如传统的"二人模式"中所体现的"赞赏女性之美，讨女性之欢悦，旋解性爱之苦"，也不仅仅是"暗示了剧情所推动的二人冲突，其实是一种男女相恋爱的过程""歌颂的是普通老百姓中间的美好人性，提倡的是敢于与社会上的自私行为，特别是干部的自私自利作斗争"①，而是一种如原型批评中所说的"在每一个人身上……都以

---

① 陈思和：《中国当代文学史教程》，复旦大学出版社1999年版，第50、49页。

无意识过程的偶然形式暴露出来"的"原型"①。如是，"二人模式"只是《李双双小传》的隐形结构中所体现的民间文化之"形"，上述的个体生命在现实生存规则面前的两个方面才是这一作品中在"二人模式"这一隐形结构中所体现的民间文化之"神"，而中国传统文论历来是强调"神"重于"形"的。②

如是，因为《李双双小传》中的个体生命形态是在其民间隐形结构中所予以体现的，所以，对《李双双小传》的这一论述，原本也是可以放在本书第二章《"五四"与民间在"十七年"小说中的一个侧影》中加以论述的，只是考虑到这一呈现，并非如"革命英雄传奇小说"那样，有着一种整一性，而只是呈一种碎片形态，故将其放在这一章中论说。

———————

① 参见鲍昌主编《文学艺术新术语词典》，百花文艺出版社1987年版，第80—82页。
② 关于此点，请参阅张少康《中国古代文学创作论》第4章第1节，北京大学出版社1983年版。

第二节　情爱世界里的个体生命"碎片"

　　马克思指出："人与人之间的直接的、自然的、必然的关系是男女之间的关系……从这种关系的性质就可以看出，人在何种程度上成为并把自己理解为类存在物、人；男女之间的关系是人和人之间最自然的关系。因此，这种关系表明人的自然的行为在何种程度上成了人的行为，或人的本质在何种程度上对他来说成了自然。"①马克思关于男女关系的论述，又是与他的人的本质力量对象化的学说，与他的个人的解放的学说相一致的。正因为如此，马克思才会在他给妻子的情书中说，他对妻子的爱"不是对费尔巴哈的'人'的爱，不是对摩莱肖特的'物质的交换'的爱，不是对无产阶级的爱，而是对亲爱的即对你的爱"②。如果说，《百合花》《组织部来了个年轻人》《李双双小传》都是在写时代、社会题材时，写了在时代社会主题的外表下，在社会理性的铠甲下包裹着的个体生命的血肉之躯，那么，《红豆》《在悬崖上》《我和我的妻子》《美丽》等则是在婚爱、情爱这样的直接与个体生命相关的题材中，写了个体生命在"十七年"小说中的另一种不可消失性，并以此揭示了个体生命的存在在"十七年"小说中的深度。

　　《红豆》是对上层社会男性与下层社会女性情爱悲剧这样一个中外古今"老而又老的故事"的根本颠覆。在传统的上层社会男性与下层社会女性的情爱悲剧中，下层社会女性总是因为渴求上层社会男性建筑在丰裕物质基础上的精神文明的生活方式而对上层社会男性产生爱意，上层社会男性则总是因为在下层社会女性身上找到了上层社会所缺少的淳朴人性而对下层社会女性产生情爱，这是青年男女在未完全进入社会，在尚未完全被社会现实规则所同化，人

　　① 马克思：《1844年经济学哲学手稿》，人民出版社2000年版，第80页。

　　② 《马克思致燕妮》（1856年6月21日），《马克思恩格斯全集》第29卷，人民出版社1972年版，第515页。

性与社会最初相遇时所常常出现的情状。在这样的一种情状中，人性的纯净与对人性的提升通过最初的下层社会女性与上层社会男性的交往得到了最好的体现，但最终又总是因为社会现实法则力量的强大而以女性的悲惨结局而宣告失败。这可以视为人性面对社会现实法则的失败，可以视为在社会结构中物质生活与精神生活的落差所导致的悲剧。外国的"城市姑娘"、玛丝洛娃，中国的侍萍、鸣凤等莫不可以作如是观。但《红豆》却是对这样一个"老而又老"的传统故事的根本改写。在小说中，我们分明看到，失败的是上层社会男子，胜利的是下层社会女子，这自然可以视为对中国政治革命的歌颂，那就是首要的是要改变大多数人的物质状况，才能在这基础上建立相应的新的精神文明的生活。但在这样的一种政治历史的进步中，却又要以个体生命的巨大牺牲作为代价。这种牺牲，在《红豆》中，是以这样两种形态来加以表现的：第一，以原有的精神文明的生活方式的暂时牺牲作为代价。在作品中，我们看到，作为作品主人公之一的齐虹的生活方式，无疑是一种精神文明的体现。你看，钢琴"冰冷的琴键在他的弹奏下发出了那样柔软热情的声音"，他崇尚"物理和音乐能把我带到一个真正的世界去，科学的、美的世界"。他对《咆哮山庄》也就是文学"有那么多精辟的见解，了解得那样透彻，他真该是最懂得人生最热爱人生的"。这样的一种精神文明的生活方式，是只能建筑在丰裕的物质基础之上的。在物质贫富悬殊甚大的旧时代，这自然只能是少数人才能拥有的生活。你可以说它远离苦难的大地，远离大多数的下层民众，但你不能因此否认它是美的。马克思也在《1844年经济学哲学手稿》中说过：人之所以为人的程度，就是看其在多大程度上，能够远离物质的需要而从事真正的创造。[①]在物质贫富悬殊甚大的旧时代，由于物质财富积累过程中的血腥气味，上层社会的每一个毛孔都是肮脏的，所以，在穷人为了首先直接改变当务之急的物质贫困的政治变革中，人们往往在对富人阶层的仇视中，将富人阶层所代表的精神文明的生活方式作为对立的一方也一概否定掉了、牺牲掉了。我们只要回首一下新中国成立之初至今的女性化妆史，对此即可有切实具体的直接认识与感受。单以口红而言，不就经历了一个否定之否定的发展过程吗？一定的精神文明是需要有一定的物质文明做基础，是建筑在而且只能建筑在一定的物质基础之上

第三章 〔细读〕短篇小说世界中的个体生命〔碎片〕

---

① 参见马克思《1844年经济学哲学手稿》，人民出版社2000年版，第57—58页的相关论述。

的呵。但是你不能因此就否认建筑在丰裕的物质基础之上的在上层社会少数人身上得以体现的精神文明的生活方式是美的，特别是由于精神文明、文化形态一旦形成就具有了相对的独立性，就与直接的物质财富积累过程中的血腥气味有了一定的疏离，更是如此。于是，我们看到，这样的一种精神文明的生活方式，作为这种生活方式载体的个人，在政治变革的历史运行中，其命运是悲剧性的。齐虹就是如此。由是，江玫对齐虹的爱才能是美的，其双方的感情纠葛才因有了上述种种交织在一起无法剥离清楚的社会、时代的矛盾从而构成了剪不断理还乱的缠缠绵绵，并使这种缠缠绵绵有了坚实的依据与厚重的社会、时代的内涵。第二，以个人情爱的牺牲作为代价。《红豆》将男女主人公的爱情写得极为动人："他们散步，散步，看到迎春花染黄了柔软的嫩枝，看到亭亭的荷叶铺满了池塘。他们曾迷失在荷花清远的微香里，也曾迷失在桂花浓酽的甜香里，然后又是雪花飞舞的冬天。"但这样的爱情却终于在政治革命的风暴里凋谢了，这里有上述物质文明与精神文明落差在政治变革历史运行过程中的悲剧性的因素，也有着个人利益与集体利益不能一致的必然冲突。从历史进步的角度来说，这样一种爱情之花的凋谢自然实属必然；但若从个体生命的角度，却又让人感到殊为惋惜。爱情，毕竟是属于个体生命的，是私人性的，一次性的。在对作品的阅读中，我们分明可以留下这样的深刻印象，那就是作者在情节构架上对齐虹是批判的。但一旦涉及对齐虹、江玫的爱情描写，作者的笔调总是那么优美、温情，难怪时至今天，评论者还不无困惑地说："在细致而动情地涉及当事人的爱情经历时，便会或多或少地离开了批判的立场，而同情了江玫的那种感情纠葛。因而，投身革命与个人感情生活，在小说中并没有被处理成完全一致。"① 其所以如此，正是因为作者在理性上、在意识层面上是站在社会历史一面，而在感情上、在无意识层面上则是站在个体生命一方。这正是作者不自觉地站在个体生命的角度，对历史进步与个体生命的双重肯定及因此而发生的对个体生命在历史进步中不可避免的牺牲的遗憾。通篇作品字里行间充满的感伤之情之所以让读者感到凄美动人，根本原因及其所具有的意义深度，也概出于此。

《在悬崖上》写的是个人的情欲、欲望与社会现实法则的矛盾。这篇小说无论在作者写作时的价值矛盾、方式、成因还是在给读者所带来的美感困惑

---

① 洪子诚：《中国当代文学史》，北京大学出版社1999年版，第143页。

上，与《铁木前传》中的九儿、小满儿都有着根本上的异曲同工之处，与笔者在前面分析九儿、六儿形象时所论说的中国传统的妻妾文化都有着血肉相连之处，在此不再赘述。有所不同需要进一步展开的是，从表面看，作品是一个道德劝惩的故事，那题目就充满了劝惩的味道。但你只要细读文本，就能感觉到作者对加丽亚的描写是非常美好的，无论是作品中男女主人公约会时北海的白雪、白塔，还是加丽亚的美貌，都给读者以美好动人之感："加丽亚像朵艳丽的花站在白雪中，她穿着一件紫红色的呢大衣，白色镶红边的毡靴。"作者在写加丽亚时，总是充满着一种浪漫幻想的情调："看到冰，便想到将来有一天马路上的人行道会全用冰铺起来，行人全穿着冰刀……看到水，她又想到将来她要盖一间双层玻璃的雕塑室，玻璃之间灌满了水。"与加丽亚相比，作者突出了男主人公妻子的朴素、务实的一面："我主张买架有弹簧的双人床，她却说：睡木板不一样？我要买个美术化的大理石台灯，她却说：买个普通的，看去还大方、美观。"即使在夫妻相亲相爱时，也绝少情欲色彩而更多理性因素："行了，该用功了。"于是，以加丽亚的个体生命、情欲、浪漫、幻想为一方，以男主人公的妻子的社会法则、理性、现实、守成为另一方，应该说二者自有其各自合理之处。生命欲望总是以个体感性生命为载体，不顾及社会历史在政治、经济、文化、道德等方面所能提供给个体生命的实现空间，从而试图不断地突破社会理性法则的制约；社会理性法则总是依据特定时空政治、经济、文化、道德的需求来设定对生命欲望的规则。过于注重前者，只能因为缺乏生成空间，导致对社会的破坏及对生命自身的损害；过于注重后者，则只能滞缓、压抑生命的发展。二者的矛盾源于社会历史的发展是以生产力、以经济而不以人的健全发展为根本动力，但社会历史的主体又应是人，又应是人的历史、个体的历史，社会历史发展又应以人、个体的健全发展为目的，二者的关系在根本上是既对立又统一的永恒矛盾。这样的一对永恒矛盾，在作品的细节中，可以说是得到了处处的体现。譬如说在物质条件的限制下，人应该如男主人公的妻子那样，缝补手套以节俭为上，但加丽亚的灰色的哥萨克羊皮帽其实也真的能让人"越打扮越好看了"。譬如说人应该如男主人公的妻子那样务实"从下月起该节省些，存点钱"，但也确实不能因此就不再幻想要在将来"给我们自己设计一座最新式的住宅，这要有阳台、有浴室、有……"加丽亚的身份可以说是这种永恒矛盾的最好隐喻：加丽亚在未婚时追求者如云，这可以视为是对生命之美的向往，加丽亚想保持姑娘的身份，正是想保持生命的鲜活而不受社会法则的规约。但社会法则对生命的约束及对生命之美的消损又是不可避免的，恰如姑娘最终要走向婚姻一样。在如上所述的这样一种二者的矛盾中，作者在情感上、在潜意识中，是站在了个体生命情欲的价值立场上；在理性上、在意识层面，则是站在了社会理性一面。这就是作品美感效应与价值指向相互矛盾的根本原因之所在，也体现了当时时代社会理性的强大与个体生命的不可压抑。如果我们能够联想五四时代个体生命欲望与社会理性的冲突，对作品的理解当会更深一层。中国的传统社会以社会理性为重，走向极端，则变质为吃人本性。五四时代以个体感性生命为重，生命欲望的最初发生，总是因与已被神圣化了的社会理性冲突而以一种罪感的形式出现，譬如郁达夫笔下《沉沦》的主人公在自责中所体现的欲望与理性的矛盾，丁玲笔下莎菲在面对苇弟、凌吉士时的犹豫、动摇，祥林嫂再嫁时所感到的耻辱与基于个体生命实现的对地狱的怀疑等，而《在悬崖上》的作者意识与潜意识、理性与感情的矛盾，则可以视为五四时代"人"的主题在一个新的时代的独异的变奏吧。

早在1942年的《三八节有感》中，丁玲就为作为个体的女性，在整体斗争中的生命消损发出过不平之声："她们在没有结婚前都抱着有凌云的壮志，和刻苦的斗争生活，她们在生理的要求和'彼此帮助'的蜜语之下结婚了，于是她们被逼着做了操劳的回到家庭的娜拉。她们也唯恐有'落后'的危险，她们四方奔走，厚颜的要求托儿所收留她们的孩子……而她们听着这样的回答：'带孩子不是工作吗？……'于是她们不能免除'落后'的命运。""这同一切的理论无关，同一切的主义思想也无关，同一切开会演说也无关。然而这都是人人知道，人人不说，而且在做着的现实。"①这篇作品在当时受到了不公正的批判，丁玲也为之做了认真的检讨。②但作为个体的女性，在整体斗争中的生命消损却并不因此而消失，依然"同一切的理论……主义思想……开会演说无关"，依然"人人知道，人人不说，而且在做着"，并且在新中国成立后随着敌我矛盾的消落，其重要性日益凸显了出来。俞林的《我和我的妻子》对之做

① 丁玲：《三八节有感》，载《野百合花》，花城出版社1992年版，第33页。

② 关于此点，请参见《三八节有感——关于丁玲》，北京广播学院出版社2000年版。如丁玲当时在被批评后说："我要向一切同情者说：这篇文章（指《三八节有感》）是篇坏文章。"见该书第10页。在1982年时，也仍然说："四十年之后，现在我重读它，也还是认为是有错误的。"见该书第8页。

了生动的揭示，并因之对《三八节有感》被批判后日益消失的《三八节有感》所提出的命题做了微弱的回应。

这篇小说中的我是位在革命队伍中负有一点责任的干部，他的妻子是"刚从城市里来的女学生……她换上布鞋，穿了一身棉军装，活像一个参加革命很久了的女干部"。男主人公的妻子对革命、对人生充满了活力与热情：她在怀孕的情况下，在"天色黑得伸手不见掌""又赶上下雨"的艰苦的夜行军中，不仅没有掉队，反而觉得"真有意思"。在土改运动中，她把孩子托付给农村的老乡，积极热情地参加了土改运动……但为了带好孩子让丈夫得以安心工作，在"被逼着做了操劳的回到家庭的娜拉"后，她"原来的那股热情没有了"，后来又在排遣苦闷学习弹吉他的过程中，与那位教她弹吉他的贪污分子"有着不正常的关系"。岂止是未能"免除'落后'的命运"，简直就是滑进了错误的泥潭。她最后主动提出的与男主人公的分手，也诚如丁玲在《三八节有感》中所说："离婚多半都是男子提出的，假如是女人，那一定有更不道德的事，那完全该女人受诅咒。"[①]在"整体"的斗争中，"整体"要求着个体为之付出一切，并为这种付出给予相对应的肯定，这就是男主人公作为个体生命其社会生存空间的扩大及更大的社会价值的实现。但生育、抚养后代，在个体生命中又有着不可缺失的意义存在，当这一些都落在了女性的身上时，当女性为了男性而做出了承担、牺牲时，当个体生命为了整体利益而做出了承担、牺牲时，在二者的矛盾之中，在整体／男性对个体／女性的漠视之中，女性作为个体生命，其社会生存空间日益萎缩，其社会价值日益缩小，并由此构成了对作为个体的女性的生命消损。对这样的一种生命消损，从社会价值本位出发，又往往对之指责、斥之为"落后""错误"，于是，男性／整体将女性／个体排挤于外，然后又对之加以斥责。诚如波伏娃以美国白人对黑人的态度为例所说：某一方把对方逼到一个低劣的境地，然后就控诉他们天生就是在那个境地长大，"这种循环论法，在所有类似情况当中都可以碰到"[②]。

在《我和我的妻子》的结尾，通过男主人公的反省、忏悔，延续了《三八节有感》的价值命脉，继续为作为个体的女性在整体斗争中的生命消损发出了不平之声，这在"十七年"小说中是难能可贵的。但这一不平之声，主要地还

---

① 丁玲：《三八节有感》，载《野百合花》，花城出版社1992年版，第34页。

② ［法］波伏娃：《第二性》，中国书籍出版社1998年版，第20页。

169

第三章 「细读」短篇小说世界中的个体生命「碎片」

是在个体生命的社会价值能否、应否实现上发出的，对个体生命中的个体性人生内容，仍然未能给予相应的正视，这从小说中女主人公社会生存空间的不断萎缩、其社会价值不断缩小的描写中，在小说结尾以让女主人公重新投身社会工作从而将矛盾解决的叙述中，①都得以明显的体现。但类似"弹吉他"这样的纯粹的个体性人生内容呢？作品没有就此向度展开深入一步的探询，这是为那一时代所局限的，但却是我们在今天阅读这一作品时所不能不看到的。

丰村的《美丽》常常被文学史论者与《在悬崖上》相提并论，被认为是在"十七年"小说中对婚外恋这一个体性的情感领域做出了少有的揭示与深入。②笔者认为，这篇小说借此而对我们窥探"十七年"小说中个体生命的存在形态，有着更为重要的意义与价值。

这篇小说写一个叫季玉洁的女秘书，因为工作上的经常接近，在不自觉中爱上了自己在工作上为之服务的顶头上司——秘书长，并因此引起了秘书长妻子的愤恨，引起了同志们的非议，但季玉洁很有分寸地控制了自己的感情，绝不因此给秘书长一家带来任何伤害。后来秘书长的妻子因病去世了，因了秘书长妻子曾有过的愤恨及同志们对此的非议，季玉洁拒绝了秘书长的求爱，虽然她对秘书长充满了情爱。在秘书长组成了新的家庭后，季玉洁虽然受到了极大的情感冲击，但她却仍然从心底里真诚地祝福秘书长幸福。在其后的个人生活旅途中，季玉洁虽然也遇到了可以相爱的人，但她因为工作的繁忙，不愿因个人情爱之事影响工作，终于放弃。真诚地关爱他人，不因自己的情感给他人带来伤害，把工作看得高于一切，这就是作者在作品中所要表达的"美丽"："现在的青年人，都有一颗美丽的心，那心呵，像宝石，像水晶，五光十色而透明。"这就是"十七年"那一时代对"美丽的心"的展示。

但如果从今天的现代眼光来审视，至少有两点是可以打上一个大大的问号的：第一点，当秘书长的妻子因病去世后，季玉洁是可以接受秘书长对她的求爱的，仅仅是顾忌他人的非议、秘书长前妻曾有过的愤恨，或者说仅仅是为着符合社会现实的既定规范，使自己因此成为一个被这一规范认可的好人形象，

---

① 在小说的结尾，作者写道："我妻子后来到纺纱厂做工会工作……她又恢复了从前的样子，积极、热情，很快就入了党。"

② 如金汉总主编的《中国当代文学发展史》（上海文艺出版社2002年版，第135—136页）中，就将二者并置一处，认为："作品写的乃是一种颇受訾议的爱情，即婚外恋或第三者插足。从深层结构上看，两篇小说写的都是天理（道德）与人欲（性爱）的冲突。"

从而放弃自己作为一个独立的个体主体的权力、牺牲自己个人的幸福，这是为现代人所不取的。社会现实既定的价值规范，只有给每一个个体生命带来幸福才是合理的，当二者发生矛盾时，个体生命为着追求自己的幸福而迫使社会现实的价值规范发生变化才更具有革命意义，社会的进步正是因此而得以实现。五四时代的自由恋爱就是如此，五四时代就是这样的一个时代。第二点，为了工作而完全置个人幸福于不顾，或者说为了整体利益完全牺牲个体幸福也是不可取的，每一个个体都应该有自己的私人性生存空间，正如季玉洁后来的恋人所发生的疑问："一个人为什么这个样子呢？为什么一天到晚要坐在会议桌上呢？"这一疑问，是与作品发表之时的人性大潮相暗合的。①

但尽管如此，我们仍然会觉得季玉洁是"美丽"的，她的心确实"像宝石，像水晶，五光十色而透明"。只是这美丽与前面分析的作者在作品中所要表达的"美丽"相关联却不完全相合，这正是这一作品令我们不能简单地轻易待之的原因所在。

季玉洁心灵、性格中的"美丽"之处是单纯而又透明。她在情爱最容易萌发的女性青春期，却对爱情一无所知。她对秘书长的无微不至的关爱，是基于她对自己本职工作的认真负责，或者说她对秘书长的个人情爱是依附于对自己本职工作的热爱之上并随之一同成长的；及至在客观上已经造成了对秘书长妻子情爱世界的威胁、伤害，引起了众人的非议，她也对此毫无察觉，并不知晓；她为了取得大家对她品格的信任，为了表明自己并无意伤害秘书长的妻子，在秘书长的妻子去世后，仍然牺牲了自己可以得到的爱情幸福，拒绝了秘书长对她的求爱；在秘书长组成了新的家庭、自己的情感世界受到极大的冲击后，却仍然给对方以真诚的祝福；在其后，为了工作，她再一次牺牲了个人的爱情却无怨无悔，她是把为社会、为工作、为他人看得高于个人的一切的。这样的一种单纯而又透明，这样的一种甘于自我的牺牲，是建立在对社会、对"整体"、对他人的无限信任的基础之上的，并因之而认为个体是可以和社会、整体、他人和谐而融为一体的。这样的一种心态、精神生态、精神特征，

① 《美丽》发表于《人民文学》1957年第7期。其时正值"百花文学"的高峰。"百花文学"的一个主要重点就是通过对爱情的描写，揭示人性的丰富性。而且几乎不约而同地，作者们都对只知工作而缺乏鲜活情爱的女主人公颇有不满，如《西苑草》中的浦塞风的女朋友、《在悬崖上》中男主人公的妻子，等等。

产生于"十七年"这一共和国的青春期，是那一时代个体生命的青春形态。这一青春形态，有追求，有困惑，有失误，有烦恼，但无不围绕着、无不基于青春而发生。顺带说一句，正是这种青春形态，是"十七年"文学红色古典主义得以产生的精神温床。如果说《组织部来了个年轻人》是在社会问题时代主题的领域里，通过男性表现了这样的一种青春形态，那么，《美丽》则是在情爱的领域，通过女性表现了这样的一种青春形态。因之，这篇小说在"十七年"小说中理应有着更为重要的"史"的位置。

第三节 现代化进程中的个体生命"碎片"

共和国的建立，标志着中国社会从战争状态转入了建设时期，从农村开始进入城市，标志着中国从传统到现代的现代化进程进入了一个新的阶段，不论这一阶段在这之后还要走过怎样曲折而又曲折的道路，但在它的起步阶段，转型时期的各种基因已经潜在地形成着、萌生着，虽然这些基因要到新时期之后，才会成长、外显、尖锐化为各种社会形态而为人所瞩目。正因为如此，当我们回首新中国成立初期这一新的历史起点时，不得不深深地佩服作家萧也牧对新的时代感应的敏感与深刻，不得不一次次地对《我们夫妇之间》刮目相看。

这个短篇在发表之时所受到的批判与今天对该作的重新肯定已为人所熟知，在此不再赘述。之所以仍要在此给予"细读"，实在是因为这个短篇因其内蕴的丰富而给了我们不断阐发的意义空间，并在这不断阐发中，日益彰显了其"经典"的位置。

这个短篇通过一对夫妻之间日常生活中的冲突，表现了工农与知识分子、农村与城市、传统与现代之间的矛盾中的张力，给个体生命在其中的人生选择与价值定位带来了困惑与反思，诸如乡村文明与城市文明、传统美德与现代品格、个人利益的正当性与为群体牺牲的应然性、节俭朴素与物质享受，等等。就个体幸福而言，上述二者之间的关系都有着某种二律背反性质：它们在个体幸福的获得过程中，都有着其存在的合理性，但这存在的合理性，又是以否定对方为前提的。当李克随妻子张同志去吃"斤半棒子面饼子，两碗馄饨……一碟子熏肉"时，他就只能放弃在饭铺的享受。面对在饭铺"一顿饭吃好几斤小米，顶农民一家子吃两天"的现状，你不能不承认农村出身的张同志的选择是对的；但面对"机关……每天给每人发一百块钱，到外边去买来吃"的现状，你也不能不承认城市出身的李克在饭铺吃饭的选择也是无可非议的。当"给孩子做小褂还没布"时，你不能不承认作为女性、作为母亲的张同志对李克"身边就留不住一个隔宿的钱……一支连一支地抽烟"的批评是对的；但当李克从农村进了城市、从战争的残酷转入了经济建设的生活时，你还让他如张同志对他要求的那样"在山里，向房东要一把烂烟，合上大芝麻叶抽"，就有些不近情理了。确实，李克那时就是这样如张同志所说："不也是过了？"但难道我们在经济建设年代也还是要过艰苦的战争生活吗？如果是这样，战争的胜利及这胜利所带来的经济建设的生活还有什么意义呢？同理，李克用自己的稿费"买一双皮鞋，买一条纸烟，还可以看一次电影，吃一次'冰淇淋'"，是完全应该的；但张同志用这笔钱接济遭了水灾的在农村的家，也是应该的，特别是他们之所以能进入城市，是与农村革命的支持分不开的。还有，有的事情抽象地看，似乎不存在这种二律背反现象，但放在一定的历史情境中，从现实必然性与历史必然性的辩证运动的关系来考察，却仍然如此。确实，"同样是灰布的'列宁装'"，城市的女性"八角帽往后脑瓜上一盖，额前露出蓬松的散发，腰带一束，走起路来，两脚呈一条直线，就显得那么洒脱而自然"，而张同志"怕帽子被风吹掉似的，戴得毕恭毕正，帽檐直挨眉边，走在柏油马路上，还是像她早先爬山下坡的样子，两腿向里微弯，迈着八字步，一摇一摆，土气十足"。但如果你想到没有张同志在农村的革命，就没有今天的城市生活，想到张同志的风姿是一种历史的既定，你还能不承认张同志风姿存在的合理吗？不是在作者以第一人称叙写时，时时通过议论而表达的自我批判中所显示的对张同志的价值倾斜，恰恰是通过这些具体而生动的描述，把这种二律背反及在这二律背反中的价值权衡的不定把握表现得淋漓尽致。这样的一种淋漓尽致的表达，还有下列三点是应该给予指出的：第一，作者不是将之放在个体的比较重大的社会行为上，如其时许多的作品那样，把自己所要表达的主题通过社会事件加以表现，而是在夫妻之间的日常生活中加以充分的展现，而日常生活是与每一个个体生存关系最为密切的，如列斐伏尔所说"日常生活是每个人的事"[1]。如此，作者就将这样的一种二律背反置于每一个个体生命面前，成为每一个个体生命都要面对的实际问题。第二，马克思指出："历史上依次更替的一切社会制度都只是人类社会由低级到高级无穷发展过程中的一些暂时的阶段。每一个阶段都是必然的，因此，对它所由发生的时代和条件说来，都有它存在的理由；但是，对它自己内部逐渐发展起来的新的更高的阶段说来，它就成为过时的和没有存在理由的了，它不得不让位于更高的阶段，而这更高

---

① 转引自蓝爱国《解构十七年》，华东师范大学出版社2003年版，第9页。

的阶段也同样是要走向衰落和灭亡的。"①他还说过："当旧制度还是有史以来就存在的世界权力，自由反而是个别人偶然产生的思想的时候，换句话说，当旧制度本身还相信而且也应当相信自己的合理性的时候，它的历史是悲剧性的。"②李泽厚在论述历史进步时也曾指出：历史向来是在历史的进步与道德的付出的悲剧性的二律背反中行进的。③如是，没有张同志在农村的革命，也就不会有新的城市生活，但随着革命进程"内部逐渐发展起来的"新的城市生活出现时，张同志在农村所形成的各种人生准则也就势必要让位于这种新的生活了。萧也牧在揭示了这种二律背反现象的同时，又通过夫妻关系及这夫妻关系在作品结束时的和好如初，回避了在这种二律背反中所不可避免的悲剧性现象，表达了对这样的一种二律背反现象给予调和认为其可以美好统一的良好的主观愿望，虽然这一主观愿望因其对悲剧性的回避而显得天真。第三，这样的一种良好的天真的主观愿望的出现又是极为合理的，是有其深刻之处的。传统与现代、乡村与城市，二者之间有着不可分割的互为对象、互为依存的亲缘关系，萧也牧是通过夫妻关系来对此加以喻示的。在这样的亲缘关系中，传统、乡村的人生价值准则作为对现代、城市的一种制衡、补充力量，将在一个更高的层次上、在新的历史阶段中显示出其的积极意义，这正是萧也牧在作品中所表达的良好的主观愿望得以存在的价值依据。这样的一种二律背反现象，在任何社会转型期都会出现。在新时期文坛上，在小说《人生》中的高加林、刘巧珍身上，在小说《鲁班的子孙》中的老木匠、小木匠身上，在小说《老井》中的旺泉、巧英身上，都有着再次的体现。只是随着现代化进程的深入，随着在这深入过程中矛盾的展开，路遥、王润滋、郑义都不约而同地通过作品主人公的分手，让萧也牧在作品中所体现的将二者调和令其美好统一的梦破灭了。但萧也牧式的天真，在今天现代、城市日益显示出了其弊端的时候，不更是令人分外怀念的吗？

　　但是萧也牧敏感、深刻的对这种二律背反现象的揭示及其在揭示中所表达的价值困惑、美好愿望，并没有在"十七年"小说中延续。由于传统惯力的强

　　① 恩格斯：《路德维希·费尔巴哈和德国古典哲学的终结》《马克思恩格斯选集》第4卷，第212—213页。

　　② 马克思：《〈黑格尔法哲学批判〉导言》《马克思恩格斯选集》第1卷，第5页。

　　③ 参见李泽厚《中国古代思想史论》，人民出版社1986年版，第14—15页。

大，由于现代社会结构构建的缓慢，在"十七年"小说中，更多地是对传统、农村文明、文化的讴歌，对现代、城市文明、文化的批判，但也有着个别的偶然的例外。张弦的《上海姑娘》（又名《甲方代表》）就是其中一例。

这篇小说中的男主人公黄野及其所生活的环境，可以被视为传统文化的代表。传统文化源远流长，所以，沉浸在传统文化中的人，总是对其深有感情，倍加看重，并由此形成了某种封闭性、排他性。黄野也正是这样："不论什么样的人，男的或者女的，漂亮的或者不漂亮的，也不论在什么地方，饭厅或者公共汽车上，俱乐部或者百货公司里，只要我听到在说本地的坏话，我总会突然地生起气来，总会对这些人讨厌起来，甚至想上去和他们辩论一通，吵上一架。""对于上海人，我总有一种不好的成见。"传统文化惯力的强大与可怕还在于，黄野并"不是本地人"，而且还是一个受过现代教育的技术员；对于异质文化，尽管说不出有什么不好，但就是排斥与不接受："一谈起来，'上海姑娘'就是这样的，这就是'上海姑娘'！——结论就是如此。到底怎么样？是好，是坏？谁也不去分析，总之语气之间就是'看不惯'的意思。"

这篇小说的女主人公白玫是一个"上海姑娘"，是一个上海来的技术人员。在小说中，她是作为一个如同《在医院中》的陆萍、《组织部来了个年轻人》中的林震式的"疏离者"与"外来者"的形象出现的。①

小说的冲突围绕着在工程质量验收中白玫与王技师、黄野的矛盾而展开。先是王技师，后是黄野，在工程实施中，都强调的是节约："照说用旧管子关系也不大"；是进度："这一星期，我们已经完成了预定的十六天的任务"；都强调的是人际关系的重要，强调的是人际关系的艺术："'人熟为宝'，这话真不假啊！无论什么事，人熟，就是好办得多……""刚见面的三分钟内，他就和你一见如故……总之是知己到无话不谈的程度。"而白玫则强调的是工程的质量，是用科学的标准作为衡量工程的最高尺度，是用公开的制度作为工作的准则，所以，她会不签字，会公开地向领导反映自己对工程质量的看法。中国的传统社会是一个建立在血缘关系基础上的以群体伦理为本位的社会，所以，人际关系、人际关系的艺术被强调到了至高无上的地步，而且这种人际关系的艺术，又常常是作为只可意会不可言传公开的一套，实际上又是一套"潜

①　关于作为"疏离者""外来者"的陆萍、林震的形象，请参见洪子诚的《中国当代文学史》（第142—143页）的相关论述。

规则"的存在，因之，是否能够纯熟地掌握、运用这种人际关系的艺术，就成为衡量一个人是否成熟、懂事的尺度。在《上海姑娘》中，黄野因为自己"还不至于在这些'扯皮专家'面前，制造出这种僵局来"，所以，对自己的评价就是"比较'懂事'"；王技师则对这套作为"潜规则"的人际关系的艺术，谙熟得炉火纯青："他在吵架一得胜之后，不像别的人，会仗着胜利者的威风，说几句风凉话，相反他不，他会马上安慰对方，检讨自己修养不够，容易得罪人等，更妙的是反过来替对方辩护，重复并且肯定对方的理由。"王技师正因此而为工地的人所折服："还是王技师有办法"，还因此而"拿着一面奖旗，一大堆奖金"，成为大家学习、羡慕的榜样；白玫因为以科学标准作为衡量工程质量的最高标准，执行公开的制度而不信奉"潜规则"，所以，就被大家评价为"太年轻，不懂事"。又因为中国的传统社会一向处于严酷的生存环境之中，所以，节约高于科学。《上海姑娘》正是在这些方面，通过白玫与黄野、王技师的冲突，表现了在经济建设时期现代文化与传统文化的冲突，并在这种冲突中体现了两种不同的人生形态。

应该说，这篇小说最后通过白玫的胜利，通过黄野对白玫情感的爱慕及双方爱情关系的建立，对现代文化与传统文化的冲突做了理想化、简单化的解决。相比之下，在这方面，就不及《在医院中》的丰富，不及《组织部来了个年轻人》深刻，[①]但毕竟是延续着这一价值命脉而来的，成为这一价值命脉的微弱承传且仍是有其独特的可以称道之处的。

在传统与现代、乡村与城市的矛盾、冲突中，表现不同的人生形态与相应的价值指向，韦君宜的《月夜清歌》也是一篇不容忽视的重要之作。

《月夜清歌》所讲述的故事并不复杂，几个从大城市下放到农村的文艺干部，在下放的村子里发现了一个很有歌唱天赋的女孩子秀秀，就竭力动员并创造条件让她去大城市的艺术学校学习。秀秀去大城市学习歌唱的前景是很被看好的："将来在北京街上再遇上陈秀秀，咱们就要不认得她啦……那时候哇，你看她从歌舞剧院走出，穿上一件紧腰小袖羊毛衫，一条素罗长裙子，背后再低低地打上一条单辫子，那可就不是今天的陈秀秀哇。"尽管如此，秀秀的母亲、未婚夫却都不同意秀秀去，秀秀自己也终于从最初的并不坚定地想去到最

---

① 在白玫的形象中，是有着《拖拉机站站长和总农艺师》中的娜斯嘉的影子的，而在《组织部来了个年轻人》中，王蒙对娜斯佳式的理想化是给予否定的。

后坚决地不去了。作者一方面通过下放干部老李对秀秀是否能离开乡村去城里学习艺术说："在这里面，包含着一个新旧变革的重要问题哩。真实意义恐怕很深远……""人的思想要解放，的确不那么容易啊！"另一方面又处处以浓墨重彩渲染秀秀在乡村生活的美好、生命的自由："她干这活儿真是毫不费力似的轻便夭矫。一看马上就叫人感觉到：只有她干活的姿态和这片明丽的果园才相配呢。""她……唱得很活泼，很轻快，声音简直像是在跳着的，像是在这园里的绿树顶上跳，从这片叶子跳到那片叶子。"作者对下放干部动员秀秀去城里的努力与秀秀最终的拒绝，都采取了赞赏的态度，但最终的价值指向仍然倾向于后者："秀秀当时就是走了，也不会没有前途，不过，我总觉得值得高兴的是秀秀终于留下来没有走。"

从作者对双方的具体描写及作者自己所做的直接论说看，作者对双方，或者说对城市文明、乡村文明、现代文明、传统文明都是持赞赏态度的，但在这赞赏的后面，还有着更为深刻的东西，这是这篇小说与《我们夫妇之间》的不相同之处。作者在小说结尾说："我一下子思前想后联想起好多好多事情来。想到秀秀当时如果离开小黄和玉泉村走了，如今会怎么样？甚至还联想到许多与秀秀、与音乐……完全没有关系的事情。黑地里自己想得惘然若失了。可是这些就不必多说了罢。"这才是作者写这篇小说的真正意图之所在。那么，作者的真正意图是什么呢？20多年过去了，在80年代后期韦君宜所写的对自己经历的历史直言不讳的《思痛录》中，作者对此仍然语焉不详，只是说写这篇小说时："是很含蓄的，非常小心。"倒是茅盾先生在他当时所写的读书杂记中，对这篇小说有着十分深刻的见解，说这篇小说的"优点就在于'横看成岭侧成峰'，很耐人寻味"①。当我们站在今天的语境中重读这篇小说时，确实会读出许多的新的东西，这些或许是作者在写作的当时也不是很清楚的。

第一，现代文明、城市文明、传统文明、乡村文明，从社会形态、文化形态说来，都各有其优长之处，但这些优长之处，首先是对于人来说，才能构成一种真正的意义存在。而人又是由一个个不能相互取代的独特的个体构成的，所以，这些文明形态，对于每一个个体说来，意义是不同的。马克思讲："非对象的存在物是一个非存在物。""只要我有一个对象，这个对象就以我作为

---

① 韦君宜：《思痛录》，十月文艺出版社1998年版，第93页、第94页。

它的对象。但是非对象的存在物是非现实的非感性的、只不过思想上的即只是虚构出来的存在物，是抽象的东西。"①这样的一种对于个体生命的尊重，与马克思在《共产党宣言》中对未来理想社会的表述是相一致的。②所以，再好的文明形态，只有对于这一个个体说来具有意义，它对于这一个个体说来，才是最好的文明形态；否则，对于这一个个体而言，其再好的优长也是不存在的。在这里，是以个体生命为本位来判断意义的存在与否的。城市文明确实很好，但对于秀秀来说，传统文明、乡村文明，对于她说来，才更有意义：秀秀的歌"不是别的歌，是果树的歌、月夜的歌、田野的歌啊！……假如这是在大戏院舞台上听见她这支歌，再加上伴奏，真的还会有这么好听么？未必未必！甚至肯定不会！"在这里，不是来判断两种文明形态的孰优孰劣，而是说是不是以个体生命作为生命存在形态的本位，是不是尊重个体生命对于自己的存在形态的选择。

第二，就每一个个体生命而言，其价值可以分为社会价值与个体价值，二者有其一致之处，也有其各自独立之处。就秀秀而言，其在城市当一名歌唱家，其社会价值肯定会高于其在村子里当一名农民的。但就其个体生命而言，如上所言，其个体生命形态更适宜于在乡村存在，如此，从生命的个体价值、个体幸福而言，秀秀在乡村做一名农民肯定会高于其在城市做一名歌唱家的。作者通过秀秀最后的选择，表达了个体价值重于、高于社会价值的价值倾向。

第三，秀秀之所以适合乡村的生存形态，其中的一个重要原因在于，这里有与她生命血肉相连的亲人、亲情，这就是小说中所多次强调的她的母亲、她的未婚夫不同意秀秀离开乡村去城市及其对秀秀产生的决定性影响。秀秀的母亲、未婚夫，只有对秀秀来说，才构成亲人、亲情的意义；秀秀只有在她、他的身上，才因为是否有着亲人、亲情的存在，从而形成自己生命中的喜怒哀乐。这种喜怒哀乐，完全是个体性的，是其他所不能取代的，而这些也正是个体生命存在中的重要的组成部分。韦君宜在《思痛录》中说："《月夜清歌》，写一个歌喉极好的女孩子舍不得家和爱人，谢绝进城当演员的邀请，活

---

① 《马克思恩格斯全集》第42卷，人民出版社1979年版，第169页。
② 马克思在《共产党宣言》中认为未来的理想社会是：每个人的自由发展是一切人的自由发展的前提和条件。

得倒挺愉快的。"①所以，作者对此在自觉不自觉中，是给了特别的强调的，对日常的、凡人的、个体性的存在形态，是给予充分的意义肯定的。

如是，《月夜清歌》就成为"十七年"小说中让个体得以美好存在的空谷足音，成为"十七年"小说中绝少的对个体生命的优美赞歌。20多年后，当韦君宜以对历史的直面写出了轰动一时的《思痛录》时，②许多人仅仅看到了她对历史的反思，却没有看到她并不是在指责历史，而是写出了个体生命在历史运行中不可避免的累累创伤，并因而构成对历史的反思。这种对个体生命的尊重，正是新的时代的历史呼唤，《思痛录》回应了这种呼唤，因之，才爆响于时代，爆响于文坛。而这种对个体生命的尊重，正是从20多年前的《月夜清歌》中走来，是从历史走到现在，只是无论当时还是现在，人们对此还一直没有给予发现与认识，这不能不让人感到学界回望历史时的粗疏。

这种粗疏，这种从今天打量历史而对历史的新的发现，也体现在对丛维熙的《并不愉快的故事》的评价中。

这篇小说的大致情节是：为农业生产合作社经营果园的齐东海老头的老伴得了重病，齐东海老头想找合作社主任白长禄借钱为老伴儿看病，但白长禄将合作社所有的钱都用于发展、扩大再生产上，对社员的生活、疾苦却舍不得用一点点钱，引起了社员们的极大不满，齐东海的老伴也因此耽搁了救治的时间丧失了性命。齐东海因无钱安葬老伴，不得不向富农赵福印低头并忍受他经济上的盘剥，所有这些，终于激怒了社员们，纷纷要求退社……

相对于前述的三篇小说，《并不愉快的故事》在艺术上要显得粗糙一些，将官僚主义的帽子生硬地扣在农业生产合作社主任白长禄的头上，并通过作者的议论对之给予简单化的批判，设置了一个富农赵福印的形象，并以之来表现官僚主义给被推翻的敌对阶级以可乘之机，都是这部作品的不足之处甚至是败笔，但这仍然不能完全遮掩这篇小说于自觉不自觉中，通过具体的情节、形象所展示的在两种现代性的对抗的紧张状态中的个体命运及其这种展示的深刻性。

自1840年鸦片战争后，中国以一种屈辱的形式开始了自己的现代化进程，

---

① 韦君宜：《思痛录》，十月文艺出版社1998年版，第94页。

② 在邢小群编的大众文艺出版社2001年出版的《回应韦君宜》一书中，可以看到《思痛录》在其时引起轰动之一角。

落后挨打的半殖民地半封建的社会境况，使新的强大的现代民族国家的建立，成为全民族的企望与梦幻。国家利益在现代性的民族国家主体性神话中，成为至高无上的存在，没有谁再去追问这新的现代民族国家的国家利益与个人利益是否还有着其不能统一的矛盾之处。在建设新中国的凯歌声中，似乎国家的发展就必然会带来每一个个人的发展，似乎国家的强大，就必然地会带来每一个个体的幸福，在这样的现代性的民族国家主体性神话中，个人利益统一于国家利益是天经地义的合理存在，个人无条件地投身于国家建设之中，也是一种无可置疑的应然。如果说两种现代性理论的提出，①是看到了现代性或者说现代化进程中的内在的矛盾、对抗与紧张的话，那么，现代民族国家的国家利益与个人利益之间的矛盾、对抗与紧张，也是这题中应有之义。在《并不愉快的故事》中，就形象地体现了这一点。

在作品中我们看到，白长禄的着眼点是牺牲个人利益来增强集体利益：他"'社长一个子儿都捏出汗来'一个妇女尖声嚷着，'我家前三天就没盐吃啦！想借俩钱，他跟我说：克服克服么！建设社会主义该忍着点，社里钱不多……"但用另一个社员的话说就是"社里钱有的是，没钱能叫咱们出勤来盖石板仓库？"正因此"社员没钱买油，妇女没钱买针线，社里可又盖大马棚，又盖大仓库"。白长禄的工作办法就是："我常用这几句话来教育社员们：'建设社会主义么！困难就是多，克服克服嘛！'磨来磨去，他们磨不出钱来也就忍下去了。把这些钱来扩大社里的公积金、公益金，买来十头大牲口……修马棚、盖仓库。"确实，在白长禄这样的领导下，农业生产合作社的实力确实大大增强了："几十户的农林牧社，公积金、公益金就上了万元""买来十头大牲口""盖马棚，盖仓库，还要扩建办公室，买新农具"，但在合作社实力增强的同时，社员作为一个个的个体，其生活水准却日益贫困了，没钱买油、买盐、看病……需要补充指出的一点是，在作品中，白长禄所竭力增强的集体利益，相对于个人利益来说，是与国家利益相一致的，都是作为"整体"

① 所谓"两种现代性"，是指在西方随着西方现代社会内在矛盾、危机的发生，西方思想界对西方现代社会所作出的一种反思，这种反思随着中国现代化进程的加速，也极大地影响着中国的思想界。"两种现代性"的称谓不一，如"文化现代性与启蒙现代性""审美现代性与启蒙现代性""世俗现代性与审美现代性"，等等。但政治、经济、科学技术、社会结构的现代性与个体对自由自在的人生境遇的追求与个体的精神世界的构建之间的矛盾，则是其主要的论域。

的形象出现的，也因之，从国家利益的角度考虑，国家才会将白长禄视为模范，给他那么多的表彰。还需要补充指出一点的是，白长禄牺牲个人利益增强集体利益，又是通过降低个人消费、提高集体生产的方式来实现的："有个县百货公司的售货员告诉他：'在野花岭月月完不成销售计划。'"白长禄剥夺社员个体利益有两个冠冕堂皇的理由，一个是个人为了集体，一个是眼前服从长远："您想想，社员有好几十户，将来都要过好日子，就拿您来说吧！将来还得养老，享几天清闲福，前边的山景那么好，您别只看您自个的脚丫子。"这两个理由，也正是那个时代剥夺个人利益的两个最主要的理由。《并不愉快的故事》则以齐东海老人的不幸，轰毁了这两个理由的虚妄性，轰毁了现代民族国家的神话，揭示了个体生命在两种现代性的对抗的紧张状态中的被消损性。

在1949—1966年的中国现代化的进程中，国家与个人的矛盾已然成为时代的一个主要矛盾，但这一主要矛盾却被国家的现代化进程会给每一个个体生命以发展、以幸福的神话所"遮蔽"。又因为这一"遮蔽"，使牺牲个人利益来增强国家实力，只强调为国家生产而不提倡增强个人消费，显得天经地义并成为那一个时代的时代风气。[1]只是这一主要矛盾，在"十七年"甚至新时期的小说叙事中，一直是处于缺席状态[2]，成为一个巨大的黑洞与盲区，从而使得个体生命在"十七年"小说中，成为另一种被"遮蔽"的"不在"形态。在这一缺席状态与巨大的黑洞、盲区中，《并不愉快的故事》以自己并不成熟的艺术表现形式成为"十七年"小说中的一个珍贵的存在。

---

[1] 如果我们的视野更开阔些，就会发现，在苏联的农业集体化时代，这一矛盾、这一风气也是同样存在的。

[2] 譬如在类似《乔厂长上任记》这样的"改革文学"中，都是在鼓吹、允诺国家的现代化建设会给每一个个体生命带来幸福。

结语：提出几个于今天仍具现实意义的问题

笔者在引言部分概述了当前对"十七年"文学研究的现状及从个体生命的视角对"十七年"小说进行重读的意图与意义；在第一章着重对占据"十七年"小说主潮位置的"史诗"类小说中的具有代表性的诸种个体生命的存在形态进行了新的论析；在第二章则着重从个体生命的视角，对"十七年"小说中"五四"与"民间"两大价值系统的呈现形态进行了"还原"式的描述；在第三章主要是打捞"十七年"短篇小说世界中个体生命的碎片。在对此做了力所能及的努力之后，还有以下若干问题应该提出来予以讨论，这些问题对于今天来说，也仍然具有现实意义。

第一，不同时代语境下作品的意义生成。接受美学认为：一部作品的意义，不在于作者的意图设定，也不在于作品文本的意义构成，而在于读者在接受过程中，将作品内化或转化为自身意义的部分。读者如何将作品内化或转化为自身的意义，受制于读者为其所在时代政治、经济、文化、教育等时代要素所决定的接受心理结构。或者换个角度说，如果我们把一个时代比喻为语境，把体现一个时代时代精神的典型作品比喻为这一语境下的词语，那么，从语义学的角度说，一个词语在不同语境下的语义是不一样的。这样的阐释视角，对于我们从历史生成的角度来理解"十七年"文学的意义，是颇有裨益的。

以曾经发行过上千万册被誉为一代人的人生教科书的《红岩》为例。

《红岩》以20世纪40年代晚期重庆关押革命者的集中营渣滓洞、白公馆为创作素材，革命者不惧酷刑、蔑视死亡的革命意志与革命气节，革命者在当时对个人利益、个人情感的牺牲精神，放弃个人物质生活、献身集体事业的精神，等等，是十分值得敬佩的，是万分值得赞扬的，对此无论怎样对之讴歌都是应该的。

但对此进行讴歌的小说在20世纪60年代出版之后，其在那一时代语境下的意义生成却是相当复杂的。

《红岩》出版于1961年12月。其时及之后几年，中国社会生活中有两大特点特别突出：一是在1959—1961年新中国成立经济、物质生活最为困难的三年之后，不再如新中国成立后的20世纪50年代，宣扬物质生活的翻身、幸福，鄙弃个人的物质生活，而是把意识形态规训下的精神生活的政治纯洁性视为民众生活的价值标高；二是为了所谓粉碎帝国主义将和平演变的希望寄托在中国的第二代、第三代人身上的预言，用革命传统教育在和平环境下生长起来的第二代。在这样的时代语境下，虽然在文学业内，《红岩》的文学水准普遍不被承认。①但小说甫一出版，即因适应了上述时代精神而备受推崇，小说的备受赞誉及发行的广泛，均在这几年。②特别不能忽视的还有两点：其一，在其时，由于该小说是以真实的革命史料为基础创作的，最初也曾以革命回忆录《在烈火中永生》在读者中流行，同时更由于其时文学是社会生活的真实反映的文学观念的影响，《红岩》中所写的内容是被视为真实的历史存在的。其二，其时对文学教育功能的过分强调，竭力将小说中所宣扬的精神品格，落实到读者的人生实践中去。诚如对《红岩》做过专门研究的钱振文所说："'《红岩》热'现象表明的并不只是文本本身所具有的某种特质，而是表明小说与当下的某种政治需要产生了高度的契合。这种契合使得读者能够很容易从当下的政治需要出发'读入'文本，并从文本中'读出'与社会主流话语一致的意义。"③如是，一方面，是时代语境决定了《红岩》在创作过程中，通过改写突出了人物精神品格的超常性、纯洁性，突出了精神对物质的批判，突出了政治性对个人日常

① 参见钱振文《红岩是怎样炼成的——国家文学的生产和消费》（北京大学出版社2011年版，第170—171页）中的相关论述。如1956年，罗广斌他们的小说初稿完成后，杨本泉把稿子拿给一些报纸和杂志……《红岩》等文学杂志则认为初稿文学性太差，不予登载。五年后，几乎相同的情景又一次出现。1961年11月小说即将完成，中青社把稿子拿给一些报纸刊物……但在《人民文学》却被退稿。两次投稿的结果都是作品中的一些片断被时政性的报刊采用而被文学刊物退稿……可以认为，《人民文学》编辑部"瞧不起这部小说""说选不出可以发表的章节"多少符合实情。由此可见，即使经过六年之久的修改和润色，《红岩》的文学性仍然没有达到《人民文学》所要求的水准。

② 参见钱振文《红岩是怎样炼成的——国家文学的生产和消费》第六章《红岩》的阅读和评论。如"很多发生在'《红岩》热'时期人们对《红岩》求'书'若渴的故事，至今仍然让人津津乐道。在800万这个数字背后是一场规模巨大的阅读活动"。

③ 钱振文：《红岩是怎样炼成的——国家文学的生产和消费》，北京大学出版社2011年版，第164页。

生活的批判与改造，等等；①另一方面，则读者通过对小说的接受过程，参与了对自我精神品格的形塑与构建，参与了对那一时代时代形态的形塑与构建，并构成了对经济建设时代个人生活、个人利益合法性的批判与压抑，构成了对其后的继续革命的思想支持。

"十年浩劫"时期及此前，在革命精神愈益纯洁化、神圣化的时潮下，从渣滓洞、白公馆死里逃生的革命者，《红岩》的作者刘德彬、罗广斌的革命品质受到了质疑，前者被批判，后者则因此含冤而死。②这一革命精神愈益纯洁化、神圣化的时潮，与20世纪60年代接受中的"红岩精神"之间，是否有着逻辑上的关联？《红岩》作者的命运与在一个特定时代所接受的《红岩》作品中所推崇的精神之间，是否构成了某种反讽？罗广斌命运的代表性、典型性，与罗伯斯庇尔在法国大革命中、革命者先后在革命的继续进行中，相继上了革命的断头台，二者之间是否有可比性？

20世纪90年代之后，中国社会生活较之前有两大特点特别突出：一个是对个人利益、对个人物质生活合法性的认可及其渐成汹涌潮流，另一个是对物

---

① 譬如超常性："事实上，烈士的一些英雄事迹也是被夸大了的。如江姐受刑本来是（夹）竹筷子，把它改成了（钉）竹筷子；全文背诵《新民主主义论》实际上是提纲和要点；江竹筠并未见到她丈夫的人头，而把她写成见到了。"见《社会科学论坛》2004年第2期。譬如纯洁性，将江姐与有妻子的彭咏梧结婚写为彭在与江姐结婚时并没有妻子。参见厉华主编《红岩档案解密》，中国青年出版社2008年版，《红色恋情——江竹筠的故事》一节。略去了小说主人公之一许云峰的原型许建业被敌人欺骗而暴露了自己属下的党员名单的故事等。参见何建明执笔、厉华《忠诚与背叛》，重庆出版社2011年版，第170页。譬如政治性对个人日常生活的批判：在小说中，叛徒甫志高正是因为在撤退前舍不得与妻子不辞而别，买了妻子喜爱吃的麻辣牛肉去与妻子告别，因而被捕并叛变的。

② 刘德彬早在1959年1月即以"工团主义分子""严重右倾""攻击肃反扩大化"等三条"严重错误"将他划为"中右"，给予留党察看一年、撤销行政职务处分。"十年浩劫"中，"发现他在脱险时犯有严重错误……在特务进牢房补枪时，有的难友临死前高呼'毛主席万岁''共产党万岁'的口号，而他没被打死却装死，为了怕被补枪，没有起来高呼口号，没有表现一个共产党人的不屈意志，因此他是中了刘少奇'活命哲学'的毒"。罗广斌在"十年浩劫"前，"长期以来，重庆市某些领导人对罗广斌在'11·27'大屠杀之夜从白公馆脱险的经历存有疑问，罗广斌因此在'文革'前一直受到审查和怀疑"。"十年浩劫"中，为证明自己革命而率先参加造反行动，成为一派群众组织的领导人，却被另一派群众组织攻击为"叛徒""政治扒手""造反派中的定时炸弹"后在被另一派群众组织监押中坠楼身亡，是自杀还是他杀，至今不明。参见何蜀《刘德彬：被时代推上文学岗位的作家》，《社会科学论坛》2004年第3期。

欲横流、腐败风尚、道德失范的愤怒。在如此时代语境中，《红岩》屡屡受到新的考量。一方面，是通过对小说《红岩》所依据的真实历史史实的打捞与还原，如将中美情报合作所与关押革命志士的集中营做应有的区分，还其一个真实的历史公道；如对小说中的英雄主人公江姐等人的日常生活做真实的还原；如对作为高层领导的各种叛徒真相的揭示；等等，从而给小说以新的认识。①另一方面，是对该小说生产过程的考察，从而揭示出其故事的意义是如何被该时代所赋予的。②在这种新的考量中，一方面，自然不是对《红岩》中革命者精神品格的质疑，但无疑具有对60年代接受中的"红岩精神"的"祛魅"性质，60年代所赋予的该小说的意义受到了质疑；另一方面，试图将红岩史实赋予新时代的现实意义，如红岩史实中，高层领导的叛变与今天领导阶层的腐败之间的逻辑关联，如红岩史实中的"狱中八条"对今天反腐的现实意义，等等。

　　不同时代语境下，相同的行为会有着不同的性质与意义。举个小例子：在革命的生死关头，对个人情爱的牺牲是必然的，将个人情爱置于革命利益之上，无疑是可耻的。曾任共产党总书记的向忠发不听劝告，在撤离之前，一定要去与情人告别，最终被捕并成为叛徒，与《红岩》中的甫志高的叛变如出一辙。但在和平建设年代，仍然以此否认、批判个人情爱的价值性合理性、正当实现性，就是对人性的无理压制与戕害，类如1957年对阿章小说《寒夜的离别》中情人分别的批判即是如此。③对不同时代语境下接受过程中的《红岩》作品生成中的意义的考量，对我们认识"十七年"文学，应该具有方法论的意

----

　　①　参见何建明执笔、厉华《忠诚与背叛》，重庆出版社2011年版。厉华主编：《红岩档案解密》，中国青年出版社2008年版。譬如两本书都写到了真实的"红岩史实"中涂孝文、蒲华辅这样的先叛变后悔改而最终与革命烈士一同被枪杀的叛徒形象；也写到了小说《红岩》中"双枪老太婆"的原型邓惠中，因为在敌人的审讯时，谈了自己所做的一些事情，所以，在与儿子一起牺牲在敌人监狱之后的30多年里，一直被误认为是大叛徒。诸如此类史料的披露，无疑丰富了读者对革命对红色经典叙事的认识。

　　②　参见钱振文《红岩是怎样炼成的——国家文学的生产和消费》，北京大学出版社2011年版。

　　③　参见《重放的鲜花》，上海文艺出版社1979年版。在《寒夜的别离》的结尾，作者写道："是啊，在和平环境中相爱，在幸福生活中告别的人，又怎么能知道：曾为他们的幸福而牺牲自己幸福的人，在今夜的告别中，有着一种什么心情呢？"笔者认为，小说正确而又深刻地写出了我们应该如何对待战争与和平时代的个人情爱的关系，也写出了个人情爱在两个时代之间的逻辑关系。

义。其实，不仅仅是《红岩》，鲁迅的作品又何尝不是这样呢？

第二，不能因为今天精神资源的缺失，因为自然经济靠经验来面对世界所形成的对传统的迷恋，从而在今天的精神危机中，试图将"十七年"的精神结构、精神素质直接地引入今天的精神世界中来。"十七年"的精神结构、精神质素是不能直接进入当今的精神世界中来的，其因有二：

其一，马克思说过："那些发展着自己的物质生产和物质交往的人们，在改变自己的这个现实的同时，也改变着自己的思维和思维的产物。不是意识决定生活，而是生活决定意识。"① "意识的一切形式和产物不是可以用精神的批判来消灭的，也不是可以通过把它们消融在'自我意识'中或化为'幽灵''怪影''怪想'等来消灭的，而只有实际地推翻这一切唯心主义谬论所由产生的现实的社会关系，才能把它们消灭。"② 依据马克思这一最基本的理论，当今天市场经济从根本上改变了经济基础及相应的社会结构之后，必然地会产生出新的精神结构，若将"十七年"的精神结构直接移植到新的经济结构与社会结构之上，当有身首异处之嫌，而充满生命活力的大脑是不能寄生在已经死亡了的身体之上的。"五七"族及"知青"族作家在进入90年代之后，作为体现一个时代精神标志的两大创作群体，其创作优势在90年代之后的急剧丧失，也在一个方面说明着原有精神结构面对新的时代，对应、对话能力的失去。③ 记得王晓明曾说过："如果说1980年代过于注重人的上半身，而且对人的精神的理解也太狭隘，那到1990年代，风气大变，人们竞相把那些精神的东西排除在对个人生活的想象之外……似乎又只注重下半身了。可是，为什么1990年代的个人会变得只有下半身了？当然有巨大的物质原因，但也有思想上的原因，那就是，在1980年代，大多数人只看到过那样一种空洞狭隘的上半身，一

---

① 《马克思文艺论著选讲》，中国人民大学出版社1982年版，第78页。

② 同上书，第79页。

③ 譬如上海作协邀请全国百名批评家所举办的90年代十大小说评奖中，"五七"族作家几乎没有入选，"知青"族作家虽然占了绝对优势，但已经引起了新一代文学创作者、研究者的不满。如谢有顺就认为："这次上榜的十部作品……它们的文学灵魂却几乎都停留在80年代，用它们来代表90年代，太过单一而勉强了——九十年代文学内部的前进和变化，显然没有得到恰当的表达。"参见谢有顺《十部作品，五个问题》，载《世纪末的中国文坛》，上海文艺出版社2002年版。

且幻灭以后，他就会觉得那很可笑，没有那些东西，也没有什么欠缺。"①笔者认为，虽然王晓明论指的是20世纪80年代的精神结构、精神质素，但也同样适应于对"十七年"精神结构、精神质素的评价。

其二，精神结构类型不同。"十七年"的精神结构、精神质素是集团性政治革命下的产物，其所强调的精神，更多的是围绕着群体性的政治变革、社会变革而发生的。集团性政治革命因为强调团体的一致与力量，强调个体完全服从、牺牲于团体，所以最容易强调脱离个人利益的精神性，强调精神的纯洁与精神力量的强大，强调人生形态的完美性及这完美性所带来的人生形态的单一性，因之而来的则是强调对人的精神世界、人生形态的改造，不认可"人性幽暗"，不认可有各自缺陷的人生形态的多样性。又由于这种革命推崇对社会现状的突变式变革，为了实现与达到这种突变，所以，特别容易强调人的精神性中的超常性因素，诸如牺牲、激情、斗争、亢奋等。这样的强调发展到极端，就是"十年浩劫"中被竭力夸大了的精神的力量与作用，就是那时人人耳熟能详的所谓"精神原子弹"，所谓的"灵魂深处爆发革命""狠斗私字一闪念"。这种"精神原子弹"容易给人的精神以强烈的刺激，产生极大的鼓动性与诱惑性，但也恰如朱学勤所说的"闪电"一样"爆发于黑暗，电闪雷鸣，暴雨如注，照亮并荡涤旧世界的角角落落"，确实让人激动，令人振奋，"但也迅速回归黑暗"②，从而造成黑暗与闪电的循环。那原因，就在于一味地用思想来批判思想，用精神来批判精神。与之相对应的，则是90年代之后的以个体为本位的经济建设现代社会下的精神结构、精神质素。以个体为本位的经济建设现代社会，强调个体的利益，强调个体生命欲望的正当性，强调顺应人性，承认人性，而不是改造人性，认可"人性幽暗"，认可有种种缺陷的个体生命形态的多样性。又由于其推崇社会前进的渐进性，推崇社会的稳定、和谐，所以，特别容易强调人的精神性中的正常性因素，如以个体为本位的责任、义务、权益、理性等。由于传统中国一向以群体伦理行政权力为社会本位，注重人际关系、名分的确立与不断的变革，所以，这样的一种精神结构、精神质素

① 王晓明：《半张脸的神话》，广西师范大学出版社2003年版，第74—75页。

② 朱学勤：《道德理想国的覆灭》，上海三联书店2003年版，第337页。朱学勤在这本书的附录《阳光与闪电》中，以阳光喻美国革命模式，以闪电喻法国革命模式。这里及下文借用了这两个比喻，来喻说"十七年"的精神结构与90年代之后的精神结构。

在中国一向处于缺失状态。这样的一种精神结构、精神质素类似于朱学勤所说的"阳光",虽不震撼人心、令人激动亢奋,但"温和而耐久",给人以温馨与暖意。如是,"十七年"的精神结构、精神质素只有通过现代性转换方有进入今天已经从根本上发生了变化的社会现实的可能,其最好的结果自然是将"闪电"寄生于"阳光"之中,从而使"闪电"不再复归于黑暗,也使得"阳光"因此而增加了亮度与温度。[①]但具体如何寄生,就是颇费周折、值得花大心血给予研究的了。

第三,不能因为今天个体生命刚刚开始脱离整体后的暂时失重,[②]因为物质世界与精神世界在今天中国发展中的必然失衡,因为为精神被物欲所消损而苦,就被强大的传统惯性所驱使,盲目地怀恋、美化、神化"十七年""史诗"类小说中诸多主人公身上所体现的那种个体对"整体"的完全的自觉的投入,那种对信仰的忠诚、献身的激情、对牺牲的推崇、对苦难的自觉承当等精神质素。在这样的怀恋、美化、神化中,我们没有看到其在单纯中的贫乏,在投入中的迷失,在激情中的疯狂,在牺牲中的愚昧,等等。正是对此的盲视与无知,才导致了"十七年"过后的"十年浩劫"的自然来临。在这其中,当然有着在运行过程中的质的变异,但其中的精神的逻辑链条也是我们绝对不能予以忽视的,在这个意义上,倒是真可以说:没有"十七年"文学,何来"文革"文学了。而在这种变异中,在笔者看来,就个体与"整体"的关系而言,如何看取"真实的集体"与"虚构的集体"、"有个性的个人"与"偶然的个人"的关系,如何在生存论与价值论上对待普通人的个体生命的日常生存,是至关重要的两点。虽然这两点在第一章中已经有所论述,但这种论述是非常不够的,在今天也特别有深入展开的必要。而如何看取"十七年"小说中那些诸如献身、牺牲、激情等精神质素,虽然在第一章中也有所论述,这种论述也依然是非常不够的。作为本应进入经济建设现代社会的历史阶段,"十七年"却在50年代中期之后继续一味推进"堂·吉诃德"式的政治革命,从而导致了其精神世界、精神质素在价值上的虚妄性,这种价值上的虚妄性,在今天也特别有深入研究的必要。在这里,笔者想从与今天相关的现实意义这一角度,继续

189

---

① 参见朱学勤《道德理想国的覆灭》,上海三联书店2003年版,第366页。

② 小到身边之"公家人"因为失去"单位"而造成的心理波动,大到整个社会成员普遍不知道如何行使自己的个体权利尽自己的个体义务,都表现出了这样的一种失重状态。

给予补充的则是另外的一点。

20世纪90年代之后，当中国的市场经济渐渐成为社会生产的主导力量之后，原有的依靠行政力量、政治伦理，依靠思想、精神等非经济力量维系社会成员关系的社会结构就被从根本处动摇了，精神、信仰的至高无上的作用弱化了，带来的则是信仰的危机精神的滑坡。杰姆逊指出："只是在资本主义、个人主义出现之后，上层建筑的各层次才分离开来。宗教失去了其统治地位……这也和社会的'世俗化'是联系在一起的……进入资本主义社会之后，社会机器却完全是以纯经济的方式来组织，其他的一切都和经济有关，都受经济的制约。"①他引用艾略特的话说："资本主义是个世俗化的社会……没有文化。"②正因此，杰姆逊认为："宗教不仅成了革命的形式，而且造成了声势浩大的革命力量。宗教现在不再和农民联系在一起，而基本上是属于城市无产阶级的革命。"③如果如同第一章中说过的那样，将宗教比较宽泛地理解为精神的追求，信仰的极致，那么，杰姆逊的意见对于今天我们重新理解"十七年""史诗"类小说中的精神质素、精神品格，是值得参考的，是会给我们带来许多启示的。这些精神质素、精神品格对于矫治今天的信仰危机、精神滑坡无疑是有着积极意义的。但这里需要加以警觉的仍然是，这些精神素质、精神品格是建立在原有的"交往方式"上的，当"交往方式"发生了"新旧更替"后，这些精神质素、精神品格也应该有着相应的现代性转换，诚如阿尔贝·雅卡尔所说：其"可以沿着解放的方向发生作用，也可以相反，沿着禁锢的方向发生作用"。他还指出："我们并不能因此就宣称'上帝死了'，在我看来，这是没有意义的一声胜利的呼喊……我们的尊严在于我们拒绝接受自然规定的种种限制，正是通过这一拒绝，我们成为共同的创造者，一步步地接近'上帝'一词努力想表达的东西。"④这正是我们在面对前述精神素质、精神品格时所特别应该强调的。我们既不能将前述精神质素、精神品格作为过去时代的产物而简单地"宣称'上帝死了'"了事，也不能随波逐流地接受市场经济"规定的种种

---

① 参见［美］杰姆逊《后现代主义与文化理论》中《宗教与意识形态：新教与个人主义·模式》一节，陕西师范大学出版社1986年版。

② 参见《后现代主义与文化理论》中《宗教与意识形态：新教与个人主义·模式》一节。

③ 同上。

④ 参见［法］阿尔贝·雅卡尔、于盖特·普拉内斯《献给非哲学家的小哲学》中《宗教》一节，广西师范大学出版社2001年版。

限制"。我们应该在将这些精神质素、精神品格给予现代性转换后，使其成为矫治今天精神弊端的"在场"的重要的精神力量。

第四，是对文学功能的重新认识，并通过这一重新认识而深入到对精神属性的重新认识。文学，本来是对人生有限性、现实有限性的精神性审美性超越，这原本是文学的基本常识，但在"十七年"乃至更长的一个历史时段内，我们却过分地强调了文学的人生实践性与社会实践性特别是政治实践性功能。这三种功能，又主要地体现在政治实践性功能上并通过政治实践性功能来加以实现。如此作用的结果，对于人生而言，则使审美的变成了现实的，使超越现实的精神价值指向，使那些原本属于"信"、属于维特根斯坦所言的"不可言说"的精神价值指向，直接地干涉、介入到现实生活、实践行为、"可以言说"的精神范畴中来，从而构成了对个体生命形态、对人的精神世界的粗暴侵犯。对于社会政治而言，诚如朱学勤所说："审美与唯美是文学领域里最正当的驱动力，但是一旦进入政治实践，美学将翻转为专制，不负责任的激情将翻转为断头台疯狂起落，政治领域里的文学与政治领域里的嗜血或许会构成正比。"[①]深究下来，对文学上述三种实践性功能的特殊重视是有着深远的历史与文化上的原因的。传统中国以建立在血缘关系上的群体伦理作为社会本位，自然强调文学的精神教化功能，历代帝王无不以精通诗文而自居。此种传统进入政治革命后，由于前述政治革命对精神因素的强调，文学对人生有限性、现实有限性的精神性、审美性超越的浪漫性与政治革命的突变性相互依托、相互作用，构成了文学与政治的天然联盟血肉亲缘，如朱学勤所说："革命如遇文学，当然如火如荼。马鞍下增设一文学踢马刺，能使革命飞奔，在空间上放大，在时间上延长。"中国思想界的领潮人物多由具有文学气质的人担纲，政治领袖文学气质的浓郁、中国政治革命中对文学的特殊重视导致的文学在社会中的中心位置、文学思潮与政治思潮往往合二而一等，概出于此。而其结果，就政治而言，则有了以文学作为发端的"文化大革命"；单单就文学而言，也因此而"延伸到文学所在地——精神领域，啃噬文学它自己"[②]。

进入到90年代之后则不然。由于市场经济不再以行政力量、精神力量将个体组织成为一个"整体"，而是以"资本"、以个体的利益将个体组织成为

191

---

① 朱学勤：《道德理想国的覆灭》，上海三联书店2003年版，第349页。
② 同上书，第344页。

一个"整体",文学作为以精神维系、组织社会的实践功能迅速消退,虽然迟缓,但毕竟开始复归到自己的审美本位。相应地,"十七年"小说中的诸种精神质素,对今天的接受者来说,也就可望从前述之"越界"而复归到其审美之本位。在这其中,由于形式的原因,一部分小说可以退去特定时代的政治色彩,成为当今时代审美的对象,如本书第二章中所论述的革命英雄传奇小说。自然,这其中的形式,也依然是"有意味的形式",而这其中的"意味",就是那潜隐在"民间隐形结构"中的精神脉系。但在主潮小说中所体现的种种精神质素,能否从其所寄生的内容中的特定的时代意蕴中剥离出来,成为一种相对独立、抽象的精神质素而成为今天的审美对象,则很是难说。因为审美虽然是非现实、非功利的,但毕竟是以现实、功利为其基础从而对其给予超越的。在今天这样的一个缺乏激情、牺牲、献身精神等精神质素的时代,试图从充溢着这些精神质素的"十七年"小说中将其剥离出来,使其成为一种相对独立、抽象的精神质素、精神品格,并因而成为当今时代急需的精神资源、价值资源,想法虽好,但难度甚大,清理、转换工作不到位,更有饮鸩止渴之危险。

第五,由于"十七年"文学乃至"左翼文学",在主观意图上,都是为底层民众谋利益的,而在任何历史阶段的任何社会形态中,底层民众都是社会金字塔的基座,都是社会的"沉默的大多数",即使在物质生活水平得以大幅度提高的今天,也仍然是如此。在经由20世纪70年代末的思想解放运动、80年代文化思想上的"新启蒙"对长期的"左"的思潮的未必彻底的清算之后,面对着90年代之后贫富两极的急剧分化,财富再分配过程中的严重不公,新的思想资源、精神资源的严重匮乏,对底层民众的应有的人文关怀,容易导致对左翼文学与"十七年"文学的亲和性,这也是左翼文学与"十七年"文学在今天引起学界关注的一个重要原因。① 但是,在这其中,有一个潜在的误区是需要高度的警惕的,那就是不能盲目地对物质贫困、对下层民众加以美化与歌颂。

从理论上说,物质文明是精神文明的基础与前提,从整个历史进程看,物质文明的发展推动着精神文明发展的广度与深度,不能认为物质贫困会产生精神的高尚、深入与丰富,这是历史唯物主义的基本常识。恩格斯认为马克思对人类历史发展规律的最大发现,就是指出这样一个基本事实:"人们首先必须

---

① 参见《中国现代文学研究丛刊》2002年第4期"左翼文学与现代中国"笔谈。

吃、喝、住、穿，然后才能从事政治、科学、艺术、宗教等。"①马克思在他的《1844年经济学哲学手稿》中也说过：为物质贫困而"忧心忡忡的穷人甚至对最美丽的景色都没有什么感觉"②。新时期以来，党中央提出物质文明与精神文明两手抓，且将物质文明置于精神文明之前，讲的就都是这样一个本来并不是多么深奥的理论问题。真正能够体认到山乡生活恬淡、和谐、淳朴、静谧价值的，永远只能是那些走出山乡的人们；在爬雪山过草地的极度的物质贫困里，之所以有着高尚的情操，是因为有着毛泽东、周恩来这样的接受了雪山草地之外的西方工业土壤上诞生的马克思主义的革命领袖，且他们以此来教育自己的部下。如果说在"左翼文学"中，对底层民众还更多地从物质与精神这两个方面揭示其苦难的生存境遇以构成对社会的批判，那么，在体现"十七年"小说主要创作成就的两大领域，即革命历史题材小说与农村题材小说中，却无一例外地对底层民众的精神世界做了过多的净化与美化，农民革命运动中的"痞子"行径，鲁迅先生所言的革命过程中的"污秽和血"③，在"十七年"小说作者的笔下荡然无存。④倘若稍有涉及，则必以丑化劳动者的罪名讨伐之、批判之。"五四"的启蒙精神，胡风延续这一精神而提出的"精神奴役的创伤"，从此被排斥于"十七年"小说之外，也就是不足为怪的了。此种逻辑发展至极端，"十年浩劫"中的越穷越能显示自己精神上的圣洁，也就是顺理成章、水到渠成的了。

造成对物质贫困、对下层民众给予美化与歌颂这一误区的原因，至少有这样三条：一是如上所述，对物质生产与精神生产的关系做了错误的理解。二是

---

① 《在马克思墓前的讲话》，载《马克思恩格斯选集》第3卷，人民出版社2012年版，第1002页。

② 马克思：《1844年经济学哲学手稿》，人民出版社2000年版，第87页。

③ 鲁迅：《时左是作家联盟的意见》，《鲁迅选集》第3卷，人民文学出版社1983年版，第43页。

④ 如果我们将之与新时期小说作家笔下的农民革命的行径做一个对比是十分有意思的。譬如李锐笔下的农民革命："砍下了老财高炳辉的头……并且又用一根麻绳把高炳辉的头发拴起来，吊在一根竹竿上四处游街……于是，便有许多血红的人头吊在麻绳上，像过年的灯笼一样穿遍四乡八乡的大街小巷……除了斩尽杀绝分财分粮之外，有一天在把老财家的男人杀光之后，又把所有的女人们赶进小姐的闺房，先逼着女人们描眉抹红涂粉擦香，又逼着女人们再把衣服一齐脱光，然后……大笑着把雪白的太太小姐们挨个都'尝了一遍'。并且论功行赏，叫他的队员们和他分享。"李锐：《旧址》，上海文艺出版社1993年版，第9页。

结
语

将底层民众在变革社会现状中的伟力与其在人类精神领域里的力量混为一谈。如本书第一章中在分析朱老忠形象时所说：知识分子在传统中国的社会结构中，并不居于经济与政治的中心，所以，知识分子通过思想文化的努力来从根本上变革社会，相较农民通过政治革命、暴力革命来变革社会，总显得软弱无力。在这样的一种软弱无力中，底层民众在政治革命、战争形态中的主体地位及相应显示出来的伟大力量，就使得知识分子产生了一种通过依靠底层民众而使自己获取力量的精神需求、精神信念，并在这种精神需求、精神信念中，把底层民众实际地改造社会的强大力量与底层民众在人类精神领域里所可能具有的力量混为一谈。实际上，在人类精神领域，由于历史中形成的脑力劳动、精神劳动与体力劳动、物质劳动分工上的不同，所以，人类在精神上的前驱性、敏感性、丰富性、探索性、深刻性，以及由此而体现出来的精神力量，更多的还是由知识分子来体现的，将这样的两种力量混为一谈，就造成了对底层民众精神世界的美化与知识分子在底层民众中寻求心灵皈依的误区。三是在第二章第三节论述冯至的《白发生黑丝》时曾简略说过的，在中国知识分子寻求力量的焦虑中，底层民众在恶劣的现实环境中顽强的生存力量，也给了他们以缓解这种焦虑的幻觉。特别是由于一般地说来，知识分子的生存环境较之底层民众总是要好一些，所以，一旦他们也沦到底层，在他们也身处如底层民众一样的生存劣境时，由于适应能力的差别，使他们更感觉到自己在与社会、命运对抗的力量上不及底层民众，从而使上述幻觉更为强烈，导致他们将底层民众的生存力量与其在人类精神领域里的力量混为一谈。"十七年"小说世界中，知识分子形象的"缺席"与始终以被批判的面目出现，对底层民众的美化与神化，可以说无不与上述三条原因有关。对此误区未作认真清理，导致了在20世纪90年代之后，对物质力量的进步性的估计不足甚至普遍的恐惧，导致了对"十七年"甚至"文革"的可怕的盲目怀恋，[①]也导致了在贫富不均的严重不

---

① 如一度产生过较大反响的"现实主义冲击波"的主将之一的谈歌，在其曾名盛一时的叙写60年代荒年的小说《天下荒年》中就说过："我们应该珍惜那种洁净，我们应该纪念那个物质绝对危机，而精神竟绝对灿烂的年代。换句话说，我们的确不应该把那一个人格灿烂的年代，错误地看成精神愚昧的年代啊。"甚至王安忆也说：今天"这个时代是一个我不太喜欢的时代……我甚至很怀念文化大革命我们青春的时代。那时物质真是非常匮乏，什么都没有，但那时候我们的内心却非常丰富"。朱竞主编：《阳光与玫瑰花的敌人》，时代文艺出版社2004年版，第2页。

公、严重失衡中，以底层民众代言人自居的新的神话的出现。①

由于未能对此误区给予相应的重视与足够的研究，也由于强势群体与弱势群体在社会结构中的差异，由于前者对后者的不平等，所以，极易导致以底层民众为代表的弱势群体或与之同质同构的弱势民族在面对强势群体或强势民族时，形成自我美化并在这种自我美化中构成自我的封闭性及对现代文明的拒绝。在全球化浪潮的今天，民族主义思潮的日甚一日，可以说，与此有着精神血脉上的联系。如果因此而诉诸武力、暴力，则极易造成恐怖活动的发生。而上述精神误区，可以说，正是当今民族主义思潮及恐怖活动的精神、情感的温床。

第六，历史进步与个体生命的关系。马克思认为：历史是人的发展的历史，是个人本身力量发展的历史。他说过："任何人类历史的第一个前提无疑是有生命的个人的存在。"②"全部历史是为了使'人'成为感性意识的对象和使'人作为人'的需要成为（自然的、感性的）需要而作准备的发展史。"③"我们的出发点是从事实际活动的人。"④并对恩格斯这样的话表示认同："历史不过是追求着自己目的的人的活动而已。"⑤即使是重点论述社会经济发展之时，马克思也没有忽视个人的存在，譬如他认为："已成为桎梏的旧的交往形式被适应于比较发达的生产力，因而也适应于更进步的个人自主活动类型的新的交往形式所代替。新的交往形式又会变成桎梏并为别的交往形式所代替。由于这些条件在历史发展的每一个阶段上都是与同一时期的生产力的发展相适应的，所以它们的历史同时也是发展着的、为各个新的一代所承受下来的生产力的历史，从而也是个人本身力量发展的历史。"⑥在"十七年"小说中，在对历史进步的叙事话语中，在历史进步与个体生命的关系上，却误置了历史与个体生命的等级关系，其存在的问题主要有三个：其一，是一味地歌颂个体生命为

① 张承志就是这样的一个神话标本，参见傅书华《心灵的迷狂——张承志批判》，《文学译论丛刊》2004年第2期。

② 马克思·恩格斯：《德意志意识形态》，《马克思恩格斯全集》第3卷，人民出版社1960年版，第23页。

③ 《马克思恩格斯全集》第42卷，人民出版社1979年版，第128页。

④ 马克思·恩格斯：《德意志意识形态》，《马克思恩格斯全集》第3卷，人民出版社1960年版，第30页。

⑤ 《马克思恩格斯文集》第1卷，人民出版社2009年版，第295页。

⑥ 马克思、恩格斯：《德意志意识形态》，人民出版社2003年版，第68页。

历史进步做出的牺牲，以个体生命为本位，对此种牺牲做出反思的叙事话语，在"十七年"小说中几近于无。马克思曾指出："人类的能力的发展，虽然在当初要靠牺牲大多数个人和某些人类阶级（来进行），但最终会打破这种对立，并与个人的发展归于一致；因此个人的高度发展，也只有由一个以个人为牺牲的历史过程来购买。"① "十七年"小说只强调了"牺牲大多数个人和某些人类阶级"而完全无视了"与个人的发展归于一致"，只强调了"以个人牺牲的历史过程"的手段而完全忽视了为此"购买""个人的高度发展"的目的。其二，以为历史的进步必然会带来个体的解放。这是将个体视为整体、历史的符码，无视作为这之外的个体生命所带来的必然结果。而如本书第一章第三节中所分析的，被疏离、排斥于整体、历史进步之外的个体生命，是不能被忽视的。其三，在历史进步中的悲剧性人物，如处在社会巨大转型期的代表尚具历史合理性的"旧制度"的代表人物，②如在"革命后的第二天，总是看到……制造出的革命根本象他们原来打算的那个样子"的遭到"历史的讽刺"的革命者，③如陷于"历史的迷误"中的普通人，等等，这些悲剧性人物在"十七年"小说中也是一个盲区。这三个问题之所以存在，最根本的一点是将历史看得高于个人。"十七年"小说这一误区给当今的启示是，在现代化浪潮中，社会在经济、政治方面的进步并不能必然地带来个体生命的解放。在此种巨大的历史进步社会转型中，个体生命的悲剧，个体生命的被排斥、被疏离，个体生命为之付出的牺牲，仍然是一个极应给予关注的问题。近些年来颇为盛行的两种现代性理论的提出，在某种程度上，涉及了这一历史进步与个体生命的问题，或者说是从个体生命的视角，对何谓历史进步做出了新的判断，因而是一个值得关注的重大的理论问题。

第七，如果说在"十七年"文学中，"五四"与"民间"、文学主潮内部自身滋生的个体生命的碎片是作为与文学主潮相制衡的主要力量，那么，在今天这样的一个多元化的全球化时代仍然是如此。特别是"五四"在今天的现实

①　转引自黄克剑《人韵———一种对马克思的读解》，东方出版社1996年版，第382页。

②　马克思在《〈黑格尔法哲学批判〉导言》中说过："当旧制度还是有史以来就存在的世界权力，自由反而是个别人偶然产生的思想的时候，换句话说，当旧制度本身还相信而且也应当相信自己的合理性的时候，它的历史是悲剧性的。"《马克思恩格斯选集》第1卷，人民出版社1972年版，第5页。

③　参见《马克思恩格斯选集》第4卷，人民出版社1972年版，第451页。

意义，尤有给予特别强调之必要。

　　笔者在引言部分曾说过，"五四"以"人的文学"的命题成为中国文学现代化的起跑线，同时，也成为中国现代化思潮的起跑线。而其"人的文学"的核心则是"个人主义的人间本位主义"。但在20世纪的中国文学中，"人的文学"更多的是以不同形态的集体本位的形态出现的，个体本位直到80年代的从文化思想层面的"新启蒙"，才又重新浮出水面。90年代之后，由于市场经济从经济基础、社会结构上的变革，终于使个体能够在一个更为深广的历史时空中得以展开。"五四"提出的以个体为本位的人的解放的命题，在今天受到了三个方面的挑战：一个是传统的强大惯力，两千余年传统中国的群体伦理本位早已经融化为民族的集体无意识，成为民族的血肉，远非短的历史时段所能改变。一个是如刘思谦先生所说："个人话语的'一线天'又一次遭遇到改头换面的集体话语的窒息和扼杀。这一次是从西方后现代主义，包括'后殖民主义'、'第三世界主义'、'东方主义'那里搬运过来的，在这种种花样翻新的'主义'掩盖下，集体主义似有卷土重来之意。"①再一个则是当今社会中经济、资本对个体性的吞噬，诚如马克思所说："资本具有独立性和个性，而活动着的个人却没有独立性和个性。"②"在现代，物的关系对个人的统治、偶然性对个性的压抑，已具有最尖锐最普遍的形式，这样就给现有的个人提出了十分明确的任务……确立个人对偶然性和关系的统治，以之代替关系和偶然性对个人的统治。"③而"物的关系对个人的统治、偶然性对个性的压抑"在当前最为突出的表现形式，就是经济、资本所造成的"个性化的消费者"，"掩盖了个人主体性的不自由处境。这些境遇迫使个人分解为市场时代的消费原子，变成了利益个人化的自发性存在，迫使个人进入逃避危险的物质的和心理的'单人掩体'，不仅没有逃开操纵与控制，更无力形成各种真实的利益集团，以便有效地参与到公共生活领域中去"④。如是，在今天这样一个各个不同时代价值观念的人共同生活在一个时间空间的时代，王晓明所说的鲁迅的"横站"⑤

---

① 刘思谦：《谈谈个体生命价值》，《黄河》2003年第1期。

② 《马克思恩格斯选集》第1卷，人民出版社1995年版，第287页。

③ 《马克思恩格斯全集》第3卷，人民出版社1960年版，第515页。

④ 耿占春：《消费社会的个体性》，《黄河》2003年第1期。

⑤ 王晓明所说的鲁迅的"横站"，其义有二：一是对事物复杂性的认识，二是不同时代的人对同一事物的认识差异："即如今日中国的知识分子……即便特定的社会形势逼迫他

结
语

就有了深刻的现实意义。但无论怎样"横站"于三方甚至更多方面的挑战中，"五四"作为"横站"者的站位则是不应动摇的。

第八，最为困难的则是，"十七年"小说中的精神世界，作为中华民族精神历程中的不可重复的一次性阶段，犹如人的少年阶段一样，不论是愚昧的失误还是真诚的追求，是否可以构成某种不可替代的"永久的魅力"从而具有其独特的价值？马克思在论述希腊神话的不可替代的"永久的魅力"时说过："一个成人不能再变成儿童，否则就变得稚气了。但是，儿童的天真不使他感到愉快吗？他自己不该努力在一个更高的阶梯上把自己的真实再现出来吗？在每一个时代，他的固有的性格不是在儿童的天性中纯真地复活着吗？"但是，诚如马克思所说，希腊人是西方人"正常的儿童"，西方在其生命历程中，是不断地从更新的层面上，使其"固有的性格……在儿童的天性中纯真地复活着"，因而才具有了"永久的魅力"[1]。而"十七年"文学呢？或许它的那些愚昧与真诚相互交织的追求与失误，也因为令我们能够不断地反省自己，从而也可以具有永久的魅力？

宋人词云："众里寻'他'千百度，蓦然回首，那人却在灯火阑珊处。""十七年"小说中所蕴含的影响了数代人成长历程的"十七年"的精神世界，虽然学界对此已经多有言说，而今"蓦然回首"，"灯火"或许"阑珊"，"那人"却未必"在场"。也许我们还要再次经过"独上高楼，望尽天涯路"，"衣带渐宽"的"人憔悴"，方能在再度的"蓦然回首"中，在"灯火阑珊处"发现"他"吧。

（接上页）只能从一个角度摇旗呐喊，当静夜沉思的时候，他却总要无声地自问：事情是不是还有另外的一面？该如何把这另外的一面——或几面——说出来？"（《半张脸的神话》，广西师范大学出版社2003年版，第62页）"那一些非常年轻的读者的来信，却逼迫我不得不去设想另外的情形：如果是一个1980年代中期以后才出生的年轻人，既不知道过去的时代曾如何神化鲁迅，甚至也只读过很少的鲁迅的文字，他会不会因为我的这一本书，而形成对鲁迅的另一种片面的理解呢？如果他正受着种种流行风气的熏染，也开始轻蔑一切与理想、热忱、信任和献身有关的事物，再读了我对于鲁迅的精神悲剧的强调，他会不会更增添一份对那轻蔑的确信呢？"（同上书，第63页）

① 马克思：《〈政治经济学批判〉导言》，《马克思恩格斯选集》第2卷，人民出版社1995年版，第29—30页。

主要参考文献

〔德〕马克思：《1844年经济学哲学手稿》，载《马克思恩格斯全集》第42卷。

〔德〕马克思、恩格斯：《马克思恩格斯选集》，人民出版社1995年版。

赵宪章编：《二十世纪外国美学文艺学名著精义》，江苏文艺出版社1987年版。

章国锋、王逢振主编：《20世纪欧美文论名著博览》，中国社会科学出版社
　　1998年版。

〔荷〕佛克马·易布斯：《20世纪文学理论》，生活·读书·新知三联书店
　　1988年版。

〔德〕马丁·海德格尔：《存在与时间》，生活·读书·新知三联书店1999
　　年版。

〔法〕阿尔贝·雅卡尔、于盖特·普拉内斯：《献给非哲学家的小哲学》，广
　　西师范大学出版社2001年版。

〔德〕费迪南·费尔曼：《生命哲学》，华夏出版社2000年版。

〔德〕伯姆编：《思想的盛宴》，浙江人民出版社2001年版。

〔法〕波伏娃：《第二性》，中国书籍出版社1998年版。

唐小兵译：《后现代主义与文化理论：杰姆逊教授讲演录》，陕西师范大学出
　　版社1986年版。

〔德〕恩斯特·卡西尔：《人论》，译文出版社2003年版。

〔德〕曼弗雷德·弗兰克：《个体的不可消失性》，华夏出版社2001年版。

〔瑞士〕荣格：《人、艺术和文学中的精神》，工人出版社1988年版。

〔美〕舒尔茨：《现代心理学史》，人民教育出版社1981年版。

〔美〕黄仁宇：《万历十五年》，中华书局1982年版。

〔美〕李欧梵：《中国现代文学与现代性十讲》，复旦大学出版社2002年版。

张京媛主编：《新历史主义与文学批评》，北京大学出版社1993年版。

张京媛主编：《当代女性主义文学批评》，北京大学出版社1992年版。

鲍昌主编：《文学艺术新术语词典》，百花文艺出版社1987年版。

黄曼君主编：《中国近百年文学理论批评》，湖北教育出版社1997年版。

《鲁迅选集》，人民文学出版社1983年版。

李泽厚：《中国古代思想史论》，人民出版社1986年版。

李泽厚：《中国现代思想史论》，东方出版社1987年版。

刘小枫：《拯救与逍遥》，上海三联书店2001年版。

刘小枫：《这一代人的怕和爱》，生活·读书·新知三联书店1996年版。

刘小枫：《沉重的肉身》，上海人民出版社1999年版。

王乾坤：《鲁迅的生命哲学》，人民文学出版社1999年版。

朱学勤：《道德理想国的覆灭》，上海三联书店2003年版。

徐友渔：《告别二十世纪》，山东教育出版社1999年版。

许纪霖：《中国知识分子十论》，复旦大学出版社2003年版。

刘晓波：《与李泽厚对话》，上海人民出版社1988年版。

许纪霖：《二十世纪中国思想史论》（上、下），东方出版中心2000年版。

刘再复：《刘再复集》，黑龙江教育出版社1988年版。

刘再复、林岗：《传统与中国人》，生活·读书·新知三联书店1988年版。

朱立元：《当代西方文艺理论》，华东教育出版社1997年版。

张岩冰：《女权主义文论》，山东教育出版社1998年版。

王岳川：《后殖民主义与新历史主义文论》，山东教育出版社1999年版。

王岳川：《现象学与解释学文论》，山东教育出版社1999年版。

盛宁：《人文困惑与反思》，生活·读书·新知三联书店1997年版。

盛宁：《文学：鉴赏与思考》，生活·读书·新知三联书店1997年版。

陈厚诚、王宁：《西方当代文学批评在中国》，百花文艺出版社2000年版。

陈鸣树：《文艺学方法概论》，上海文艺出版社1991年版。

《文学社会学方法论》，工人出版社1989年版。

刘思谦等：《文学研究：理论方法与实践》，河南大学出版社2004年版。

李希贤：《典型系统引论》，华中理工大学出版社1988年版。

冯平：《评价论》，东方出版社1995年版。

黄克剑：《人韵———一种对马克思的理解》，东方出版社1996年版。

袁贵仁：《马克思的人学思想》，北京师范大学出版社1996年版。

黄楠森主编：《人学原理》，广西人民出版社2000年版。

欧阳谦：《20世纪西方人学思想导论》，中国人民大学出版社2002年版。

肖万源、徐远和主编：《中国古代人学思想概要》，东方出版社1994年版。

邓晓芒：《灵与肉——中西人格的表演性》，东方出版社1995年版。

吴思：《血酬定律：中国历史中的生存游戏》，工人出版社2003年版。

王晓明：《20世纪中国文学史论》（1—3），东方出版中心1997年版。

王晓明：《批评空间的开创：20世纪中国文学研究》，东方出版中心1998
    年版。

王晓明：《潜流与漩涡》，中国社会科学出版社1991年版。

王晓明：《半张脸的神话》，广西师范大学出版社2003年版。

严家炎、洪子诚等：《20世纪中国小说理论资料（全5册）》，北京大学出版社
    1997年版。

钱理群、温儒敏、吴福辉：《现代文学三十年》，北京大学出版社1998年
    版。

洪子诚：《中国当代文学史》，北京大学出版社1999年版。

陈思和主编：《中国当代文学史教程》，复旦大学出版社1999年版。

洪子诚：《问题与方法》，生活·读书·新知三联书店2002年版。

许志英、邹恬主编：《中国现代文学主潮》，福建教育出版社2001年版。

黄修己：《中国新文学编纂史》，北京大学出版社1995年版。

金汉主编：《中国当代文学发展史》，上海文艺出版社2002年版。

洪子诚、孟繁华主编：《当代文学关键词》，广西师范大学出版社2002年版。

洪子诚主编：《中国当代文学史·史料选》，长江文艺出版社2002年版。

张学正等主编：《1949—1999文学争鸣档案》，南开大学出版社2002年版。

李杨：《抗争宿命之路》，时代文艺出版社1993年版。

谢冕：《百年中国文学总系》，山东教育出版社1998年版。

许志英、丁帆：《中国新时期小说主潮》，人民文学出版社2002年版。

王德威：《想象中国的方法：历史·小说·叙事》，生活·读书·新知三联书
    店1998年版。

黄子平：《"灰阑"中的叙事》，上海文艺出版社2001年版。

洪子诚主编：《20世纪中国文学研究：当代文学研究》，北京出版社2001
    年版。

唐小兵：《英雄与凡人的时代：解读20世纪》，上海文艺出版社2001年版。

陈顺馨：《中国当代文学中的叙事与性别》，北京大学出版社1995年版。

蓝棣之：《现代文学经典：症候式分析》，清华大学出版社1998年版。

董之林：《追忆燃情岁月》，河南人民出版社2001年版。

董之林：《旧梦新知："十七年"小说论稿》，广西师范大学出版社2004年版。

董之林：《热风时节——当代中国"十七年"小说史论（1949—1966）》，上海书店2008年版。

蓝爱国：《解构十七年》，华东师范大学出版社2003年版。

吴秀明主编：《中国当代文学史写真（上、中、下）》，浙江大学出版社2002年版。

吴秀明：《转型时期的中国当代文学思潮》，浙江大学出版社2001年版。

王富仁：《〈呐喊〉〈彷徨〉综论》，北京师范大学出版社2000年版。

汪晖：《反抗绝望》，上海人民出版社1991年版。

王晓明：《无法直面的人生》，上海文艺出版社1993年版。

沈卫威：《无地自由》，上海文艺出版社1994年版。

朱德发等：《二十世纪中国文学理性精神》，上海人民出版社2003年版。

陈平原：《中国小说叙事模式的转变》，上海人民出版社1988年版。

曹文轩：《二十世纪末中国文学现象研究》，作家出版社2003年版。

丁帆、王世诚：《十七年文学：人与自我的失落》，河南大学出版社1999年版。

陈平原：《千古文人侠客梦》，新世界出版社2002年版。

蔡翔：《武侠小说与中国文化》，北京十月文艺出版社1993年版。

蔡翔：《日常生活的诗情消解》，学林出版社1994年版。

蔡翔：《革命／叙述：中国社会主义文学—文化想象（1949—1966）》，北京大学出版社2010年版。

陈思和：《中国当代文学关键词十讲》，复旦大学出版社2002年版。

陈思和：《鸡鸣风雨》，学林出版社1994年版。

陈美兰：《文学思潮与当代小说》，武汉大学出版社1994年版。

陈美兰：《中国当代长篇小说创作论》，上海文艺出版社1991年版。

刘增杰：《战火中的缪斯》，河南大学出版社1992年版。

刘增杰：《云起云飞——20世纪中国文学思潮透视》，上海文艺出版社1997年版。

刘增杰、王文金主编：《精神中原》，河南大学出版社2002年版。

沈卫威：《自由守望——胡适派文人引论》，上海文艺出版社1997年版。

关爱和：《古典主义的终结》，上海文艺出版社1997年版。

关爱和：《悲壮的沉落》，河南大学出版社1992年版。

解志熙：《美的偏至》，上海文艺出版社1997年版。

孙先科：《颂祷与自诉》，上海文艺出版社1997年版。

中国赵树理研究会编：《赵树理研究文集》，中国文联出版公司1996年版。

黄修己：《赵树理研究》，山西人民出版社1985年版。

董大中：《赵树理评传》，百花文艺出版社1986年版。

郭志刚、章无忌：《孙犁传》，北京十月出版社1990年版。

孙露茜、王凤伯编：《茹志鹃研究专集》，浙江人民出版社1982年版。

郜元宝、孙洁编：《三八节有感——关于丁玲》，北京广播学院出版社2000年版。

王彬彬：《文坛三户》，大象出版社2002年版。

王实味等：《野百合花》，花城出版社1992年版。

张中行：《流年碎影》，中国社会科学出版社1997年版。

朱大可等：《十作家批判书》，陕西师范大学出版社1999年版。

夏中义主编：《大学人文读本》，广西师范大学出版社2002年版。

韦君宜：《思痛录》，北京十月文艺出版社1998年版。

［韩］朴贞姬：《五十至七十年代的文学"经典"重评》，北京大学2002年博士学位论文。

沈卫威：《胡适周围》，工人出版社2003年版。

徐俊西主编：《世纪末的中国文坛》，上海文艺出版社2002年版。

陈思和等编：《无名时代的文学批评》，广西师范大学出版社2004年版。

朱竞主编：《阳光与玫瑰花的敌人》，时代文艺出版社2004年版。

孟悦、戴锦华：《浮出历史地表》，河南人民出版社1989年版。

刘思谦：《娜拉言说》，上海文艺出版社1993年版。

乔以钢：《低吟高歌——20世纪中国女性文学论》，南开大学出版社1998年版。

陈思和：《中国新文学整体观》，上海文艺出版社2001年版。

李今：《海派小说与现代都市文化》，安徽教育出版社2000年版。

邓晓芒：《灵魂之旅：90年代文学的生存境界》，湖北人民出版社1999年版。

许子东：《为了忘却的集体记忆》，生活·读书·新知三联书店2000年版。

何建明（执笔）、厉华：《忠诚与背叛》，重庆出版社2011年版。

厉华主编：《红岩档案解密》，中国青年出版社2008年版。

钱振文：《红岩是怎样炼成的——国家文学的生产与消费》，北京大学出版社2011年版。

后　记

这是2004年我的博士毕业论文。当时由于各种原因，写得仓促，毕业得也仓促。

然后，一放就是12年。

非常感谢商务印书馆李智初先生对本书稿出版的推荐，非常感谢武云老师、张林老师在本书出版过程中对我的宽容，对本书出版所付出的十二分的辛苦。

为才能、时间、精力所限，我未能对本书做出应有的修改，只是对引言部分略作修订，在结语部分加写了"不同时代语境下作品的意义生成"一小段，对第二章第四节"走近赵树理"做了一定的扩充。

博士毕业时，自己曾想着待这本论文改好出版时，请导师刘思谦老师、沈卫威老师为之作序，但现在惭愧得都怕见面甚至打电话前心里就先忐忑不安了。

但我还是很怀念那三年的读博岁月。非常感谢刘增杰老师、刘思谦老师、沈卫威老师、孙先科老师、关爱和老师、吴福辉老师在我读博时对我的指教。读博三年，对我其后的人生态度与对学术的敬畏，有着很大的影响。

希望自己今后多加努力，减轻一点愧疚。

感谢已故的许志英老师、陆耀东老师在我博士论文开题、答辩时给我的指教，祝他们在天之灵安息。感谢陈美兰老师、乔以钢老师、丁帆老师、王彬彬老师在我博士论文开题、外审、答辩时给我的指教。

人生几何，不知何以当歌。是为后记。

傅书华

2016年5月11日